SCHULE UND FORSCHUNG

Eine Schriftenreihe für Studium und Praxis

HEFT 15

Studien und Materialien zur Short Story

herausgegeben von
PAUL GOETSCH

VERLAG MORITZ DIESTERWEG
Frankfurt/Main · Berlin · München

4215

ISBN 3-425-04215-7

1. Auflage 1971
Satz und Druck: Hugo Haßmüller, Frankfurt am Main
Bindearbeiten: Adolf Hiort, Wiesbaden

INHALT

VORWORT

Diese Sammlung von Studien und Materialien versucht, auf verschiedenen Wegen zu einem besseren Verständnis der Short Story zu führen. Die theoretischen Beiträge befassen sich mit Definitions- und Interpretationsfragen sowie dem Problem des Umfangs und weisen u. a. nach, wie flexibel die Gattung Short Story ist. Andere Aufsätze befassen sich mit einzelnen Werken und Autoren und gehen dabei auch auf Short Stories ein, die sich für die Behandlung in der Schule eignen. Als Hilfsmittel für die weitere Arbeit an Schule und Universität sind die Unterlagen zum Begriff der Kürze, zur Definition und zum Anfang der Short Story gedacht. Eine kommentierte Bibliographie zur Geschichte und Theorie der Gattung rundet den Band ab.

Fast alle Beiträge sind im Zusammenhang mit einer Tagung über die amerikanische Short Story entstanden, die im Herbst 1968 vom Amerikahaus Tübingen und der Abteilung für Amerikanistik des Englischen Seminars Tübingen veranstaltet wurde. Für die Organisation der Tagung sei hier Herrn Ludwig, Herrn Dr. Ptark und Herrn Prof. Dr. Weber herzlich gedankt.

AMERIKANISCHE THEORIEN DER KURZGESCHICHTE:

Vorbemerkungen zu einer historischen Poetik der Short Story

Alfred Weber

Seit der Pionierarbeit Edgar Mertners „Zur Theorie der Short Story in England und Amerika“ aus dem Jahre 1941, die eine erste kritische Bestandsaufnahme der anglo-amerikanischen Gattungstheorie der Kurzgeschichte bot,[1] wurde kein ähnlicher theorievergleichender oder theoriegeschichtlicher Versuch mehr unternommen. Eine auf systematischer Forschung gegründete Geschichte der Poetik des kurzen Erzählens und der Kurzgeschichte, die neben einer „historischen Poetik des Romans“[2] einen festen Platz in jeder entwicklungsgeschichtlichen Gesamtdarstellung der Dichtungstheorie haben sollte, steht noch aus. Das ist um so erstaunlicher, als es über die Theorie der Novelle und ihre Entwicklung in der italienischen, französischen und deutschen Literatur schon eine Reihe von speziellen Studien gibt.[3] Der folgende Beitrag kann über die Möglichkeiten und Probleme einer solchen Untersuchung nur eine erste und knappe Orientierung geben und einige methodische und sachliche Markierungen setzen. Er beschränkt sich in seiner Darstellung des Quellenmaterials und einiger entwicklungsgeschichtlicher Zusammenhänge auf den Bereich

[1] Edgar Mertner, „Zur Theorie der Short Story in England und Amerika“, *Anglia,* N.F. LIII (1941), 188—205.

[2] Unter den schon zahlreich vorliegenden Studien über die Theorie des Romans seien stellvertretend nur vier genannt, die in den letzten Jahren erschienen: Paul Goetsch, *Die Romankonzeption in England 1880—1910* (Heidelberg, 1967); H. R. Jauss, Hrsg., *Nachahmung und Illusion,* 2. Aufl. (München, 1969); Walter F. Greiner, *Studien zur Entstehung der englischen Romantheorie an der Wende zum 18. Jahrhundert* (Tübingen, 1969); sowie die von Reinhold Grimm herausgegebene Sammlung von Beiträgen „zu einer historischen Poetik des Romans in Deutschland“, *Deutsche Romantheorien* (Frankfurt/Main & Bonn, 1968). Hier steht — wie in dem vorliegenden Beitrag — der Aspekt der „Geschichtlichkeit der Theorie“ im Vordergrund; „die Poetik des Romans soll hier aus ihrer eigenen Geschichte hervorgehen“ (S. 8). Das Verhältnis des Romans zur Novelle, so wird gesagt, gehört zu den Fragen, die noch keineswegs gelöst sind und noch einer genauen historischen Untersuchung bedürfen (S. 15).

[3] Siehe u. a. Walter Pabst, *Novellentheorie und Novellendichtung: Zur Geschichte ihrer Antinomie in den romanischen Literaturen* (Hamburg, 1953; Heidelberg, 1967), Karl Konrad Polheim, *Novellentheorie und Novellenforschung. Ein Forschungsbericht 1945—1964* (Stuttgart, 1965) und Hans Hermann Malmede, *Wege zur Novelle: Theorie und Interpretation der Gattung Novelle in der deutschen Literaturwissenschaft* (Stuttgart etc.: 1966).

der amerikanischen Literatur des 19. und 20. Jahrhunderts, in dem besonders zahlreiche und vielfältige theoretische Äußerungen zur Short Story vorliegen.

What is the short story? Diese einfache Frage, auf die es die unterschiedlichsten Antworten gab und gibt, bildet den Titel einer 1961 in Amerika erschienenen Kurzgeschichtenanthologie, die in ihrem ersten Teil insgesamt 27 Äußerungen amerikanischer und englischer Autoren zur Short Story abdruckt und somit als eine erste Quellensammlung zur Theorie der Kurzgeschichte gelten kann. Im Vorwort wird das Ziel dieser Sammlung folgendermaßen beschrieben:

> The aim of this volume is to provide source materials for the study of the short story as a particular form of literature. [Part One] ... presents a collection of significant critical statements which seek to define the short story, describe its characteristics, state its aims, and draw distinctions between it and other literary forms, and which offer varying convictions on the proper methods of writing it. Some of these critical statements were written by recognized masters of the short story, both past and present; others, by critics, literary historians, and journalists who have concerned themselves in some special way with the short story as a literary form.[4]

Auf einige Aspekte und Problem,e die hier zur Sprache kommen, muß in diesem Aufsatz näher eingegangen werden. Er stützt sich auf die in dieser Anthologie abgedruckten theoretischen Äußerungen amerikanischer Kurzgeschichten-Autoren und auf die als erste Ergänzung zu diesen Texten zusammengestellte „Kleine Quellensammlung amerikanischer Theorien der Kurzgeschichte“.[5]

Was ist eine Short Story — welches sind ihre besonderen und typischen Merkmale? Bei der Beantwortung dieser zentralen Frage gehen alle vorliegenden theoretischen Äußerungen in irgend einer Weise auf das schon im Begriff implizierte Kriterium der Kürze ein und meinen, daß es sich bei einer Short Story um ein Erzählwerk handelt, das — vor allem im Vergleich mit dem Roman, der Langform der Prosaerzählung — kurz ist. Aber „Kürze“ ist ein relativer Begriff und erlaubt keine genauen und verbindlichen Abmessungen. Sobald versucht wird, die stofflichen, thematischen und strukturellen Konsequenzen dieser Kürze begrifflich zu fixieren, lassen sich in den Auffassungen der Theoretiker zumeist verwirrende Divergenzen feststellen. Ein wichtiger Unterschied liegt schon darin, daß die einen von der „shórt story“,

[4] Eugene Current-García und Walton R. Patrick, eds., *What is the short story? Case Studies in the Development of a Literary Form* (Chicago etc.: Scott, Foresman and Company [paperback], 1961), pref. Im folgenden abgekürzt: *What is the short story.*

[5] S. 115 ff. dieser *Studien und Materialien zur Short Story,* im folgenden abgekürzt: „Kleine Quellensammlung“. Siehe hier auch die von Paul Goetsch zusammengestellte Sammlung „Aussagen über die Kürze“.

der Kurzgeschichte, sprechen und damit eine besondere Erzählgattung mit spezifischen formalen oder strukturellen Eigenarten meinen — die anderen aber „shórt stóry“ sagen und unter diesen Begriff alle Geschichten, gleich welcher Form, subsumieren, die aus irgendwelchen Gründen, die der Autor zu vertreten hat, kurz geworden oder kurz geblieben sind. Für die einen ist Short Story ein Gattungsbegriff, der sich mit festen formalen Vorstellungen verbindet, für die anderen trifft er nur eine formneutrale Feststellung über den relativen Umfang eines Erzählwerkes und fungiert als Oberbegriff für alle historisch etablierten Stoff- und Formtypen des kurzen Erzählens wie Legende und Märchen, Anekdote und Fabel, Novelle und Erzählung. Wie soll man sich angesichts dieser Zweideutigkeit des Begriffs, der vielfältigen formalen Ausprägungen kurzen Erzählens und der in diesem Bereich feststellbaren geschichtlichen Wandlungen verhalten? Welchen Wert kann hier eine spezielle theoriegeschichtliche Untersuchung haben?

I

Für Aristoteles war Theorie „die denkende Betrachtung der Dinge“, heute bildet sie einen Gegensatz zur Empirie und verbindet die Tatsachenerfahrung und -erkenntnis mit allgemeinen Modellvorstellungen und Hypothesen. Theorie ist eine begriffliche Darstellung, in der die Tatsachen in ihrer Unterordnung unter die allgemeinen Gesetze erkannt und ihre Verbindungen aus diesen erklärt werden.[6] Anders formuliert: Jede naturwissenschaftliche und auch jede geistesgeschichtliche Theorie ist eine begriffliche „Betrachtung und Erklärung von Vorgängen und Verhältnissen durch Einordnung in angenommene allgemeine Gesetzmäßigkeiten“.[7] Jede Theorie stützt sich auf Tatsachen und Erfahrungen, ist der Versuch ihrer gedanklichen Bewältigung und wird im Laufe der Zeit immer wieder durch neue Tatsachen und Erfahrungen bestätigt oder in Frage gestellt. Alle Erkenntnis durch Theorie ist zur Zukunft hin offen, enthält unausweichlich ein hypothetisches Element und bleibt zu einem mehr oder weniger großen Teil im Bereich des Unsicheren und Wahrscheinlichen.[8]

Die Tatsachen, aus denen in unserem besonderen literarischen Bereich gedankliche Modellvorstellungen oder Gesetzmäßigkeiten abgeleitet werden, sind nun die vielen kurzen Erzählungen, die in einer Zeit oder zu verschiedenen Zeiten von einer Vielzahl von Autoren geschrieben wurden. Die Kurz-

[6] Georgi Schischkoff, Hrsg., *Philosophisches Wörterbuch,* 16. Aufl. (Stuttgart: Kröner Verlag, 1961), S. 577—578.

[7] Max Apel, *Philosophisches Wörterbuch.* 2. Aufl. (Berlin, 1948), S. 228. Sammlung Göschen, Bd. 1301.

[8] Schischkoff, a. a. O., S. 578.

geschichtentheorie ist demnach eine begrifflich formulierte, aus Erfahrung gewonnene und auf weitere Erfahrungsmöglichkeiten ausgerichtete allgemeine Modellvorstellung von Kurzgeschichte. Sie abstrahiert aus einer Fülle von Einzelphänomenen die Merkmale, die allen gemeinsam sind oder sein sollen, und sie stellt Gesetzmäßigkeiten und Verwandtschaftsbeziehungen fest, in die sich die einzelnen Phänomene kurzen Erzählens einordnen lassen. Anstelle der Begriffe „Modell" und „Gesetzmäßigkeit" spricht man hier von einer „Gattung" oder „typischen Form", die man aus seiner Erfahrung als Autor oder / und Leser abzuleiten und im Hinblick auf überindividuelle und zeitlich übergreifende Gemeinsamkeiten von Inhalt oder Form, von Stoff oder Struktur zu definieren versucht.

In dieser literarischen Gattung fand im Laufe der Zeit eine vielfältige inhaltliche und strukturelle Entwicklung statt, die in einer Gattungsdefinition oder -theorie mehr oder weniger berücksichtigt werden kann, je nach ihrer Intention und ihrem methodischen Verfahren. Zwei typische Wege der theoretischen Bestimmung dieses historischen Phänomens lassen sich grob unterscheiden.

Die *normative* Theorie geht aus von der zeitgebundenen Erfahrung und Praxis, ist zumeist gesteuert von eigenen Idealvorstellungen und kann zu einer recht genauen, detaillierten und oft sogar formelhaften Definition gelangen, an der dann die kurzen Erzählungen anderer Autoren und Zeiten gemessen werden. Die in der Tendenz normative Gattungspoetik führt jedoch, wenn sie zu einem allgemeinen Gattungskriterium gemacht und historisch überspannt wird, zu einer Verzerrung der literarischen Realitäten und Fehleinschätzung der Dichtungsideale anderer Autoren und Epochen. Die normative Poetik ist eine zeitgebundene und wertende Theorie. Sie wird vor allem von den Dichtern selbst und von den Kritikern formuliert, denen es nicht um wissenschaftliche und historische Objektivität, sondern um die Ausbildung und Durchsetzung literarischer Wertungskriterien und Idealvorstellungen gehen muß.

Die *historisch-deskriptive* Theorie hingegen versucht, in einem durchgehend induktiven Verfahren eine größere historische Spanne der literarischen Wirklichkeit zu erfassen, aus Vergleichen der verschiedensten kurzen Erzählungen verschiedener Autoren und Epochen spezifische Gemeinsamkeiten abzuleiten und sie in eine Gattungsdefinition zusammenzufügen, Dieser Weg ist äußerst mühsam und führt sicherlich nur zu einer sehr allgemeinen und konturunscharfen Theorie. Auf ihm wird aber versucht, den Aspekt der Entwicklung und eine größere Fülle von Tatsachen in die theoretische Bestimmung der Gattung einzubeziehen. Es ist ein möglicher und wichtiger Weg, der für Kurzgeschichtenautoren und -kritiker nur schwer begehbar ist und eigentlich den Literarhistorikern vorbehalten bleibt.[9]

In einer *theoriegeschichtlichen* Untersuchung wird es vor allem um die Interpretation theoretischer Äußerungen gehen, die von Kurzgeschichtenautoren stammen und somit in den Bereich der normativen Gattungspoetik fallen. Immer gibt ein solches theoretisches Dokument Auskunft über die dichterische Ziel- und Idealvorstellung eines Autors im Bereich der von ihm praktizierten Gattung.

II

Der Wert der Ergebnisse einer solchen Untersuchung ist abhängig von dem Umfang des Quellenmaterials, das zur Verfügung steht. So besteht eine wesentliche und bislang noch unvollkommen gelöste Aufgabe darin, sämtliche relevanten theoretischen Äußerungen über die Kurzgeschichte und das kurze Erzählen — die sich in vielen Essays, Vorworten, Tagebüchern und Briefen, auch in Rezensionen und Einführungen von Rahmenerzählungen weit verstreut finden – zu ermitteln und eine möglichst repräsentative Quellensammlung zusammenzutragen.

Schon jetzt ist festzustellen, daß die Geschichte dieser Gattungstheorie nicht erst im 19. Jahrhundert mit Irving und Poe begann, sondern daß sich schon in früheren Zeiten — hier vor allem im Bereich der englischen und der anderen europäischen Literaturen — allgemeine Äußerungen über Formen und Möglichkeiten der kurzen Erzählung finden lassen. Eine solche entwicklungsgeschichtliche Untersuchung sollte ohnehin ihren Blick über die Grenzen einer Nationalliteratur richten und nach den Gemeinsamkeiten und Unterschieden fragen, die sich zwischen der amerikanischen und englischen Theorie der „short story", der französischen Theorie der „conte", der deutschen Theorie der „Novelle" und der italienischen Theorie der „novella" feststellen lassen. Schon diese Fragestellung räumt das weitverbreitete Vorurteil beiseite, daß die Short Story eine moderne Erzählform eigener Art und eine amerikanische Erfindung sei. Die hauptsächlich von amerikanischen Autoren aus einem verständlichen literarischen Nationalbewußtsein heraus vertretene These, die „moderne Short Story" sei eine definierbare Sonderform und als solche eine amerikanische Prägung, war zwar sehr einflußreich, bleibt aber trotz ihres Einflusses, zumindest in dieser simplen und apodiktischen Form, recht fragwürdig.

9 Einen solchen historisch weit ausgreifenden Versuch unternahm Theodor Wolpers in einem Vortrag über „Formen des kurzen Erzählens in der amerikanischen Short Story: Überlegungen zum Gattungsproblem" im November 1968. Vgl. T. Wolpers, „Kürze im Erzählen: Überlegungen zu einer Poetik und Geschichte kurzen Erzählens und zur angloamerikanischen *short story* im 19. und 20. Jahrhundert", *Anglia,* 89 (1971), 48—86.

Die gattungstheoretische Problematik hat eine weit größere historische Dimension. Kurzprosa wurde seit alters her geschrieben, und die erste theoretische Besinnung auf die Kurzform des Erzählens beginnt schon kurz vor dem 18. Jahrhundert mit der Absetzung von der Langform des Erzählens und der im 17. Jahrhundert beginnenden Theorie des Romans. Hier begann auch das später immer wieder praktizierte Verfahren, die Kurzgeschichte aus einem Vergleich mit dem Roman zu definieren und eine neue Form aus einer theoretisch schon etablierten abzuleiten. Der gleiche Weg der anfangs oft rein apologetischen Theoretisierung eines um sich greifenden und neue Tatsachen schaffenden literarischen Phänomens zeigte sich zuvor beim Roman. Walter F. Greiner weist in seinen *Studien zur Entstehung der englischen Romantheorie* auf, daß die Anfänge der englischen Romantheorie schon im 17. Jahrhundert zu finden sind und daß die frühen romantheoretischen Ansätze am Epos und am Drama orientiert waren, für die schon seit Aristoteles umfangreiche theoretische Bestimmungen vorlagen.[10] Zwei Begriffe waren seit früher Zeit in der englischen Romantheorie wichtig — Begriffe, die in gewandelter Bedeutung auch später in der Geschichte der amerikanischen Erzählkunst bedeutsam wurden: der Begriff „romance" (in früher Zeit ganz allgemein eine erdichtete „history" in Prosa, später eine besondere Ausprägung des Romans) und „novel". Greiner sagt dazu:

> Mit „Novels" bezeichnete man [im englischen 17. Jahrhundert] eine Sonderform der Erzählliteratur, in der Regel kürzere Erzählungen im Stile der Novellen Boccaccios und Cervantes'. ... Im Verlauf des siebzehnten Jahrhunderts wurde die Bedeutung des Begriffs „Novel" näher bestimmt. Nicht nur die Kürze wurde als Hauptkennzeichen dieser Erzählform festgestellt, man beschrieb auch weitere inhaltliche und formale Wesensmerkmale. Grundlage der theoretischen Bestimmungen war die vielgestaltige Entwicklung der Erzählform „Nouvelle" in Frankreich, wo man die Anregungen der spanischen Novellistik aufgenommen hatte.[11]

Der 1665 in einer englischen Übersetzung vorliegende *Roman Comique* von Scarron bezeichnet im einführenden Rahmen die von der „romance" unterschiedene kürzere Form der Novelle als kleine Geschichte („petite histoire"), und Greiner erwähnt auch eine Novellensammlung von Segrais aus dem Jahre 1656, in der „nouvelle" und „roman" inhaltlich und stilistisch voneinander abgegrenzt werden. Die Novelle wird hier „auf zeitgenössische bzw. geschichtlich überlieferte Ereignisse festgelegt ... Den unterschiedlichen Umfang beider Erzählformen braucht Segrais nicht noch eigens zu erwähnen: Er

[10] Greiner, a. a. O., S. 92.

[11] Greiner, a. a. O., S. 170, 172. Vgl. auch seine Ausführungen über die Novellen, die „petites histoires", in Scarrons *Roman Comique* (engl. Übers. 1665), S. 173 ff.

ist bereits durch die Terminologie bezeichnet: ‚nouvelles' bedeuten immer kurze Erzählungen."[12]

Schon diese flüchtige Rückblende ins europäische 17. Jahrhundert deutet an, daß die Ergründung der weiteren Vorgeschichte für eine historische Betrachtung der Gattungstheorie von Bedeutung ist und zu ihrer, wenngleich auch noch fernen, Zielvorstellung gehören muß. Die von Greiner ermittelten ersten frühen Quellen lassen sich durchaus mit den späteren Kurzgeschichtsdefinitionen und -theorien in Verbindung bringen: Auch hier wird die Short Story zumeist im Vergleich mit anderen literarischen Gattungen definiert und auch hier, vor allem bei Howells und James, taucht neben der Bezeichnung „short story" der Begriff „nouvelle" oder „novella" auf. Abgesehen von der Kurzprosa-Terminologie, deren wechselvolle Vielfalt sich kaum systematisieren läßt und den Gatttungshistoriker vor besondere Probleme stellt, deutet sich hier schon an, daß die Reflexionen über das Wesen und die Besonderheiten der kurzen Erzählungen seit alters her um dieselben oder um ähnliche Grundprobleme kreisen.

III

Im Laufe des 19. und 20. Jahrhunderts haben sich viele amerikanische Autoren über das Wesen, die Eigenarten und die besonderen Bedingungen der kurzen Geschichte oder der Kurzgeschichte geäußert. Sie bieten Definitionen und Theorien, die vor allem um die Jahrhundertwende eine zunehmend intensive theoretische Auseinandersetzung mit den Problemen der Short Story erkennen lassen. Über die vorliegenden Auswahlen dieser weitverstreuten Quellen, die längst noch nicht alle erschlossen sind, soll im folgenden ein kurzer Überblick gegeben werden. Er mag die dargelegten Zielvorstellungen einer theoriegeschichtlichen Untersuchung verdeutlichen und, im begrenzten Bereich der amerikanischen Literatur dieses und des vergangenen Jahrhunderts, die ersten entwicklungsgeschichtlichen Zusammenhänge erkennen lassen.

Wenn von der „Theorie der Kurzgeschichte" gesprochen wird, dann muß vorausgeschickt werden, daß der Terminus „short story" zu Beginn des 19. Jahrhunderts noch nicht als fester und etablierter Gattungsbegriff existierte. Zwar läßt er sich schon 1788 belegen, aber daneben finden sich gleichberechtigt die Bezeichnungen „(short) tale", „(short) narrative", „sketch", „fragment", „novelette", „history" und „story". Erst in den letzten dreißig Jahren des 19. Jahrhunderts rückte er in den Rang eines bewußt gebrauchten und definierten Gattungsbegriffs auf und wurde — vor allem unter dem Einfluß von Brander Matthews und seiner 1884 zum ersten Mal erschienenen „The Philosophy of

[12] Greiner, a. a. O., S. 190.

the Short-Story"[13] — rückwirkend auf die Kurzprosadichtungen der Autoren des früheren 19. Jahrhunderts übertragen.

Washington Irving ist der erste, von dem eine Äußerung über die Besonderheit der kurzen Erzählung gefunden werden konnte. Das, was er 1824 in einem Brief und in seinem Vorwort zu den *Tales of a Traveller* sagt, ist noch keine Theorie und auch noch keine Definition der Kurzgeschichte, aber er weist doch schon auf besondere Eigenarten und Aspekte der von ihm ausgiebig gepflegten Form der kurzen Erzählung hin:

> I have preferred adopting the mode of sketches and short tales rather than long works ... and there is a constant activity of thought and a nicety of execution required in writings of the kind.[14]

Er unterscheidet zwischen der „story" — d. h. dem erzählten Geschehen, dem „plot" — und der Art, wie die Geschichte erzählt ist, und meint, daß die Form der Kurzprosa, in die er auch die Skizze einbezieht, besondere kompositorische und stilistische Anforderungen stellt, im Unterschied zu einem längeren Prosawerk: „in these shorter writings, every page must have its merit. The author must be continually piquant."[15] Die Kürze, so könnte man sagen, zwingt zu einem konzentrierten Einsatz der stilistischen Mittel, aber gerade aus dieser konzentrierten Kürze resultiert ihr besonderer Effekt. Derartige Kurzprosawerke würden lieber gelesen als ein Roman. Das Bewußtsein, daß die Kürze einer Erzählung oder Skizze zur Konzentration der Darstellung zwingt, der Vergleich mit der längeren Form des Romans und der Hinweis auf den Publikumseffekt dieser Kurzprosawerke sind Elemente der theoretischen Reflexion Irvings, die sich auch in Edgar Allan Poes Definition der kurzen Erzählung wiederfinden.

Im Jahre 1842, in einer Besprechung der *Twice-Told Tales* Nathaniel Hawthornes, formulierte Poe sein Konzept der „short prose narrative", das auf die weitere Entwicklung der Gattungstheorie von größtem Einfluß werden sollte. Diese Definition der Kurzgeschichte, die von ihm fünf Jahre später noch einmal wiederholt und geringfügig variiert wurde, ist in der wissenschaftlichen und kritischen Literatur noch öfter zitiert worden als die Formel vom „objective correlative" aus T. S. Eliots Hamlet-Essay. Sie lautet in ihrer ersten Fassung:

> A skilful literary artist has constructed a tale. If wise, he has not fashioned his thoughts to accommodate his incidents; but having conceived, with deliberate care, a certain unique or single *effect* to be wrought out, he then invents such incidents — he then combines such events as may best aid him in establishing this preconceived

[13] Siehe Anm. 20.

[14] Aus einem Brief Irvings an Henry Brevoort vom 11. Dezember 1824, in: *What is the short story*, S. 2.

[15] Ebda., S. 2.

effect. If his very initial sentence tend not to the outbringing of this effect, then he has failed in his first step. In the whole composition there should be no word written, of which the tendency, direct or indirect, is not to the one pre-established design. And by such means, with such care and skill, a picture is at length painted which leaves in the mind of him who contemplates it with a kindred art, a sense of the fullest satisfaction. The idea of the tale has been presented unblemished, because undisturbed; and this is an end unattainable by the novel.[16]

Bei der Interpretation dieses Textes muß, wie bei anderen, der Kontext beachtet werden: Er ist Teil eines literaturkritischen Beitrages und setzt, in verallgemeinerter Form, den Maßstab für eine Wertung kurzer Prosaerzählungen, besonders der Nathaniel Hawthornes. Er bietet eine begriffliche Zusammenfassung von Poes eigenem Kurzgeschichtenideal und somit eine normative Definition. Dieser offenkundigen Wertungstendenz entspricht die Hierarchie der Gattungen, die Poe hier zu begründen versucht: Während er das Epos einem unvollkommenen Kunstempfinden zuschreibt, teilt er dem kurzen lyrischen Gedicht den höchsten Rang zu, denn hier, in der Gestaltung des Schönen, kann sich das höchste Genie am vollkommensten entfalten. Ihm am nächsten kommt die kurze Prosaerzählung, die sich vor allem mit der Gestaltung des Wahren befaßt, denn „truth is often, and in very great degree, the aim of the tale". Sie kann, wie das Gedicht, in einem Zug gelesen werden, ein ungebrochenes Lektüreerlebnis erzeugen und dadurch die notwendige „unity of effect or impression" erreichen. Sie ist dem Roman, der wegen seiner Länge nur mit Unterbrechungen gelesen werden kann, in ihrer künstlerischen Wirkung überlegen. Die Einheit der Wirkung oder des Eindrucks, die künstlerische Totalität, ist freilich nur in einer kurzen Erzählung erreichbar, die, wie im Zitat dargestellt, in besonderer Weise komponiert ist. Eine für die erstrebte Wirkung und die konzipierte Idee der Geschichte funktionale Gestaltung des „plot" ist hier von besonderer Bedeutung, wie sich auch aus einer späteren Äußerung Poes entnehmen läßt:

In the tale proper — where there is no space for development of character or for great profusion and variety of incident — mere *construction* is, of course, far more imperatively demanded than in the novel. Defective plot, in this latter, may escape observation, but in the tale, never.[17]

Die kurze Geschichte soll konzentriert erzählen und, sowohl in der Auswahl als auch in der Anordnung des erzählten Geschehens, auf eine vorher

16 Diese Besprechung erschien im Mai 1842 im *Graham's Magazine.* Eine veränderte Fassung dieses Beitrages erschien im November 1847 im *Godey's Magazine and Lady's Book.* Auszüge aus beiden Fassungen in: *What is the short story,* S. 4—8, 9—13. Hier wird nur auf die erste Fassung eingegangen.

17 „Marginalia XIV", *Southern Literary Messenger* (July, 1849), zitiert nach *The Complete Works of Edgar Allan Poe,* Virginia Edition, ed. by James A. Harrison (New York, 1902), vol. XVI, pp. 171—172.

bestimmte Wirkung und eine Idee, auf einen besonderen Ausdrucksinhalt zugeschnitten sein. Sie muß zur Erreichung ihrer vollen künstlerischen Wirkung in einem Lesegang („at one sitting", „from a half-hour to one or two hours") erfaßbar sein. Poes Theorie der Kurzgeschichte, die sich im Vergleich mit dem Gedicht und dem Roman entwickelt, verbindet also die zwei allgemeinen psychologischen Aspekte der Literaturbetrachtung: Sie berücksichtigt einmal (in der Abmessung der Lektürezeit und des erreichbaren Effekts) die Psychologie des Lesers, zum anderen (in der Darstellung eines typischen und idealen Schöpfungsprozesses) den Standpunkt des schreibenden Autors. Sie artikuliert außerdem nicht nur eine besondere Strukturvorstellung von kurzer Erzählung, sondern setzt zugleich die Maßstäbe für eine künstlerische Wertung. Im Brennpunkt seiner normativen Theorie steht das Kriterium der Kürze, die um des künstlerischen Wertes willen gefordert wird. Sie wird von ihm zeitlich fixiert, psychologisch begründet und auch in ihren strukturellen Konsequenzen dargestellt. Kürze verbindet sich bei ihm untrennbar mit der erstrebten „unity of effect", einer wirkungsästhetischen Kategorie, die sich auch in seinen weiteren literaturtheoretischen und -kritischen Schriften findet.[18] Poes Theorie der Kurzgeschichte ist keine zufällige und isolierte Äußerung eines selbstbewußten Kurzgeschichtenautors und Literaturkritikers, sondern ein integraler Bestandteil einer umfassenden Dichtungstheorie, die auch die Lyrik und das Epos, den Roman und das Drama einbezieht.

Erst nach einer systematischen Durchsicht vieler heute unbekannter Zeitschriften- und Buchpublikationen der Zeit läßt sich entscheiden, ob Poe in der ersten Hälfte des 19. Jahrhunderts tatsächlich der einzige amerikanische Autor war, der zu einer klar artikulierten Definition der Kurzgeschichte gelangte. Freilich gibt es von den anderen Autoren der Romantik — von Nathaniel Hawthorne, Herman Melville und William Gilmore Simms — bedeutsame theoretische Äußerungen über die „romance" und über das Verhältnis von Tatsachenschilderung, Geschichtsschreibung und erzählender Dichtung, die zuweilen auch die kurze Erzählung einschließen. Doch keiner von ihnen befaßte sich speziell mit der Form und den erzählerischen Möglichkeiten der Kurzgeschichte. Die theoretische Diskussion über die Short Story beginnt erst wieder — wie es scheint — in den letzten Jahrzehnten des Jahrhunderts unter dem lang anhaltenden Einfluß Poes, dessen Definition kritisch variiert, im Detail modifiziert und dem gesteigerten Selbstbewußtsein der Kurzgeschichten-Autoren dienstbar gemacht wurde.

[18] Siehe Horatio E. Smith, „Poe's Extension of His Theory of the Tale", *Modern Philology*, XVI (1918), 195—203, und Margaret Alterton, *Origins of Poe's Critical Theory* (Iowa City, 1925), University of Iowa Humanistic Studies, vol. II, no. 3. Beide Arbeiten gehen auch auf die europäische Tradition ein, in der Poes Konzept der „unity of effect" gesehen werden muß.

Frederick B. Perkins war offensichtlich einer der ersten, der im Vorwort zu einem eigenen Kurzgeschichten-Band aus dem Jahre 1877 Poes Definition aufgriff und sich mit ihr auseinandersetzte. Auch er bezeichnet die „short story" als eine besondere Gattung, eine „particular kind of literature", die einen besonderen künstlerischen Anspruch erheben kann. Nach einer Zusammenfassung der Poeschen Theorie modifiziert er aber dessen Wertung:

... the prose tale, or short story, is not the highest order of prose composition, any more than the lyric of poetical; but it is entitled, like the lyric, to a high rank. It compares with other prose compositions as the lyric does with the epic, or narrative, or dramatic poem; as a melody with an opera or a sonata.

Auch er operiert auf dem Wege des Vergleichs mit anderen Gattungen und künstlerischen Formen, und in einer Anmerkung unterscheidet er — mit einem Seitenblick auf die Zeitschriften der Zeit und deren Sprachgebrauch — zwischen „sketch" und „story":

... the latter should contain some course of action or narrative of events — a *peripeteia,* the learned have sometimes called — the substance of some occurrence or dramatic cycle of occurrences amongst human beings; while "sketch" may be applied to almost any account of persons or things or thoughts which has not that element of movement.[19]

Es ist eine Unterscheidung, die im Zusammenhang mit seinen übrigen Ausführungen über das Verhältnis von Kurzgeschichte und Roman schon ein ausgeprägtes Gattungsbewußtsein erkennen läßt.

Ein noch klarerer und ausführlicherer Versuch, die Kurzgeschichte als eine selbständige literarische Gattung zu etablieren, findet sich 1885 in der „Philosophy of the Short-Story" von Brander Matthews.[20] Er war der erste, der „Short-story" mit einem Bindestrich und großem Anfangsbuchstaben schrieb und damit zum Ausdruck bringen wollte, daß es sich hier um eine Gestaltungsform erzählender Prosa handelte, die sich essentiell vom Roman unterschied und etwas anderes und mehr war als eine bloße kurze Geschichte:

A true Short-story differs from the Novel chiefly in its essential unity of impression. In a far more exact and precise use of the word, a Short-story has a unity as a Novel cannot have it. Often, it may be noted by the way, the Short-story fulfils the three false unities of the French classic drama: it shows one action, in one place, on one day. A Short-story deals with a single character, a single event, a single emotion, or the series of emotions called forth by a single situation. ... The Short-

19 Frederick B. Perkins, „A Chat By Way of Preface. (To Writers, Rather Than Readers)", in *Devil-Puzzlers, and Other Studies* (New York, 1877), z. T. nachgedruckt in: *What is the short story,* S. 18—19.

20 Dieser Essay erschien mehrmals, zuletzt separat in Buchform *The Philosophy of the Short Story* (New York, 1901). Siehe die Auszüge in *What is the short story,* pp. 36—41.

story is the single effect, complete and self-contained, while the Novel is of necessity broken into a series of episodes. Thus the Short-story has, what the Novel cannot have, the effect of "totality," as Poe called it, unity of impression.

Matthews ergänzte den Poeschen Begriff der „unity of effect or impression" durch die flüchtige Hereinnahme des Konzepts der drei Einheiten des klassischen Dramas und durch eine Spezifizierung der thematischen und stofflichen Beschränkung, in der die „true Short-story" existiert. Weitere Vorbedingungen für die Erreichung eines einzigen, in sich geschlossenen Effekts sind ein konziser Stil und eine komprimierte Form des Erzählens. Matthews' Darstellung der Eigenheiten einer „echten Kurzgeschichte" setzt für seine Zeit eine ideale Norm, ist eine normative Definition, die sich bewußt von dem Prosakonzept der naturalistischen Schule abhebt:

M. Emile Zola declares that the novelist of the future will not concern himself with the artistic evolution of a plot: he will take *une histoire quelconque*, any kind of a story, and make it serve his purpose, — which is to give elaborate pictures of life in all its most minute details. ... the acceptance of these theories is a negation of the Short-story.

Für ihn ist eine Kurzgeschichte, die keinen „plot" hat und in der nichts geschieht, undenkbar. Seine Theorie ist, bis in einzelne Formulierungen hinein, von Poe geprägt, und er ist sich dieses Vorbilds durchaus bewußt. An einigen Stellen aber setzt er einige neue Akzente. Während Poes Theorie jede historische Perspektive vermissen ließ, führt er an einer Stelle die in dieser Zeit weit verbreitete Evolutionstheorie in seine Darstellung ein — ein Konzept, mit dem er eigentlich seiner normativen Definition selbst widerspricht:

The fact is, that the Short-story and the Sketch, the Novel and the Romance, melt and merge one into the other, and no man may mete the boundaries of each, though their extremes lie far apart. With the more complete understanding of the principle of development and evolution in literary art, as in physical nature, we see the futility of a strict and rigid classification into precisely defined genera and species. All that is needful for us to remark now is that the Short-story has limitless possibilities.

Teil dieses recht vagen Evolutionskonzepts ist eine Ansicht von der Überlegenheit der amerikanischen „Short-story" gegenüber der englischen, für die er mehrere Gründe nennt. Als literarischer Patriot findet er einmal „more fantasy, more humor, a finer feeling for art, in these younger United States", zum anderen sieht er aber ganz nüchtern auch ein ökonomisches Motiv: Mit dem Aufkommen der populären Massenzeitschriften gegen Ende des 19. Jahrhunderts wuchs die Nachfrage nach Kurzgeschichten in einem bisher unbekannten Ausmaß, und diese Situation, so meint er, war der amerikanischen Entwicklung dieser Gattung besonders förderlich.

Matthews' „Philosophy of the Short-Story" steht einmal in der bewußten Nachfolge Poes, zum anderen bildet sie den Auftakt für eine Entwicklung, die sowohl in der Praxis als auch in der Theorie der Kurzgeschichte ein gesteigertes Bewußtsein von der Bedeutung des Mediums der Zeitschrift erkennen läßt. Nach der Entwicklung der Linotype-Setzmaschine im Jahre 1887 entstanden die populären und billigen Massenzeitschriften wie *Munsey's* und *McClure's*. Sie förderten eine Literatur der Harmlosigkeit und Banalität, weil sich damit — im Gegensatz zur realistischen und naturalistischen Problemliteratur — ein gutes Geschäft machen ließ, und die Publikumsvorstellung der Editoren, die vor allem an den Absatzerfolg dachten, gewann einen großen Einfluß auf die Art von Kurzgeschichten, die für diesen erweiterten Markt und ein breites Publikum geschrieben wurde.[21] Der Eintritt in die internationalen Copyright-Vereinbarungen im Jahre 1891, der einen Ausfall der bisher üblichen Raubdrucke vor allem englischer Werke zur Folge hatte, und der zunehmende Bedarf an Kurzgeschichten für diese Zeitschriften führte zu einer Suche nach neuen Autoren und zu einer bis in die zwanziger Jahre dieses Jahrhunderts hineinreichenden Flut von Büchern, in denen das Schreiben von „magazine stories" gelehrt wurde. Diese „Schreibschulen" — zumeist selbst von praktizierenden Autoren verfaßt — boten in ihren erzähltechnisch orientierten und zumeist mechanistischen Darstellungen der Kurzgeschichte normative Theorien, in denen die Vorstellung vermittelt wurde, daß die Short Story eine feste und klar definierte Prosagattung sei, deren wesentliches Merkmal in einem gut konstruierten und effektvollen „plot" bestehe.[22]

Der Tendenz zur formalen Verhärtung des Kurzgeschichtenkonzepts[23] folgten jedoch nicht alle Autoren dieser Zeit. Überblickt man die weitere theoriegeschichtliche Entwicklung seit dem Ende des 19. Jahrhunderts, so läßt sich feststellen, daß viele Definitionen und theoretische Äußerungen zwar auf die Bindung der Kurzgeschichte an das Medium der Zeitschrift eingingen, daß sie sich aber kritisch, oft sogar parodistisch und polemisch, mit den Schreibschulen auseinandersetzten und sich zuweilen offen gegen das mechanisierte „plot"-Konzept dieser Autoren auflehnten. Die amerikanische Gattungstheorie der Kurzgeschichte entwickelte sich zu dieser Zeit in zwei Bereichen, zwischen denen eine deutliche Spannung bestand und über mehrere Jahrzehnte eine lebhafte Auseinandersetzung stattfand: einmal im Bereich jener sehr

[21] Siehe den Vortrag von Dietmar Haack, „Literatur fürs Volk: Amerikanische Zeitschriftenliteratur vor der Jahrhundertwende", der 1970 an der Universität Tübingen gehalten wurde und in dem in Vorbereitung befindlichen Band *Amerikanische Prosa im 19. Jahrhundert,* hrsg. von Alfred Weber und Hartmut Grandel, erscheinen soll.

[22] Als ein Beispiel siehe hier J. Berg Esenwein, *Writing the Short-Story: A Practical Handbook on the Rise, Structure, Writing, and Sale of the Modern Short-Story* (New York, 1909). Auszüge in *What is the short story,* pp. 51—57.

[23] Siehe den Abschnitt „Dogmatism: The Hardening of Formal Concepts", in *What is the short story,* pp. 36—58.

zahlreichen marktorientierten Schreibschulen, die ein kommerzialisiertes und auf ein breites Publikum ausgerichtetes Ideal von Kurzgeschichte vertraten und vermittelten — zum anderen im Bereich der künstlerisch seriösen und noch heute bekannten Autoren, die sich in verschiedener Weise davon distanzierten oder dagegen auflehnten und in ihrer dichterischen Praxis und Theorie eigene Wege gingen.

Die Relativierung und Auflockerung des verhärteten Gattungskonzepts der Kurzgeschichtenschreibschulen erfolgte einmal dadurch, daß Autoren wie Frank Norris, Bret Harte und William Dean Howells auf die historischen Dimensionen und entwicklungsgeschichtlichen Aspekte der Short Story eingingen. Norris bietet in seinem Essay über „The Modern Short Story" aus dem Jahre 1896 freilich nur eine vereinfachte und in ihrer Vereinfachung fragwürdige entwicklungsgeschichtliche Skizze, und sein auf den Leseeffekt ausgerichtetes Ideal der komprimierten und bedeutungsgeladenen Kürze sowie seine Betonung der Funktion des Pointenschlusses lassen sich im übrigen noch entfernt mit Poe in Verbindung bringen, der als theoretisches Vorbild bei den folgenden Autoren jedoch zunehmend in den Hintergrund rückt.[24]

Bret Harte nimmt in seinem Essay über „The Rise of the 'Short Story'" aus dem Jahre 1899 einen anderen kritischen Standpunkt ein und zeigt eine größere historische Dimension und eine weitere wichtige Erzähltradition auf.[25] Sein Beitrag konzentriert sich auf die skizzenhafte Darstellung einer Entwicklungsgeschichte der Short Story seit der ersten Hälfte des 19. Jahrhunderts. Die Bedeutung seines einflußreichen Essays liegt nicht so sehr in dem klar zutage tretenden literarischen Nationalismus und seinem Versuch, die besonderen Eigenheiten und Leistungen der modernen amerikanischen Kurzgeschichte darzustellen, sondern in seinem Hinweis auf die Bedeutung der mündlichen Erzähltradition für die nationale Entwicklung dieser Gattung:

> ... while the American literary imagination was still under the influence of English tradition, an unexpected factor was developing to diminish its power. It was *Humour* — of a quality as distinct and original as the country and civilization in which it was developed. It was at first noticeable in the anecdote or 'story', and, after the fashion of such beginnings, was orally transmitted.[26]

Neben den Zeitschriften war das gesellschaftliche mündliche Erzählen ein weiteres wichtiges „Medium", eine weitere Form der gattungstheoretisch relevanten und stilbildenden Überlieferung:

24 „Kleine Quellensammlung", Nr. 1.
25 Bret Harte, „The Rise of the ‚Short Story'", *Cornhill Magazine*, VII (July 1899). Auszüge in *What is the short story*, pp. 29—33.
26 Vgl. hier die Darstellung von Walter Blair, *Native American Humor* (Chicago, Ill., 1937, 1960), pp. 3—180.

It was common in the bar-rooms, the gatherings in the 'country-store,' and finally at public meetings in the mouths of 'stump orators'. Arguments were clinched, and political principles illustrated, by a 'funny story.' It invaded even the camp meeting and pulpit. ... But wherever met it was so distinctively original and novel, so individual and characteristic, that it was at once known and appreciated abroad as 'an American story.' Crude at first, it received a literary polish in the press, but its dominant quality remained. It was concise and condense, yet suggestive. It was delightfully extravagant — or a miracle of understatement. It voiced not only the dialect, but the habits of thought of a people or locality.... By degrees it developed character with its incident, often, in a few lines gave a striking photograph of a community or a section, but always reached its conclusion without an unnecessary word. It became — and still exists — as an essential feature of newspaper literature. It was the parent of the American 'short story.'

Diese entwicklungsgeschichtliche Darstellung, die auf besondere gesellschaftliche Gegebenheiten in Amerika verweist, führt zu der auch von deutschen Theoretikern oft übernommenen einseitigen These, daß die moderne Kurzgeschichte ein besonderes amerikanisches Produkt sei, daß sie den Bedingungen des amerikanischen Lebens in besonderer Weise entspreche und eine besondere Leistung der amerikanischen Literatur darstelle. Die Tradition mündlichen Erzählens und ihr Einfluß auf die Gattungsgeschichte und -theorie der Short Story sollten auch in anderen Literaturen untersucht und nicht als ein singuläres amerikanisches Phänomen verstanden werden.

Auch William Dean Howells, der führende Kritiker und Theoretiker des amerikanischen Realismus, betont in seinem Essay über die „Anomalies of the Short Story" aus dem Jahre 1901, daß die amerikanische Literatur in dieser Form besonderes geleistet habe. Er betrachtet aber zugleich die kurze Erzählung als die älteste Form der Prosadichtung und gibt einen umfangreichen Abriß ihrer langen und wechselhaften europäischen Geschichte.[27] Er ist der Autor, der einer historisch-deskriptiven Theorie am nächsten kommt, denn erst nach seinem Überblick über die historische Entwicklung bietet er die Definition eines Gattungskonzepts, in dem „short story" und „novella" austauschbare Begriffe sind. Nach einem Vergleich mit dem Roman auf der einen, und der Anekdote auf der anderen Seite gelangt er zu einer Feststellung, die zwar keine konturscharfe Definition bietet, aber doch einen neuen Akzent setzt:

In both cases the difference of the novella is in the motive, or the origination. ... In that dim, subjective region where the aesthetic origins present themselves almost with the authority of inspirations there is nothing clearer than the difference between the short-story motive and the long-story motive. One, if one is in that line of work, feels instinctively just the size and carrying power of the given motive. ... Almost in the first germinal impulse the inventive mind forefeels the ultimate difference and recognizes the essential simplicity or complexity of the motive.

27 „Kleine Quellensammlung", Nr. 2.

Howells spricht, wie andeutungsweise schon Norris, von dem besonderen „gegebenen Motiv" für eine Kurzgeschichte, das im schöpferischen Prozeß, bei der Konzeption eines Werkes, wirksam wird. Zwar erkennt er diesem „short-story motive" — neben der im Vergleich zum Roman ermittelten thematischen und materiellen Begrenzung — eine dramatische Qualität zu, welche die Anekdote nicht besitzt, aber er definiert die Kurzgeschichte nicht mehr von der Form und Effektivität ihres „plot" her.

Howells steht mit diesem Passus seiner theoretischen Explikation am Anfang einer langen Reihe von Autoren des 20. Jahrhunderts, die sich in ihren Theorien vornehmlich auf ihre eigenen dichterischen Erfahrungen stützen und die, im Kontext ihrer Reflexionen über die spezifischen Bedingungen der Kurzgeschichte, die Mechanismen ihres schöpferischen Prozesses und ihr dichterisches Wahrheitsideal darzulegen versuchen. Poe, das von den Schreibschulen ausgebeutete große Vorbild, wird kaum mehr genannt, denn hier geht es nicht mehr um die rational gesteuerte Komposition einer auf Effekt angelegten Fabel, sondern um die Verwirklichung einer anderen künstlerischen Intention. Die Theorie begleitet hier — nicht geradlinig, aber doch deutlich feststellbar — die in der ersten Hälfte dieses Jahrhunderts stattfindende Entwicklung zu einer handlungsärmeren Kurzgeschichte, in der nicht mehr die vom Ende her konstruierte und überraschend pointierte Aktion das erzählte Geschehen bewegt, sondern in der ein größeres Maß an naturalistischer oder psychologischer Lebenswahrheit erreicht und gestaltet werden soll.

Henry James, der Zeitgenosse von Howells und hervorragende Repräsentant eines neuen erzählkünstlerischen Bewußtseins, steht in dieser Entwicklung. In den Vorworten zur New Yorker Ausgabe seiner Werke[28], den rückblickenden Schilderungen der Entstehungsprozesse seiner gesammelten Erzählungen und Romane, geht er an mehreren Stellen auf sein Ideal der „beautiful and blest *nouvelle*" ein. Im Brennpunkt seiner Darstellungen, die ebenfalls den Einfluß der Zeitschriften und ihrer einengenden Forderungen nach Kürze erkennen lassen, steht die Schilderung eines immer wieder durchlebten schöpferischen Konflikts zwischen dem Impuls oder Bedürfnis zur erzählerischen Expansion, zur vollen Entfaltung einer Idee oder eines Stoffes, und dem mühsamen Versuch, durch Reduktion und Kürze zu einer expressiven Konzentration des Erzählens zu gelangen. Er beschreibt diesen Konflikt an mehreren Stellen, und am Beispiel von „Europe" umreißt er besonders klar den typischen Prozeß, der zu der von ihm so hoch geschätzten Form der Kurzgeschichte führte:

I undertook the brevity, so often undertaken on a like scale before, and again arrived at it by the innumerable repeated chemical reductions and condensations

28 „Kleine Quellensammlung", Nr. 3.

that tend to make of the very short story ... one of the costliest, even if, like the hard, shining sonnet, one of the most indestructible, forms of composition in general use.

Sein konfliktreiches Verfahren zur Erreichung des erzählerischen Destillats der „nouvelle“ oder „short story“ und seine erklärte Vorliebe, besonders in seinen kurzen Prosadichtungen das Geschehen aus dem Blickwinkel eines interessierten, jedoch kritischen und nicht unmittelbar engagierten Augenzeugen erzählen zu lassen, läßt eine deutliche Distanz zu den Rezepten der gängigen Schreibschulen erkennen. Er kannte die bewegte Diskussion seiner Zeit über die „question of the short story“, aber sie war für ihn ein eitles und leeres Geschwätz.

Eine offene Auflehnung gegen das Konzept der syndikalisierten „well-plotted story“ unternahmen vor allem drei Autoren: Ring Lardner parodierte 1924 in dem Vorwort zu seinem Buch *How to Write Short Stories*[29] den Stil und das Verfahren der Schreibschulen, und James T. Farrell setzte sich dreizehn Jahre später in der Einführung zu einem eigenen Kurzgeschichtenband[30] polemisch und im Detail mit einer ganzen Reihe ihrer Autoren auseinander:

Upon examination, most of the short-story handbooks reveal that they are largely expansions and extensions of what the late Brander Matthews wrote some years ago in his *The Philosophy of the Short-story.* And it must be added that he wrote next to nothing of real literary worth, insight, or suggestiveness.

Farrell, der in der Tradition des literarischen Naturalismus gesehen werden kann, lehnt jede strikte Gattungsdefinition der Kurzgeschichte als funktionslos und unsinnig ab. Die Prosadichtung, so sagt er,

is a great sea of human experience, and part of that sea is the novel, part of it other forms. Into it is poured a complexity of human experience. The manner of presenting this experience is determined by many factors. ... Form and content are functions of each other mutually interdependent, mutually related. They cannot be separated. If we approach shorter works of fiction with definitions and peer through these definitions as lenses, we shall turn literature into a parlor game of recognition. New writers will come along and smash our definitions — and we shall have to add new ones.

Seine Ablehnung richtet sich wohl nicht so sehr dagegen, daß ein Kurzgeschichtenautor — wie es Farrell selbst auch tut — sein Prosaideal und seine Prosapraxis begrifflich reflektiert und theoretisch begründet, sondern mehr gegen die Fehleinschätzung der Funktion einer Gattungsdefinition und ihren kunstwidrigen Mißbrauch.

[29] Ring Lardner, *How to Write Stories (with Samples)* (New York, 1924). Auszüge aus dem Vorwort in *What is the short story*, pp. 83—85.
[30] „Kleine Quellensammlung“, Nr. 6.

Sherwood Anderson, der neben Lardner und einigen anderen Experimentatoren in den zwanziger Jahren mit seiner „non-formula story“[31] zum Initiator der modernen amerikanischen Kurzgeschichte wurde, wandte sich in seinen vielen und verstreuten theoretischen Äußerungen ebenfalls mit Vehemenz gegen die „plot stories“ in den Zeitschriften und gegen „that absurd Anglo-Saxon notion that they must point a moral, uplift the people, make better citizens, etc.“[32] Für ihn waren sie ein Verrat an der Kunst und an den Menschen, deren Schicksal in den Erzählungen gestaltet wurde. Im Leben, dem Material des Prosadichters, gibt es keine „plot stories“.

Andersons Theorie der Prosadichtung konzentriert sich auf begriffliche und auch metaphorische Darstellungen des schöpferischen Prozesses und des Verhältnisses des schöpferischen Schriftstellers zur Wirklichkeit. Sie ist vor allem eine Theorie der dichterischen Imagination.[33] Nur selten und recht vage werden von ihm die Struktur-, Form- und Gattungsprobleme der Prosadichtung angesprochen, und seine Theorie der Kurzgeschichte ist ein integraler und kaum isolierbarer Teil einer allgemeinen Theorie dichterischen Erzählens. Er erstrebt keinen „vorbedachten Effekt“ und verfolgt keine „pre-established design“ wie Poe und seine Epigonen, sondern er will vor allem Charaktere darstellen und sie in den wichtigen, expressiven Momenten ihres Lebens ergreifen, jenen „moments of life“, in denen sich ihre innere Wahrheit enthüllt. Seine Kurzgeschichten und seine Theorie vertreten eine andere Modernität als die von Brander Matthews.

In der weiteren theoriegeschichtlichen Entwicklung des 20. Jahrhunderts finden sich Autoren wie Edith Wharton[34], William Saroyan[35], Katherine

[31] Ernest Benjamin Speck, „The American Short Story, 1830—1940: A Study in Form and Content“, *Dissertation Abstracts,* XX (1959), p. 307, sagt: „The short story had begun, before the opening of this century, a development along two separate lines of emphasis: naturalism and craftsmanship. Then the O. Henry story, with its emphasis on trick plots, became the vogue until the break from formula stories in the 1920's, when Sherwood Anderson, Ernest Hemingway, Ring Lardner, and a few other experimenters introduced the non-formula story.“

[32] „Kleine Quellensammlung“, Nr. 4 — sowie Auszüge aus *A Story Teller's Story* (New York, 1924) in *What is the short story,* pp. 78—81.

[33] Siehe Alfred Weber, „Sherwood Andersons Reflexionen über die Dichtung“, in *Amerikanische Literatur im 20. Jahrhundert,* hrsg. von Alfred Weber und Dietmar Haack (erscheint im Frühjahr 1971 in Göttingen bei Vandenhoeck & Ruprecht).

[34] „Kleine Quellensammlung“, Nr. 5.

[35] William Saroyan, „What is a Story?“, *Saturday Review of Literature,* XI (January 5, 1935), in *What is the short story,* pp. 93—95.

[36] „Kleine Quellensammlung“, Nr. 7.

[37] Eudora Welty, „The Reading and Writing of Short Stories“, *Atlantic Monthly,* CLXXXIII (February, 1949), Auszüge in *What is the short story,* pp 108—115.

Anne Porter[36], Eudora Welty[37], William Carlos Williams[38], Frank O'Connor[39] und Truman Capote[40], die eine kontinuierliche und sehr intensive Auseinandersetzung mit den Problemen der Kurzgeschichte und des kurzen Erzählens erkennen lassen. In ihren theoretischen Äußerungen wird der Weg, den W. D. Howells, Henry James und danach Sherwood Anderson einschlugen, in unterschiedlicher Weise fortgesetzt. In immer neuen individuellen Nuancierungen und Akzentuierungen wird auf die eigenen schöpferischen Erfahrungen und dichterischen Intentionen im Gattungsbereich der Short Story eingegangen und in einer zunehmend introvertierten theoretischen Reflexion ein sehr sensibles kritisches Bewußtsein begrifflich artikuliert. Dabei wird die Abkehr vom Ideal einer gut komponierten, handlungskonzentrierten und auf Effekt bedachten Kurzgeschichte klar erkennbar, und die Gattungsdefinitionen der Short Story werden immer brüchiger und allgemeiner. In diesen Theorien werden ein festes Gattungskonzept und der Sinn einer Gattungsbestimmung überhaupt in Frage gestellt, obwohl der Terminus „short story" als etablierter Begriff akzeptiert wird.

IV

Diese erste kursorische Lektüre der in zwei Textsammlungen zusammengetragenen amerikanischen Definitionen und Theorien der Kurzgeschichte sollte die Möglichkeiten und Probleme einer theoriegeschichtlichen Untersuchung illustrieren, die noch nicht abgeschlossen ist. Die Einsichten und Ergebnisse, die sich aus der sehr knappen und vereinfachten entwicklungsgeschichtlichen Darstellung ergaben, lassen sich kurz in fünf Punkten zusammenfassen:

Erstens: Aus dem Vergleich der theoretischen Äußerungen zahlreicher Autoren ließ sich entnehmen, daß sich die Idealvorstellung von Kurzgeschichte im Laufe von eineinhalb Jahrhunderten in beachtlicher Weise wandelte. Die Darstellung der hier feststellbaren Entwicklung könnte und müßte — nach einer vollen Erschließung des Quellenmaterials — noch weiter präzisiert und durch die Einbeziehung entwicklungsgeschichtlicher Untersuchungen der Kurzgeschichten-Praxis erweitert werden. Zwischen der Theorie und Praxis eines Autors bestehen nicht nur wesentliche Verbindungen, sondern auch oft Antinomien, und ihre Bestimmung gehört zu einer umfassenden und noch ausstehenden Gattungsgeschichte.

38 „Kleine Quellensammlung", Nr. 8.
39 Auszüge aus einem Interview der *Paris Review* (1957) in *What is the short story*, pp. 134—136.
40 Auszüge aus einem Interview der *Paris Review* (1957) in *What is the short story*, pp. 132—133.

Zweitens: Wohl wurden — unter dem weit durch das 19. Jahrhundert reichenden Einfluß Poes — Definitionen geprägt und Theorien entwickelt, die den Anspruch allgemeiner Gültigkeit erheben und ihre Formvorstellungen rückblickend auf die Vergangenheit und vorausdeutend auf die Zukunft projizieren. Aber diese normativen Theorien von Matthews und der Kurzgeschichtenschreibschulen, die den Markt der gängigen Zeitschriften des späten 19. und frühen 20. Jahrhunderts beeinflußten und von ihm beeinflußt wurden, vermochten sich nicht zu halten. Sie wurden in einer Revolte der Generation Sherwood Andersons und James T. Farrells zerbrochen, und die folgenden Autoren bieten dort, wo sie von den besonderen Bedingungen der Kurzgeschichte reden, überwiegend eine Darstellung ihres eigenen Schöpfungsprozesses. Damit stehen auch sie in gewisser Weise in der Tradition E. A. Poes, der wie kein anderer in Amerika die gattungstheoretische Auseinandersetzung bewegt hat, aber sie halten eine Gattungsdefinition für unbefriedigend, praktisch irrelevant und zu eng. Sie suchen nicht die überzeitlichen Gemeinsamkeiten dieser Kurzform erzählender Dichtung, sondern sie betonen die Individualität einer jeden Kurzgeschichte. Ihre Argumentation ist induktiv, stützt sich auf eine begriffliche Darstellung des imaginativen und kompositorischen Prozesses, der zur Kurzgeschichte führt, und sie begreifen die Form nicht als vorgegebene Gesetzlichkeit der Gattung, sondern als Funktion variabler dichterischer Inhalte und Intentionen.

Drittens: Die eingangs gestellte Frage, was denn eine Kurzgeschichte sei, findet nach dem historischen Überblick über die gattungstheoretischen Auseinandersetzungen eine vielleicht unbefriedigende Antwort: Die Kurzgeschichte ist, im Vergleich mit dem Roman, eine relativ kurze Geschichte, und ihre Kürze hat — aufgrund der notwendigen stofflichen und thematischen Begrenzung und infolge des konzentrierten Einsatzes der erzählerischen Mittel — strukturelle Konsequenzen. Sie erlebt wohl in einer Zeit typische formale Ausprägungen, aber ihre typischen Formen wandeln sich im Verlauf der Geschichte. Das ist der Ansatz zu einer historisch deskriptiven Definition, welche die verschiedensten zeitlichen Ausprägungen der Kurzgeschichte zu berücksichtigen versucht, dabei aber allzu vage bleibt und für die praktische Analyse keine Vorteile bringt. Hier scheint das gleiche Phänomen vorzuliegen wie in der Geschichte des Romans, der Tragödie, der Ode und anderer historischer Formen der Dichtung, die im Laufe der Zeit einen großen Wandel durchgemacht haben.

Viertens: Eine Möglichkeit, in einer theoriegeschichtlichen Untersuchung dennoch zu neuen, präzisen und lohnenden Einsichten zu gelangen, ist zu Beginn schon angedeutet und in dem Überblick über die amerikanischen Theorien an einzelnen Stellen verdeutlicht worden. Es wurde festgestellt, daß es bei allen Unterschieden in den theoretischen Aussagen über die Kurzgeschichte überzeitliche Gemeinsamkeiten sowie durchgängige thematische Motive und Definitionsweisen gibt.

Das zentrale Thema aller Theorien ist das der Kürze. Daneben gehen aber viele Theoretiker, in unterschiedlichen Kontexten, auf den erreichbaren oder intendierten Lesereffekt, oder auf die Besonderheiten des schöpferischen Prozesses, oder auch auf die typische Form der Komposition und des „plot" einer Kurzgeschichte ein. Häufig erscheinen auch Vergleiche mit anderen Formen der Erzählkunst und anderen literarischen Gattungen, vor allem mit der epischen Großform des Romans, dann aber auch mit der Anekdote, der Skizze und der „Novelette" und Novelle. Daneben finden sich, vom Ende des 17. Jahrhunderts bis zur Gegenwart, Vergleiche der kurzen Erzählung mit dem Drama und seinen verschiedenen Formen. In neuerer Zeit wird die Kurzgeschichte oft auch mit dem Gedicht verglichen, so von Henry James, von W. C. Williams und anderen modernen Autoren. Es ist ein Vergleich, der wiederum auf Poe und Perkins zurückverweist, aber doch insgesamt eine andere Orientierung als bei den vorausgegangenen Theoretikern erkennen läßt. Bei einer Analyse dieser Vergleiche läßt sich zum Beispiel sehen, daß das *tertium comparationis* zwischen Kurzgeschichte und Gedicht sehr unterschiedlich sein und verschiedene Bedeutungen haben kann: Der Vergleich kann sich auf die Konzentration des sprachlichen und bildhaften Ausdrucks beziehen, die in einer Kurzgeschichte — so wie im Gedicht — erreicht wird oder werden soll; er kann auch nur die vergleichbare Kürze und Überschaubarkeit zum Ausdruck bringen, die in diesen beiden Gattungen gegeben ist; er kann aber auch den subjektiven Impuls meinen, die lyrische Ausdruckshaltung, die direkte emotionale Selbstäußerung des Dichters in seinem Werk. Des weiteren gehen viele Autoren auf die unterschiedlichen Medien der Zeitschrift und des mündlichen Erzählens sowie auf andere außerliterarische Einflüsse ein, die auf die Formvorstellung und Intention der Kurzgeschichte von Einfluß waren.

Die feststellbaren Ähnlichkeiten und Gemeinsamkeiten, die hier nur angedeutet werden konnten, liefern die Ansätze für eine systematisch vergleichende Analyse von Theorietexten, die zu verschiedenen Zeiten von den verschiedensten Autoren geschrieben wurden. Sie mag zu einer Differenzierung zwischen den konstanten und historisch variablen Elementen und Aspekten der Kurzgeschichte und des kurzen Erzählens führen und damit die Grundlagen für eine historische Poetik der Gattung legen. Ziel dieser Untersuchung kann nicht sein, selbst zu einer neuen Gattungsdefinition der Short Story zu gelangen, sondern mit größtmöglicher Genauigkeit die Entwicklung des Denkens über die Short Story, die Ursachen ihrer Existenz und ihre unterschiedliche Bedeutung in einzelnen Epochen zu beschreiben. Neben der gängigen historischen Betrachtung der Kurzgeschichtenpraxis repräsentativer Autoren bietet sich hier ein weiterer Weg, dem erzähltypologischen und historischen Phänomen Kurzgeschichte auf den Grund zu kommen. Es ist ein selten begangener und vielleicht recht abenteuerlicher Weg, auf dem noch viel Neuland zu gewinnen und auszumessen ist.

PROBLEME UND METHODEN DER SHORT-STORY-INTERPRETATION

Paul Goetsch

Interpretation von Erzählkunst

Allgemeine Einführungen in die Erzählkunst wie *Understanding Fiction*[1] und *The Discovery of Fiction*[2] illustrieren die Begriffe und Methoden der Interpretation vorwiegend an Short Stories. Das ist didaktisch sinnvoll, weil Werke der Kurzepik überschaubarer, wenn auch nicht unbedingt leichter verständlich sind als Romane und weil deshalb auf sie in einem geringeren Maße jene Schwierigkeiten zutreffen, die sich nach Percy Lubbocks Beobachtung bei der Analyse der Epik als Zeitkunst ergeben:

> Nothing, no power, will keep a book steady and motionless before us, so that we may have time to examine its shape and design. As quickly as we read, it melts and shifts in the memory; even at the moment when the last page is turned, a great part of the book, its finer detail, is already vague and doubtful.[3]

Von einem theoretischen Standpunkt aus ist es freilich unerheblich, welche Art der erzählenden Kunst in den Mittelpunkt einer einführenden Darstellung rückt. Da der dichtungslogische Ort für alle Formen der Erzählkunst derselbe ist, sind keine absoluten Differenzqualitäten zwischen Roman und Short Story denkbar, zumal die Kürze selbst als relativer Begriff aufzufassen ist.[4] Weder bietet der Roman dort eine Welt in ihrer Totalität dar, wo sich die Short Story mit einem Wirklichkeitsausschnitt begnügt, noch zeichnet sich der Roman notwendigerweise durch eine größere Stoff- und Themenfülle aus als die Short Story. Entsprechend gilt, daß Raum, Zeit, Figuren und Handlung, jene vier Wirklichkeitskategorien, die für die Erzählkunst allgemein charakteristisch sind, komplex sein können, ohne daß eine Ausweitung der Erzählung zum Roman erfolgen muß. Folgerichtig gehen viele Deutungen von Short Stories und Romanen gleichermaßen auf Aspekte wie Bildersprache, Erzählstandpunkt, Charakterisierung und Raffungsprinzipien ein— um nur einige der Ansätze zu nennen, von denen aus ein Erzählwerk erschlossen zu werden pflegt.

[1] Vgl. C. Brooks, R. P. Warren, *Understanding Fiction,* 2. Aufl. (N. Y., 1959).
[2] Vgl. T. E. Sanders, *The Discovery of Fiction* (N. Y., 1967).
[3] Percy Lubbock, *The Craft of Fiction* (Lo., 1924), S. 1.
[4] Zu den theoretischen Voraussetzungen dieser Arbeit vgl. meinen Aufsatz „Die Begrenzung der Short Story", in: Hans Bungert, Hrsg., *Die amerikanische Short Story: Theorie und Entwicklung,* Wege der Forschung, CCLVI (Darmstadt, 1971).

Obwohl die Behauptung zutrifft: „A good story or novel can be approached from any angle"[5], hat die Short-Story-Kritik seit jeher auch Gesichtspunkte beachtet, die bei der Romaninterpretation eine geringere oder praktisch keine Rolle spielen. Es erhebt sich deshalb die Frage, ob es trotz des Fehlens absoluter Differenzqualitäten zwischen Groß- und Kleinformen der Epik Verfahrensweisen gibt, die der Short Story gemäßer sind als dem Roman. Eine Beantwortung dieser Frage setzt die Auseinandersetzung mit einigen typischen Interpretationsmethoden der Short-Story-Kritik voraus und zwingt zugleich zur Kritik an verschiedenen Axiomen der Short-Story-Theorie.

Der Anfang der Short Story

Einer der Gesichtspunkte, die in der Diskussion über die Short Story schon seit langem begegnen, während sie in der Romantheorie bis vor kurzem vernachlässigt wurden[6], ist der Anfang des Erzählwerkes. Auf seine Bedeutung für die *short prose narrative* wies bereits Edgar Allan Poe hin: „If his [the author's] initial sentence tend not to the outbringing of this [preconceived] effect, then he has failed in his first step."[7] In der Tat lassen sich wesentliche Gestaltungstendenzen Poes an vielen seiner Erzähleingänge ablesen. Die ersten Sätze von „The Tell-Tale Heart" und „The Black Cat" beschwören beispielsweise sofort die für das Verständnis der Werke erforderliche Atmosphäre des Ungewöhnlichen, verweisen auf die an *madness* grenzende Erregung und Betroffenheit des Icherzählers und verleihen seinem Wunsch, nüchtern, ruhig seine Erfahrungen wiederzugeben, den Charakter eines krampfhaften Ringens um Selbstbeherrschung. So wird der Leser von Beginn an auf ein Geschehen eingestimmt, in dem der Affekt der Furcht, der Verlust der Selbstbeherrschung und damit der Verrat des Ichs an sich selbst dominieren. Der vom erzählenden Ich konzipierte Anfang bereitet auf das unter außergewöhnlichen Umständen erfolgende Schuldbekenntnis des erlebenden Ichs vor und verspricht — im Falle von „The Black Cat" — eine spätere Erklärung dafür, warum der Erzähler zum Tode verdammt ist. Die Analyse vieler anderer Short-Story-Anfänge wäre von vergleichbarer Ergiebigkeit. Es nimmt daher nicht wunder, daß Poes Hinweis auf die Wichtigkeit des ersten Satzes von anderen Autoren und Kritikern aufgegriffen worden ist. Obgleich etwa Edith Wharton Anfänge ablehnt, die sich (wie die Poes?)

[5] B. E. Peltzie, „Teaching Meaning Through Structure in the Short Story", *English Journal,* LV (Sept. 1966), 703—709, hier S. 706.

[6] Vgl. N. Miller, Hrsg., *Romananfänge: Versuch zu einer Poetik des Romans* (Berlin, 1965).

[7] E. A. Poe, „Nathaniel Hawthorne", *Tales, Poems, Essays* (Lo./Glasgow, 1952), S. 521.

im Trick erschöpfen, fordert sie ein „vivid opening", das dem Leser „an immediate sense of security" einflößt und schon das „clue" enthält, das der Autor nur noch weiter verfolgen muß.[8]

Hinter solchen Äußerungen verbirgt sich die richtige Erkenntnis, daß die Darstellung in der Short-Story ökonomischer sein muß als im Roman und daß ein zielstrebiger Anfang dieser knapperen Erzählweise Rechnung tragen kann. Ein absolutes Unterscheidungsmerkmal zwischen Roman und Short Story ist allerdings mit dem auf das Ende hin angelegten Anfang nicht gewonnen. So ist ja etwa der berühmte erste Satz von Jane Austens *Pride and Prejudice* nicht nur deshalb ironisch, weil er die ‚allgemeine Wahrheit' („that a single man in possession of a good fortune, must be in want of a wife") anzweifelt. Ironisch ist vielmehr auch, daß Handlungsverlauf und Schluß die fragwürdige Ausgangsthese im Hinblick auf die männlichen Hauptpersonen des Romans bestätigen. Andere Romanciers pflegen, wie Conrads *Nostromo* stellvertretend beweisen mag, am Anfang zumindest wesentliche *clues* zu plazieren. Ein extremes Beispiel bietet der Detektivroman *Landscape with Dead Dons* von Robert Robinson: Bereits das dem ersten Kapitel vorangestellte Motto, ein angebliches Chaucer-Zitat, enthüllt das Tatmotiv, die Fälschung eines Chaucer-Manuskriptes, und in der Form des Akrostichons den Namen des Mörders, der zwar eitel genug war, das Manuskript zu ‚signieren', aber alle Mitwisser ausschaltet, um seinen auf der Fälschung beruhenden wissenschaftlichen Ruf nicht zu gefährden[9]. Sicherlich ziehen andere Romanautoren, besonders die des 18. und 19. Jahrhunderts, der thematischen, handlungsbetonten oder ein unerhörtes Ereignis in Aussicht stellenden Eröffnung gemächlichere und beiläufigere Anfänge mit ausgesprochener Expositionsfunktion vor, doch ist diese Möglichkeit auch in der Kurzepik wahrgenommen worden. Man denke an Rahmenerzählungen wie Henry James' „The Turn of the Screw" oder an den allgemeinen historischen Kommentar, mit dem Nathaniel Hawthorne seine Erzählung „My Kinsman, Major Molineux" einleitet.

Neben der theoretisch denkbaren Fülle der Möglichkeiten, ein Werk der Erzählkunst zu eröffnen, ist zusätzlich der historische Wandel der Short Story zu beachten. Markante Anfänge in der Art Poes haben zwar typusbildend gewirkt[10], sind aber zum Beispiel in der modernen Kurzgeschichte, einer Art der Short Story, der die Germanistik viel Aufmerksamkeit geschenkt hat, kaum noch üblich: „Meistens beginnt eine Kurzgeschichte ohne Einleitung"[11].

8 Edith Wharton, „Telling a Short Story", *The Writing of Fiction* (Lo./N. Y., 1925), 33—58, hier S. 37 ff.

9 R. Robinson, *Landscape with Dead Dons* (Harmondsworth, 1963).

10 Siehe „Materialien zum Anfang der Short Story" in diesem Band.

11 K. Doderer, „Die Kurzgeschichte als literarische Form", *Wirkendes Wort*, VIII (1957/8), 90—100, hier S. 93. Vgl. H. Piontek, „Graphik in Prosa: Ansichten über die deutsche Kurzgeschichte", *Merkur*, XIII (1959), 275—283, hier S. 279.

Anscheinend schließen sich die Verfasser solcher Werke der Meinung E. M. Forsters an, der seinen Roman *Howards End* mit der Feststellung einleitet: „One may as well begin with Helen's letters to her sister." Sie blenden in ein Geschehen ein und wieder aus, als ob ihnen Anfang und Ende gleichgültig wären[12]. Insgesamt hat aus den angegebenen Gründen die folgende These Edith Whartons zwar für viele, aber nicht für alle Short Stories Gültigkeit:

The rule that the first page of a novel ought to contain the germ of the whole is even more applicable to the short story, because in the latter case the trajectory is so short that flash and sound nearly coincide.[13]

In anderen Worten: die Interpretation des Anfangs ist vielleicht eher als bei vielen Romanen bei einer großen Zahl von Short Stories von besonderer Ergiebigkeit; grundsätzlich ist sie jedoch dieser Gattung nicht gemäßer als dem Roman

Der Schluß der Short Story

Die Diskussion über den Erzählanfang berührt sich an vielen Stellen mit der Erörterung des Erzählschlusses. Auch diese hat die Short-Story-Kritik schon viel länger interessiert als die Romantheorie[14]. Wiederum war es Poe, der wohl als erster die Bedeutung des Schlusses für die Kurzepik erkannt hat und apodiktisch beschrieb. Auf Grund der zweifelhaften Voraussetzung, daß *brevity* die erstrebenswerte Qualität jeglicher Dichtung sei, da sie allein *unity of effect* garantiere, muß nach Poes Meinung die schöpferische Arbeit mit dem Ende des geplanten Werkes beginnen. Steht das Ende erst einmal fest, kann es „step by step" vorbereitet werden — „with the precision and rigid consequence of a mathematical problem"[15]:

In the whole composition there should be no word written, of which the tendency, direct or indirect, is not to the one pre-established design. And by such means, with such care and skill, a picture is at length painted which leaves in the mind of him who contemplates it with the kindred art, a sense of the fullest satisfaction. The idea of the tale has been presented unblemished, because undisturbed; and this is an end unattainable by the novel.[16]

Als Beschreibung der eigenen Praxis treffen Poes Ausführungen in vielen Fällen zu. Wie schon angedeutet, ergibt sich der Schluß von „The Black Cat", die Selbstenthüllung und die Gefangennahme des Erzählers, logisch aus der

12 Vgl. W. Schnurre, „Kritik und Waffe: Zur Problematik der Kurzgeschichte", *Deutsche Rundschau,* LXXXVII (1961), 61—66, hier S. 61; H. Motekat, „Gedanken zur Kurzgeschichte", *Der Deutschunterricht,* IX (1957), i, 20—35.

13 Wharton, a. a. O., S. 39.

14 Zum Romanschluß vgl. Alan Friedman, *The Turn of the Novel* (N.Y./Lo., 1966).

15 Poe, „The Philosophy of Composition", a. a. O., S. 504.

16 Poe, „Nathaniel Hawthorne", S. 521.

zukunftsgewissen Vorausdeutung des Anfangs, daß der Erzähler zum Tode verdammt ist. Umgekehrt bereitet in „The Pit and the Pendulum" die Erwähnung des Todesurteils und der Besinnungslosigkeit des erlebenden Ichs zusammen mit der Tatsache, daß der Erzähler aus einem zeitlichen Abstand seine Erlebnisse zu schildern vermag, auf das letzte Handlungsereignis, seine Errettung aus den Händen der Inquisition, vor.

Wiederum darf jedoch Poes Kunstwollen nicht, wie das seit Brander Matthews häufig geschieht, mit allgemeinen Prinzipien der Kurzepik verwechselt werden. Bei unvoreingenommener Betrachtung zeigt sich, daß viele Short Stories, zum Beispiel Conrads „Youth" und „Heart of Darkness", den Rahmenschluß lieben und andere den vor allem von O'Henry entwickelten Typ des *surprise ending* bevorzugen, während besonders in der Kurzgeschichte der Gegenwart oft das dezidierte Ende in der Art von Poe und O'Henry fehlt[17] und der Begriff ‚Ausblendung' der Gestaltung des Schlusses noch am ehesten gerecht wird.

Freilich resultiert die Verwirrung, die im Hinblick auf den Erzählausgang für die Short-Story-Diskussion charakteristisch ist, nicht immer aus der unbedachten Übernahme Poescher Thesen. Es fehlt bisweilen auch die Einsicht, daß die Short Story grundsätzlich nur über dieselben Möglichkeiten der Schlußbildung verfügt wie der Roman, obschon sie eher auf das Ende hindrängt. Wird dieser Sachverhalt verkannt, so kommt es zum Beispiel zu einer kurzschlüssigen Gleichsetzung von moderner Short Story und moderner Skepsis — zu der Ansicht nämlich, im offenen Schluß der Short Story spiegele sich das Lebensgefühl der Gegenwart[18], und zu der damit verbundenen Forderung, Romane mit offenen Schlüssen sollten als Kurzgeschichten bezeichnet werden.[19]

Einen weiteren Anlaß für Verwirrung liefert die dogmatische Anwendung idealtypischer Gattungsdefinitionen. In der Germanistik ist es üblich, zwischen Novelle und Kurzgeschichte als zwei Arten der Short Story zu differenzieren. Oft spricht man hierbei der Novelle einen geschlossenen, der Kurzgeschichte einen offenen Schluß zu[20]. Diese durchaus sinnvolle Unterscheidung

17 Vgl. Piontek, a. a. O., S. 279.

18 Vgl. u. a. Ruth Lorbe, „Die deutsche Kurzgeschichte der Jahrhundertmitte", *Der Deutschunterricht,* IX (1957), 36—54, hier S. 37; B. v. Wiese, *Novelle* (Stuttgart, 1963), S. 81; S. Unseld, „An diesem Dienstag: Unvorgreifliche Gedanken über die Kurzgeschichte", *Akzente,* II (1955), 139—148; H. Pongs, „Die Anekdote als Kunstform zwischen Kalendergeschichte und Kurzgeschichte", *Der Deutschunterricht,* IX (1957), i, 5—20.

19 Vgl. Hans Bender, „Ortsbestimmung der Kurzgeschichte", *Akzente,* IX (1962), 205—225, bes. S. 206 ff.

20 Vgl. z. B. K. Doderer, „Die angelsächsische *short story* und die deutsche Kurzgeschichte", *Die Neueren Sprachen,* II (1953), 417—424, hier S. 418; ders., „Die Kurzgeschichte als literarische Form", S. 94.

wird dann bedenklich, wenn über dem Schluß alle anderen postulierten Unterschiede zwischen Novelle und Kurzgeschichte vergessen und aus der Betrachtung solche Werke ausgeklammert werden, die alle normativ festgelegten Merkmale der Kurzgeschichte bis auf den offenen Schluß erfüllen. Die Gefahr, die eine starre Handhabung der Gattungsdefinitionen mit sich bringt, zeigt sich noch deutlicher an der Frage der Pointierung, welche oft im Zusammenhang mit der Erörterung des Schlusses gestellt wird.

Die Pointe

Im Kontrast zur Novelle ist für Benno von Wiese und Helga von Kraft die Kurzgeschichte pointierend[21]. Für Johannes Klein und Klaus Doderer dagegen entspricht der Pointe, die für die Anekdote typisch sein soll, die unerwartete Wendung am Schluß oder der Lebensbruch der Kurzgeschichte[22]: Durch diesen Bruch oder diese Wendung wird, anders als durch die Pointe, das aufgebaute Spannungsfeld beseitigt[23]. Andere Kritiker leugnen, daß die Kurzgeschichte überhaupt eine Pointe oder auch nur etwas Vergleichbares besitzt, weil sie sich am Schluß unauffällig aus dem Geschehen auszublenden pflegt[24]. Solche Meinungsdifferenzen erklären sich daraus, daß die Kritiker trotz grundsätzlicher Übereinstimmung aus verschiedenartigen Short Stories den Idealtypus Kurzgeschichte ableiten. Nun wird der heuristische Wert ihrer verschiedenen Definitionen sicherlich nicht davon beeinträchtigt, ob die Pointe als Merkmal der Kurzgeschichte anerkannt ist oder nicht. Falsch ist es aber anzunehmen, das Darstellungsmittel der Pointe könne in bestimmten Arten der Erzählkunst nicht verwendet werden. In der Anekdote wie im Witz, in der Novelle wie der Kurzgeschichte kann eine Pointe den eigentlichen, unerwarteten Sinn des Ganzen herstellen. Selbst im Roman ist Pointierung möglich[25]. Erinnert sei hier nur an den Detektivroman, bei dem die Aufdeckung des Täters in der Regel pointenhaft wirkt, da sie die richtigen Indizien und die vom Verfasser gelegten falschen Spuren als solche überraschend erkennbar macht und damit das aufgebaute Spannungsfeld beseitigt.

Im übrigen ist Pointierung sowohl mit dem offenen als auch dem geschlossenen Schluß vereinbar, wenn man voraussetzt, daß Pointen primär vergan-

21 Vgl. v. Wiese, a. a. O., S. 80; H. v. Kraft, *Die Kurzgeschichte als Gegebenheit und Idee* (Mschr. Diss. Münster, 1942), S. 33.

22 Vgl. J. Klein, „Kurzgeschichte", in: W. Kohlschmidt, W. Mohr, Hrsg., *Reallexikon der deutschen Literaturgeschichte*, 2. Aufl. (Berlin, 1958), I, 912—915; Doderer, „Die Kurzgeschichte als literarische Form", S. 94.

23 Doderer, „Die Kurzgeschichte als literarische Form", S. 94 f.

24 Vgl. z. B. Piontek, a. a. O., S. 278; Schnurre, a. a. O., S. 61.

25 Vgl. F. Sengle, „Der Umfang als ein Problem der Dichtungswissenschaft", in: R. Alewyn, H.-E. Haas, C. Heselhaus, Hrsg., *Gestaltprobleme der Dichtung* (Bonn, 1957), 299—306, hier S. 304.

genheits- oder zukunftsbezogen sein können. Wird durch die Schlußpointe plötzlich das vorausgegangene Geschehen erklärt, so kann von einem geschlossenen Schluß gesprochen werden. Beispielsweise enthüllt die nüchterne Feststellung „The third was Major Creede Halcrow", mit der Ambrose Bierce seine Short Story „The Coup de Grâce" beendet, den ironischen Sinn des Gesamtvorgangs: Captain Madwell, der auf dem Schlachtfeld seinem tödlich verwundeten Freund Caffal Halcrow den Gnadenstoß gibt, wird durch die Ankunft Creede Halcrows überrascht und darf auf Grund früherer Auseinandersetzungen mit dem Bruder seines Freundes nicht auf Gnade hoffen. Anders stellt sich die Hauptrichtung der Pointe in Edith Whartons „Roman Fever" dar[26]. Die Handlung dieses Werkes deckt mit Hilfe einer analytischen Technik vergangene Ereignisse auf und gipfelt in der Erklärung Mrs. Ansleys, der Vater ihres Kindes sei Mr. Slade. Durch diese Information verändert sich schlagartig das Verhältnis zwischen ihr und der überraschten Mrs. Slade. Wie es sich in Zukunft gestalten wird, bleibt der Vorstellung des Lesers überlassen. Ein Abbruch der Beziehungen liegt nahe, doch ist eine Aussöhnung der beiden Frauen, die es Jahrzehnte lang verstanden hatten, einander ihre kritischen Vorbehalte zu verschweigen, im Bereich des Möglichen, zumal sie durch die Enthüllung der Wahrheit in einer Hinsicht stärker aneinander gefesselt sind als zuvor. Bringt die Schlußpointe in der geschilderten Weise eine zukunftsungewisse Veränderung der Situation mit sich, so konstituiert sie einen offenen Schluß.

Die ‚Grundfigur' und ‚Situation' der Short Story

Pointe, Anfang und Schluß sind Teilaspekte der Frage nach der Grundfigur oder Grundsituation, die viele Interpreten und Theoretiker an die Short Story richten[27]. Für den Wunsch, das Strukturmuster gerade einer Short Story zu benennen, gibt es einen einleuchtenden Grund: Eben weil die Short Story kürzer ist als der Roman, fällt es leichter, die Grundfigur ihrer Handlung zu erkennen und zu deuten. Will der Kritiker Wesentliches erfassen, so genügt es in vielen Fällen bereits, wie Theodore Stroud vorgeschlagen hat, den *change* zu beschreiben, auf den es ankommt[28]. Oft offenbart sich nämlich die Intention des Autors einfach darin, daß sich die eingangs geschilderte Situation in einigen wenigen Punkten verändert. Dabei mag sich, wie in der schon er-

26 Bierces und Whartons Short Stories sind abgedruckt bei Douglas Grant, Hrsg., *American Short Stories*, World's Classics (Lo., 1968).

27 Nach der Grundfigur fragt z. B. Kurt Kusenberg, „Über die Kurzgeschichte", *Merkur*, XIX (1965), 830—838; nach der Grundsituation Doderer, „Die Kurzgeschichte als literarische Form"; nach der Art der Augenblicke Lorbe, a. a. O.

28 Vgl. T. Stroud, „A Critical Approach to the Short Story", *Journal of General Education*, IX (1956), 91—100.

wähnten Short Story „Roman Fever", das Verhältnis zweier Frauen durch die Aufdeckung ihres tatsächlichen Verhaltens in der Vergangenheit wandeln, oder es kann, wie in Hemingways „The Short Happy Life of Francis Macomber", dadurch eine neue Situation entstehen, daß der Protagonist seine Furcht diszipliniert und sich die Haltung des *code*-Helden zum Vorbild nimmt. Die Veränderung braucht sich übrigens nicht unbedingt in äußeren Handlungsereignissen zu vollziehen. In vielen *plotless stories,* die seit Sherwood Anderson üblich sind, wandelt sich lediglich das Weltverständnis der Figuren. So sind etwa die äußeren Ereignisse in Steinbecks „The Chrysanthemums" und Hemingways „Cat in the Rain", für sich genommen, folgenlos. Relevant werden sie nur, indem sie den Protagonistinnen bewußt machen, in welcher unabänderlichen Situation sie sich befinden.

Es wäre möglich und sinnvoll, eine Typologie solcher Grundfiguren aufzustellen. Als Hilfsbegriffe böten sich hier die von Walter Höllerer geprägten Termini Augenblicksgeschichte, Arabeskengeschichte und Überdrehungs- bzw. Überblendungsgeschichte an[29]. Man könnte aber auch von dem Begriff der Situation ausgehen, der in vielen theoretischen Arbeiten und Interpretationen eine Rolle spielt, und beispielsweise folgende Typen der Short Story ansetzen: Werke mit einer Situation, die sich subjektiv und / oder objektiv verändert, Geschichten, in denen sich die Veränderung in der Abfolge von zwei oder mehreren Situationen äußert, und Short Stories, in denen Situationen so ineinander verschränkt sind, daß sie einander spiegeln und gemeinsam eine Veränderung veranschaulichen. Praktisch könnten sich solche Typologien bei der Interpretation vieler Short Stories ebenso bewähren wie die in der Germanistik übliche Unterscheidung zwischen den Handlungsmustern der Novelle (meistens: Anfang, Mitte, Schluß; Höhepunkt, Wendepunkte; Leitmotiv oder Falke; unerhörtes Ereignis) und der Kurzgeschichte (meistens: kein ausgeprägter Anfang und Schluß; Konzentration auf eine entscheidende Lebenssituation; Zusammenfallen von Höhepunkt und Schluß; keine Wendepunkte und Leitmotive; manchmal Pointen). Darüber hinaus wären derartige typologische Überlegungen und Bestimmungen dem Literaturhistoriker nützlich, der den Wandel[30] und die Konstanz von Strukturzügen[31] nachzeichnen will.

[29] Vgl. W. Höllerer, „Die kurze Form der Prosa", *Akzente,* IX (1962), 226—245.

[30] Vorbildlich: A. M. Wright, *The American Short Story in the Twenties* (Chicago, 1961).

[31] Als Muster können dienen: Mary Rohrberger, *Hawthorne and the Modern Short Story: A Study in Genre* (The Hague / Paris, 1966); R. Kopetzki, *Weltfreude und Todesnähe: Die Interpretation anglo-amerikanischer Short Stories in Theorie und Praxis unter besonderer Berücksichtigung der Ironie in der Erzählkunst* (Frankfurt, 1967).

Wer sich freilich daran begibt, die Baumuster oder Grundsituationen der existierenden Short Stories typologisch zu erfassen, wird schnell die Flexibilität dieser Art der Erzählkunst erkennen und begreifen, daß sie sich nicht auf einige wenige Typen festlegen läßt:

> Short stories are simply what different writers make them and what different readers accept, the broad spectrum of fiction being refracted from the infinite variety of persons and events.[32].

Häufig verwandte Begriffe wie Grundfigur, Situation, Schicksalsbruch, unerhörtes Ereignis, Augenblick, *change* (statt *development*) suggerieren fälschlicherweise, daß die Short Story grundsätzlich zu den einfachen oder doch unkomplizierten Arten der Erzählkunst gehört. Übersehen wird dabei erstens, daß Short Stories weder stofflich noch darstellungstechnisch auf Augenblicke, einige wenige Ereignisse oder Situationen festzulegen sind. Nicht beachtet wird in diesem Zusammenhang zweitens, daß die Feststellung einer Grundsituation, eines *change* oder einer Grundfigur auch bei der Analyse von Short Stories stets Resultat einer Abstraktion von einem sprachlichen Text ist. Diese Abstraktion mag im Falle der Short Story oft leichter sein als beim Roman; bei genügendem Mut zur Vereinfachung läßt sich aber der Roman ebenfalls auf *change*, Grundfigur und -situation zurückführen. Beispielsweise bestehen zwischen der *initiation story* und dem Entwicklungsroman sicherlich beträchtliche Unterschiede. Diese sind aber nicht primär in der Handlungsstruktur, sondern in der unterschiedlichen Länge der Werke zu suchen. Auf Grund des verfügbaren Raumes kann der Verfasser eines Entwicklungsromans dort ausführlicher sein, wo sich der Autor der *initiation story* kurz faßt; er kann ferner Aspekte der Entwicklung seines Protagonisten durch Wiederholung und Variation von Motiven verdeutlichen, wo sich die *initiation story* mit der einmaligen Situation oder der Andeutung behelfen muß. In jedem Fall ist es denkbar, daß sich ein Entwicklungsroman zwanglos in die folgende Definition der *initiation story* einfügt:

> An initiation story may be said to show its young protagonist a significant change of knowledge about the world or himself, or a change of character, or of both, and this change must point or lead him towards an adult world. It may or may not contain some form of ritual, but it should give some evidence that the change is at least likely to have permanent effects.[33]

Entsprechendes gilt für die immer wieder definierten Strukturmuster der Novelle und Kurzgeschichte. Es wäre nicht abwegig, die Handlung eines

[32] W. Beck, „Art and Formula in the Short Story", *College English*, V (1943/4), 55—62, hier S. 60.

[33] M. Marcus, „What Is an Initiation Story?", in: S. K. Kumar, K. McKean, Hrsg., *Critical Approaches to Fiction* (N. Y., 1968), 201—213, hier S. 204.

Romans, z. B. Virginia Woolfs *To the Lighthouse,* mit Hilfe der in der Novellentheorie entwickelten Begriffe Leitmotiv, Höhepunkt, Wendepunkt, unerhörtes Ereignis usw. sinnvoll zu interpretieren. Ebenso dürfte es möglich sein, für die Deutung von Romanen wie Joseph Conrads *Lord Jim* Begriffe der Kurzgeschichtentheorie (Schicksalsbruch, offener Schluß usw.) heranzuziehen. Wenn in solchen Zusammenhängen gern vom Eindringen der Kurzprosa oder der einfachen Formen in den Roman gesprochen wird[34], dann ist das unrichtig. Praktisch mögen zwar viele Short Stories bestimmte Strukturmuster bevorzugen, theoretisch gibt es jedoch keine *patterns* und keine Techniken der Handlungsführung, wie nochmals betont werden muß, die einer Art der erzählenden Prosa vorbehalten wären.[35]

Wie aus dem bisher Gesagten folgt, ist die intensive Beschäftigung speziell mit dem Anfang, dem Schluß und der Pointe, allgemein mit der Grundfigur oder -situation bei vielen Short Stories ebenso sinnvoll wie das Ausgehen von gattungstheoretischen Überlegungen. Der Diskussion halber sei sogar eingeräumt, daß die genannten Aspekte bei weitaus mehr Short Stories als Romanen einen sehr ergiebigen Anknüpfungspunkt für den Interpreten darstellen. Andererseits ist die Hoffnung trügerisch, mit der Wahl solcher Ansätze schon Verfahrensweisen gefunden zu haben, die der Short Story überhaupt gemäßer sind als dem Roman, denn ihre theoretischen Voraussetzungen sind einfach falsch. Nirgendwo wird dies vielleicht so deutlich wie in Klaus Doderers Aussagen über den Unterschied zwischen Kurzgeschichte und Roman:

> ... abgesehen von der durch den verschiedenen Umfang bestimmten Ungleichheit von Kurzgeschichte und Roman gibt es auch noch verschiedene innere Kriterien, die beide Formen voneinander abheben. Daß die Vielfalt der Handlungen, die Größe des Erlebnisausschnittes (in der Regel eine Zeitspanne, in der sich ein Mensch entfalten kann) und die Breite der Gesamtanlage im Roman einen Vergleich beider Gattungen von vornherein als unfruchtbar erscheinen lassen, bedarf keiner weiteren Erörterung.[36]

Es würde zu weit führen, hier Short Stories mit einer Vielfalt von Handlungen und einer Zeiterstreckung zu nennen, welche die vieler Romane übertrifft[37]. Es genügt, den Fehler der Argumentation zu bezeichnen: Die vermeintlichen inneren Kriterien, die nichts mit dem Umfang zu tun haben sollen, sondern offenbar als absolut gültige Merkmale aufgefaßt werden,

34 Vgl. Höllerer, a. a. O.

35 Für den Bereich der Novelle macht B. v. Wiese (a. a. O., S. 11 f.) auf diesen Sachverhalt aufmerksam, wenn er sich gegen jeden Dogmatismus wendet und feststellt: „Wir besitzen wertvolle Novellen mit und ohne ‚Falken‘, mit und ohne ‚Wendepunkt‘, mit und ohne Rahmen, mit und ohne ‚Idee‘, ja sogar mit und ohne ‚Leitmotiv‘. Sehr oft tritt dann eine Formmöglichkeit an die Stelle einer anderen.“

36 K. Doderer, *Die Kurzgeschichte in Deutschland* (Wiesbaden, 1953), S. 75.

37 Vgl. Goetsch, „Die Begrenzung der Short Story“.

sind durch den Umfang bedingt. Formulierungen wie „Vielfalt", „Größe", „Breite" verraten, daß es sich bei den „inneren Kriterien" zunächst einmal um quantitative Unterschiede handelt, die dann allenfalls relative Differenzqualitäten nach sich ziehen:

> ... [the short story] has all the qualities which fiction as fiction has, ... the special qualities which it, as opposed to the novel or novelette, possesses or lacks are to be understood as contingent upon the fact of the brevity of the form.[38]

Wenn diese These zutrifft, dann gibt es nur eine Verfahrensweise, die allen Short Stories gemäßer ist als dem Roman, nämlich jene, die die Kürze in den Mittelpunkt der Betrachtung rückt und Form und Gehalt in ihrer Abhängigkeit vom begrenzten Umfang der Short Story untersucht.

Der Umfang der Short Story

Die erste Frage, die im Rahmen dieser Interpretationsmethode zu stellen ist, hat Norman Friedman im Titel seiner Abhandlung „What Makes a Short Story Short?" formuliert. Da es einem Stoff, einem Themenkomplex oder einer Darstellungstechnik nicht von vornherein anzusehen ist, ob sie sich für ein kürzeres oder längeres Werk eignen, lenkt Friedmans Frage die Aufmerksamkeit sofort auf den konkreten Fall. Nur dem Einzeltext ist zu entnehmen, warum die jeweilige Geschichte kürzer oder länger geraten ist:

> A story may be short, to begin with a basic distinction, for either or both of two fundamental reasons: the material itself may be of small compass; or the material, being of broader scope, may be cut for the sake of maximizing the artistic effect. The first reason has to do with distinctions as to the *object* of representation, while the second with distinctions as to the *manner* in which it is represented. We will thus discuss the size of the action (which may be large or small, and is not to be confused with the size of the *story*, which may be short or long), and its static or dynamic structure; and then the number of its parts which may be included or omitted, the scale on which it may be shown, and the point of view from which it may be told. A story may be short in terms of any one of these factors or of any combination...[39]

Das bedeutet, daß auf die Frage „What Makes a Short Story Short?" von Fall zu Fall verschiedene Antworten denkbar sind. Unterschiedliche Aspekte der Fabel — die Themen-, Schauplatz- und Figurenzahl, die zeitliche Erstreckung — können für den tatsächlich erreichten Umfang ebenso verantwortlich sein wie die Darstellungstechnik, zu denen u. a. die Handhabung der Erzählperspektive, die Raffungsprinzipien, die Anspielungs- und Verwei-

[38] C. Brooks, J. T. Purser, R. P. Warren, *An Approach to Literature*, 3. Aufl. (N. Y., 1952), S. 30.
[39] N. Friedman, „What Makes a Short Story Short?", *Modern Fiction Studies*, IV (1958/9), 103—117, hier S. 105.

sungstechnik, die Verdichtung der Aussage in Symbolen und Leitmotiven sowie die Art der Szenenverknüpfung gehören. Diese Beispiele zeigen, wieso Friedmans Frage nach den Gründen der Kürze für den Interpreten so ergiebig ist: Von ihr her lassen sich wesentliche Aspekte des Stoffes und seiner Gestaltung erschließen, das heißt, von ihr her rücken die quantitativen und ein Teil der qualitativen Konsequenzen des Umfangs der Short Story in das Blickfeld.

Ist die Antwort auf die Frage nach der Kürze unter Berücksichtigung der genannten und anderer denkbarer Gesichtspunkte gegeben, dann ist der Umfang der einzelnen Short Story ‚erklärt': Wir wissen, wie es möglich war, einen Stoff, der vielleicht eine wesentlich längere Erzählung erwarten ließ, innerhalb der jeweils beanspruchten Seitenzahl zu behandeln. Was wir noch nicht oder nur zum Teil wissen, ist, ob der betreffende Umfang notwendig und gerechtfertigt ist. Auf die Friedmansche Frage, warum eine Short Story so kurz ausgefallen ist, muß deshalb die Frage folgen: Warum ist sie nicht kürzer geworden?

Bei ihrer Beantwortung ist der Interpret aufgefordert, noch stärker der qualitativen Komponente des Umfangs Rechnung zu tragen. Er wird dabei unter Umständen ‚Längen', Wiederholungen, Motivvariationen und Abschweifungen begründen müssen. Vor allem steht er aber vor der Aufgabe zu zeigen, inwieweit die Gestaltung der Wirklichkeitskategorien Zeit, Raum, Figuren und Handlung thematisch wird, das heißt, ein sinnfälliges Korrelat der künstlerischen Aussage darstellt. Dies ist eine so selbstverständliche Interpretationsaufgabe, daß sich ihr schon immer auch solche Kritiker unterzogen haben, die das Problem des Umfangs überhaupt nicht beachteten oder beachten wollten. Erst der ständige Bezug auf den Umfang vermag jedoch Auskunft darüber zu geben, worin die spezifischen Leistungen einer bestimmten Short Story bestehen. Ein wahrscheinliches Ergebnis derartiger Untersuchungen wäre die Erkenntnis, daß die Short Story auf schmalem Raum imstande ist, Themen zu entfalten, zeitliche Abläufe und Schauplätze zu vergegenwärtigen und Figuren vorzuführen, ohne unbedingt oberflächlicher oder stärker dem Typischen verhaftet zu sein als der Roman. Trotz der Begrenzung des Umfangs kann die Short Story eine dichterische Wirklichkeit darbieten, die komplex, ‚welthaltig' und ‚reich' ist und nicht von vornherein bescheidener[40] oder artifizieller[41] und damit künstlerisch wertloser sein muß als die Welt des Romans.

[40] Vgl. T. O. Beachcroft, *The Modest Art: A Survey of the Short Story in English* (Lo., 1968).

[41] Vgl. F. O'Connor, *The Lonely Voice: A Study of the Short Story* (Lo., 1963), S. 27.

Vermag es die skizzierte Interpretationsmethode tatsächlich, die Kürze einer Short Story zu erklären und zu begründen (die in dem vorliegenden Band enthaltene Deutung von Hemingways „Old Man at the Bridge“ ist als Versuch in dieser Richtung gedacht), dann ist sie der Short Story in doppelter Hinsicht gemäßer als dem Roman. Gewiß kann sich auch der Romaninterpret entschließen, vom Umfang auszugehen, doch wird er sinngemäß wohl eher fragen müssen, warum das Werk so lang und warum es nicht länger geworden ist. Die Beantwortung dieser Frage dürfte aber — eben weil der Roman länger als die Short Story ist — so mühevoll und langwierig sein, daß es schon verständlich wäre, wenn der Interpret den Versuch abbräche und sich damit beschiede, von einem der schon seit langem üblichen Ansatzpunkte aus die Romanwelt zu erschließen.

ARTEN DER SITUATIONSVERKNÜPFUNG:

Eine Studie zum explosive principle in der modernen Short Story

Paul Goetsch

Das *explosive principle*

Wenn überhaupt ein einzelner Begriff den Unterschied zwischen älterer Kurzprosa und der modernen Short Story zu bezeichnen vermag, so ist das wohl der Terminus „explosive principle“, den Henry James bei der Erörterung von *Daisy Miller* geprägt hat Er verweist, wie Poes Forderung nach *unity of effect*, auf die Notwendigkeit der „economic mastery“, erklärt zugleich aber auch die Schwierigkeiten, die dieser im Wege stehen.[1] Die unabsehbare und ungegliederte Fülle des Lebens, die in die geordnete Wirklichkeit der Erzählkunst überführt werden muß, macht während des Schaffensprozesses ihren Anspruch geltend: Sie widersetzt sich der künstlerischen Gestaltung, will sich in das Kunstwerk hineinretten und droht, wie James im Falle von *The Spoils of Poynton* und anderen Werken erleben mußte, eine eigengesetzliche Entwicklung zu nehmen, welche die geplante Begrenzung des Werkes überschreitet oder in anderer Weise die Form des Kunstwerkes sprengt:

> ... the simplest truth about a human entity, a situation, a relation, an aspect of life, however small, on behalf of which the claim to charmed attention is made, strains ever, under one's hand, more intensely, *most* intensely, to justify that claim; strains ever, as it were, toward the uttermost end or aim of one's meaning or of its own numerous connexions; struggles at each step, and in defiance of one's raised admonitory finger, fully and completely to express itself.

Für Henry James stellt sich somit das Problem der Erzählkunst als die Meisterung des Konfliktes zwischen gestalterischer Ökonomie und den Ausweitungstendenzen des Gestalteten dar:

> Any real art of representation is, I make out, a controlled and guarded acceptance, in fact, a perfect economic mastery, of that conflict; the general sense of the expansive, the explosive principle in one's material thoroughly noted, adroitly allowed to flush and colour and animate the disputed value, but with its other appetites and treacheries, its characteristic space—hunger and space—cunning, kept down.[2]

[1] R. P. Blackmur, Hrsg., *The Art of the Novel: Critical Prefaces By Henry James* (N. Y./Lo., 1937), S. 278.

[2] Ebda. — Zum „explosive principle“ vgl. H. L. Terrie, Jr., „Henry James and the Explosive Principle“, *Nineteenth Century Fiction,* XV (1960/1), 283—299; zu James' Deutung des Verhältnisses von Kunst und Leben siehe Paul Goetsch, *Die Romankonzeption in England 1880—1910* (Heidelberg, 1967), bes. S. 410 ff.

Obwohl sich James hier zu Recht[3] gleichermaßen auf Klein- und Großformen der Epik bezieht, ist ihm jenes Gestaltungsproblem, wie seine *Prefaces* zeigen, vor allem bei der Abfassung von Short Stories bewußt geworden. So beschreibt er etwa die Genese der Short Story „Europe“ als einen Vorgang der ‚chemischen‘ Reduktion und Kondensierung, aber auch der Verschwendung. Das Resultat dieses ambivalenten Schaffensprozesses ist seinerseits zwiespältig: „Europe“ ist dem „hard, shinning sonnet“ vergleichbar, zählt jedoch als Short Story gleichzeitig zu den „costliest ... forms of composition“, weil „so many of its most appealing values“ nicht verwirklicht werden konnten. Trost und Befriedigung empfindet James allein bei dem Gedanken, daß er in seiner Erzählung trotz aller Schwierigkeiten einen Kompromiß zwischen den beiden widerstreitenden Prinzipien der Kürze und Fülle erzielt hat, eine „union of whatever fulness with whatever clearness“.[4]

Diese von ihm auch an anderen Stellen vertretene Konzeption stimmt weitgehend mit der Theorie und Praxis vieler Short-Story-Autoren seit Poe überein. So beklagt beispielsweise Katherine Mansfield die Notwendigkeit, der Kürze der Short Story so viel von dem, „what one knows and longs to use“, opfern zu müssen, und bringt den von James beschriebenen Konflikt auf die Formel: „a kind of race to get in as much as one can before it *disappears*“.[5] Ähnlich sieht Eudora Welty die Abfassung einer Short Story unter dem Vorzeichen des „elimination of waste“, warnt aber davor, dieses zu weit zu treiben und auf Spontaneität zu verzichten.[6] Andere Praktiker der kurzen Erzählprosa sind auf Grund ihrer *selfconsciousness* gegenüber dem Roman zu verwandten Ergebnissen gekommen. Wenn Poe mit Hilfe von Bildern aus dem Bereich der Mathematik eine übersichtlichere Handlungsführung fordert, die von Anfang an den Schluß anvisiert, dann scheint er nur das in Worte zu fassen, was viele Autoren der Kurzprosa seit eh und je beherzigt haben. Entscheidend ist aber, daß er die übersichtliche, auf ein Problem hin angelegte Erzählung mit seiner Polemik gegen längere Werke verknüpft. Er spricht dem Epos und dem Roman den Kunstcharakter ab und will deren Extensität durch die Intensität der Short Story ersetzen.[7] Seine überpoin-

[3] In seiner Ablehnung naiver Nachahmungstheorien macht Nicolai Hartmann darauf aufmerksam, daß bereits der Autor eines Romans unerhört viel weglassen muß (*Ästhetik* [Berlin, 1953], S. 226).

[4] Blackmur, a. a. O., S. 240. Zu ähnlichen Aussagen James‘ vgl. A. Weber, „Eine kleine Quellensammlung amerikanischer Theorien der Kurzgeschichte“ in diesem Band.

[5] J. M. Murry, Hrsg., *Journal of Katherine Mansfield* (Lo., 1927), S. 218 (Eintragung vom 17. 1. 1922).

[6] Eudora Welty, „The Reading and Writing of Short Stories“, *Atlantic Monthly*, CLXXXIII (1949), ii, 54—58, iii, 46—49, hier S. 48 f.

[7] Vgl. E. A. Poe, „Nathaniel Hawthorne“, *Tales, Poems, Essays* (Lo. / Glasgow, 1952), S. 520 f.

tierte Frontstellung gegenüber Epos und Roman ist wohl kaum allein aus der historischen Situation der Großepik in Poes Zeit zu erklären. Vielmehr scheint es, als ob Poe die potentiell größere Welthaltigkeit und Komplexität der Großformen durch die Intensität der Darstellung mit in die Short Story hineinnehmen oder zumindest kompensieren wolle. Jedenfalls stellt Brander Matthews, der Poes Theorien popularisierte, die These auf:

> The novelist may take his time; he has abundant room to turn about. The writer of short-stories must be concise, and compression, a vigorous compression, is essential. For him, more than for any one else, the half is more than the whole.[8]

Eine intensive Darstellungsweise vorausgesetzt, kann die ‚Hälfte' das ‚Ganze' ausdrücken, ja es genügt, um Hemingway zu zitieren,[9] wenn ein Achtel des Eisbergs geschildert wird. Daß die Short Story im Vergleich zum Roman nicht zwangsläufig eine simplere, weniger vielschichtige, beschränktere Kunst, *a modest art*,[10] sein muß, ist auch von vielen anderen Short-Story-Verfassern immer wieder unterstrichen worden. Nach Frank O'Connors Ansicht ist der Roman wegen seiner Länge dazu prädestiniert, „a sense of continuing life" hervorzurufen, doch ist deshalb die Short Story dem Roman nicht unbedingt unterlegen, denn sie vermag es, „continuing life"[11] zu suggerieren und die Totalität des Lebens aus verschiedenen Perspektiven anzudeuten, und ist dabei eher eine „pure art" als der Roman.[12] Entsprechend ist für James T. Farrell die Short Story, wie der Roman, imstande, die Komplexität der Erfahrungswelt einzufangen: „... Fiction ... is a great sea of human experience, and part of that sea is the novel, part of it other forms. Into it is poured a complexity of human experience."[13]

Obwohl in der Short-Story-Kritik Begriffe wie *singleness of effect* und *single impression* geläufig sind, scheint es also gerade die Absicht vieler Autoren zu sein, der Kürze und vermeintlichen Simplizität der Short Story zum Trotz dem *explosive principle* Rechnung zu tragen und der räumlichen Be-

8 Brander Matthews, „The Philosophy of the Short-Story", *Pen and Ink*, 3. Aufl. (N. Y., 1902), 73—106, zit. nach einer noch ungedruckten Materialsammlung von A. Weber.

9 Ernest Hemingway, *Death in the Afternoon* (N. Y. / Lo., 1950), S. 192.

10 Vgl. T. O. Beachcroft, *The Modest Art: A Survey of the Short Story in England* (Lo., 1968).

11 „[An Interview with] Frank O'Connor", in: Malcolm Cowley, Hrsg., *Writers at Work* (N. Y., 1958), 165—168, zit. nach E. Current-Garcia u. W. R. Patrick, Hrsg., *What is the Short Story? Case Studies in the Development of a Literary Form* (Chicago, 1961), S. 134 f.

12 Frank O'Connor, *The Lonely Voice: A Study of the Short Story* (Lo., 1963), S. 27.

13 James T. Farrell, „Preface", *The Short Stories of James T. Farrell* (Garden City, N. Y., 1945), xiii—xxv, zit. nach Weber, „Eine kleine Quellensammlung".

grenzung möglichst wenig zu opfern. Zwar gibt es nach wie vor Schriftsteller, die sich in traditioneller Manier damit begnügen, einfach einen Vorgang zu erzählen, doch ist die Entwicklung der modernen Short Story weniger von ihnen — von den Bret Hartes und O'Henrys — getragen und gefördert worden als von jenen Autoren, die, wie Henry James, darauf bedacht waren, die Fülle und Vielschichtigkeit des Lebens und der Erfahrung wenigstens anklingen zu lassen. Grundsätzlich mag es berechtigt sein, daß T. O. Beachcroft die Verwandtschaft der Kurzprosa mit „commonplace habits of conversation" betont und, wie andere Kritiker, meint, in ihr eher als im Roman die Ursituation des geselligen Erzählens wiederzufinden.[14] Charakteristischer für die moderne Short Story ist jedoch, daß sie sich bewußt literarisch gibt und den Forderungen entspricht, die etwa auch Frank Norris an sie gestellt hat:

> Consider the nature of the thing required. The author must devise or discover a single scene, a bit, an episode so full of meaning, so dramatic, so tremendously significant that it suggests to the mind of the reader an entire volume of explanatory matter. The reader must not only read between the lines, but between the very words. And all this must be accomplished within the compass of, at the very most, thirty-five hundred words.[15]

Auf die Frage, wie Kürze und *explosive principle* vereinbart werden können, gibt es viele Antworten. Eine bewußte Anspielungstechnik und die Wahl einer über sich selbst hinausweisenden Situation können ebenso zur Lösung des Problems beitragen wie die von James entwickelte Technik, einen Vorgang aus der Perspektive eines feinfühligen Beobachters zu filtern und so an dem Spannungsverhältnis zwischen Subjekt und Objekt die Komplexität der Erfahrung darzulegen. Im folgenden soll die Wirkung des *explosive principle* an einem bisher weniger beachteten Beispiel erläutert werden. Auffälligerweise beschränken sich viele moderne Short Stories nicht auf die Darstellung einer bestimmten Situation, das heißt eines zeitlich, räumlich, personell festgelegten Zustandes oder Vorgangs, sondern verbinden zwei oder mehrere Situationen miteinander. Da dies auch in der traditionellen Erzählung der Fall sein kann, erhebt sich die Frage, ob in der modernen Short Story nicht die herkömmlichen Verknüpfungstechniken abgewandelt und neuartige entwickelt worden sind, um bei aller Gedrängtheit der Darstellung dem erwünschten „multiplicity"[16], dem *explosive principle*, zu seinem Recht zu verhelfen.

[14] T. O. Beachcroft, *The English Short Story (I)*, Writers and Their Works, 168 (Lo., 1964), S. 13.

[15] Frank Norris, „The Modern Short Story", *Wave*, XV (26. 12. 1896), zit. nach Weber, „Eine kleine Quellensammlung".

[16] Blackmur, a. a. O., S. 231.

Die Einrahmung der Situation

Zu den beliebtesten und schon früh angewandten Techniken der Kurzprosa zählt die Einbettung einer Situation in einen Rahmen. Bereits Boccaccios Novellenzyklus *Decameron* läßt die drei traditionellen Funktionen des Rahmens erkennen: Er liefert die Rechtfertigung für Erzählen überhaupt, charakterisiert den Erzähler und kontrastiert die Situation des Erzählens mit dem erzählten Vorgang. Spätere Novellenzyklen und Rahmenerzählungen streben darüber hinaus eine noch engere Beziehung zwischen dem Rahmen und der Binnenhandlung an. Beispielsweise besinnt sich in Goethes *Unterhaltungen deutscher Ausgewanderter* die durch die Zeitkrise der Französischen Revolution bedrohte Gesellschaft im Erzählen von Geschichten auf sich selbst und ihre Ordnung, was sich in dem dieses Rahmenthema ausführenden beispielhaften Charakter der erzählten Fälle niederschlägt.[17] Ähnliches gilt für einzelne Rahmenerzählungen. So dienen etwa die Binnenhandlungen von Edgar Allan Poes „The Black Cat" und „The Tell-Tale Heart" dazu, die eingangs geschilderte Situation des Erzählers als Resultat des Hauptgeschehens zu erläutern. Solche thematischen und kausalen Verbindungen zwischen Rahmen und Vorgang legen es bereits nahe, dem Rahmen über seine die Fiktion begründende Funktion hinaus große Bedeutung für das Verständnis des gesamten Werkes beizumessen. Im Falle Poes vermittelt der Rahmen zudem einen Eindruck von der Vielschichtigkeit und Rätselhaftigkeit des Lebens, wenn der Erzähler, wie in „The Black Cat", trotz seiner zeitlichen Distanz vorgibt, den Vorgang nicht durchzuschauen, und so tut, als warte er auf einen Leser, der in den phantastischen Ereignissen „nothing more than an ordinary succession of very natural causes and effects" erblickt.[18] Die für Poe auch sonst typischen Hinweise auf die Doppelbödigkeit der Erfahrung, auf die Verflechtung von Faßbarem und Unfaßlichem, sind ein erster Versuch, das Erzählte als mehrstimmig auszuweisen. Noch verselbständigt sich aber der Rahmen nicht zu einer Lebenssituation, die wegen ihrer Andersartigkeit der Binnenhandlung eine ganz neue Bedeutungsdimension erschließt. Diese Möglichkeit ist erst in der deutschen Novellistik des Realismus und in der angloamerikanischen Short Story nach Poe deutlich erkannt und häufig wahrgenommen worden, und zwar auf so vielfältige Weise, daß hier nur eine Hauptvariante besprochen werden kann, die Ausgestaltung des Erinnerungsmotivs der Rahmenhandlung zur Erinnerungssituation.

Beispielsweise mildert in manchen Novellen Storms der Erinnerungsrahmen die tragischen Vorgänge und kapselt sie gleichsam ein: Die Relativität

[17] Vgl. B. von Wiese, *Novelle*, Sammlung Metzler (Stuttgart, 1963), S. 45 f. — Literatur zur Rahmenerzählung vgl. ebda., S. 31.

[18] Poe, a. a. O., S. 428.

der Vorfälle und die Möglichkeit, sich im Laufe der Zeit mit dem Scheitern der Glückserfüllung abzufinden, werden so erzählerisch sichtbar.[19] In Henry James' „The Turn of the Screw" bereitet dagegen der Halbrahmen eine Beichte vor; da aber Michael Douglas seine Andeutungen nicht ausführt, sondern statt dessen das Manuskript der Governess verliest, kompliziert sich das Verhältnis von Rahmen und Geschichte so sehr, daß die Ambiguität der ganzen Erzählung noch größer wird, als sie es auf Grund der Stoffwahl ohnehin schon ist.[20] In Joseph Conrads „Heart of Darkness" wiederum möchte der sich erinnernde Marlow seine Zuhörer aus ihrer Selbstgefälligkeit reißen und ihnen den paradigmatischen Charakter seiner Erlebnisse nahelegen, wird jedoch — das markiert den Abstand zu Goethes *Unterhaltungen* — eigentlich nur vom Rahmenerzähler verstanden.[21] Wie die Verknüpfungstechnik bei dem skizzierten Typ der Rahmenerzählung im einzelnen aussehen kann und wieso sie dazu beiträgt, die Vielschichtigkeit der Erfahrung in den epischen Vorgang hineinzunehmen, soll an „Youth", einer anderen Short Story Conrads, illustriert werden.

Die Haupthandlung von „Youth" beschreibt, wie die romantischen Träume des jungen Seemanns Marlow an der Realität zerschellen: Seine Sehnsucht, in den geheimnisvollen Osten zu gelangen, erfüllt sich unter Umständen, die seine Erwartungen widerlegen. Sein Schiff geht unter, im Rettungsboot erreicht er mit Mühe und Not den östlichen Hafen und wird dort aus einem Schlaf tiefer Erschöpfung durch die Schimpfworte eines Engländers gerissen. Die erträumte Romantik des Ostens entpuppt sich als Sinnbild der „stealthy Nemesis", gegen die die menschliche Tatkraft nur wenig auszurichten vermag.[22] Dieser Handlungsverlauf deckt sich mit dem Desillusionierungsprozeß, der für viele Initiationsgeschichten typisch ist, und könnte für sich selber sprechen. Durch die Gestaltung der Rahmensituation gewinnt ihm Conrad jedoch eine zweite Bedeutungsschicht, welche den elegischen Ton Marlows, besonders seine Klagen über die entschwundene Jugend, rechtfertigt. Aus der Perspektive der Erinnerung verschiebt sich der Akzent von der Desillusionierung auf die jugendlichen Träume und die Tatkraft des Träumers. Eben weil der Seemann Marlow jung ist und sich Illusionen hingibt, nimmt er alle Schicksalsschläge hin und läßt sich, wie seine Kameraden, nicht von seinem Ziel abbringen. Die Enttäuschungen verwandeln ihn nicht in einen Verzwei-

[19] Vgl. Fritz Martini, *Deutsche Literatur im bürgerlichen Realismus 1848—1898* (Stuttgart, 1962), S. 630 ff.

[20] Hierzu ausführlich: Louis D. Rubin, Jr., „One More Turn of the Screw", *Modern Fiction Studies*, IX (1963/64), 314—328; S. Trachtenberg, „The Return of the Screw", ebda., XI (1965/66), 180—182.

[21] Vgl. Goetsch, *Romankonzeption*, S. 335, 345 ff.

[22] Joseph Conrad, *Youth — Heart of Darkness — The End of the Tether*, Dent's Collected Edition (Lo., 1960), S. 41.

felten, im Gegenteil: als junger Mann erfährt Marlow das Leben — selbst in seiner Widerwärtigkeit und Unberechenbarkeit — noch als etwas Faszinierendes. Marlows Desillusionierung und romantische Begeisterung verharren so in einer eigentümlichen Schwebe, in der das Wesen der Jugend zum Ausdruck gelangt.

Läßt die Perspektive der Erinnerung den objektiven Vorgang in anderer Beleuchtung erscheinen, so wirken umgekehrt die Erinnerungen auf die Rahmensituation zurück. Marlow und seine vier Zuhörer gehen in der Gegenwart verschiedenen Berufen nach und haben lediglich die Vergangenheit, ihre früheren Beziehungen zur Seefahrt, gemeinsam. Sie kennen einander kaum, der Rahmenerzähler ist sich nicht einmal sicher, wie der Name Marlow geschrieben wird. Daß sie sich überhaupt treffen, ist keineswegs selbstverständlich und scheint nur in England denkbar, „where men and sea interpenetrate".[23] Durch Marlows Bericht von seiner Seereise werden die einander fast fremden Männer zur Besinnung auf ihre Jugend gezwungen. Diese führt sie zusammen, macht sie zu einer Gemeinschaft in der Gegenwart, denn Marlows Resümee findet ihre Zustimmung:

> ‚By all that's wonderful it is the sea, I believe, the sea itself — or is it youth alone? Who can tell? But you here — you all had — something out of life: money, love — whatever one gets on shore — and, tell me, wasn't that the best time, that time when we were young at sea; young and had nothing, on the sea that gives nothing, except hard knocks — and sometimes a chance to feel your strength — that only — what you all regret?'

Damit ergibt sich für Conrad die Möglichkeit, der Definition der Jugend die des Alters gegenüberzustellen:

> And we all nodded at him: the man of finance, the man of accounts, the man of law, we all nodded at him over the polished table that like a still sheet of brown water reflected our faces, lined, wrinkled; our faces marked by toil, by deceptions, by success, by love; our weary eyes looking still, looking always, looking anxiously for something out of life, that while it is expected is already gone — has passed unseen, in a sigh, in a flash — together with the youth, with the strength, with the romance of illusions.[24]

Obgleich die Männer nicht mehr zur See fahren, haben sie, wie in ihrer Jugend, noch mit dem Meer als dem Sinnbild der Realität zu tun. Es handelt sich freilich nicht mehr um „the sea blue like the sea of a dream", das den jugendlichen Marlow entzückte.[25] Vielmehr spiegelt der Tisch ihre Gesichter „like a still sheet of brown water". Gleichwohl suchen die alt und müde gewordenen Männer allen ernüchternden Erfahrungen zum Trotz immer noch

[23] Ebda., S. 3.
[24] Ebda., S. 42.
[25] Ebda., S. 41.

einen Halt an Illusionen, die das Leben erträglich gestalten könnten. So wie der Mensch seine Jugend nicht zu vergessen vermag, so kann er selbst im Alter nicht ganz auf jede Hoffnung verzichten, wenn er sich auch nach der jugendlichen Fähigkeit zurücksehnt, naiv den Träumen nachzujagen und Enttäuschungen zu überwinden. Das für Conrad charakteristische Thema der Notwendigkeit und Fragwürdigkeit der Illusionen[26] bestimmt die Darstellung beider Lebensalter.

Insgesamt werden in „Youth" Rahmen und Vorgang so eng miteinander verknüpft, daß sie es Conrad erlauben, neben das Bild der Jugend das des Alters zu rücken und eine allgemeine Deutung des Verhältnisses von Realität und menschlicher Hoffnung zu geben. Das *explosive principle* kommt zu seinem Recht, ohne daß sich die Short Story wesentlich ausweitet, denn da Rahmen und Binnenhandlung einander spiegeln, genügen zwei Seiten, um die Rahmensituation zu entwerfen. „Youth" erfüllt so die im Vorwort zu „The Nigger of the ‚Narcissus'" niedergelegten Prinzipien Conrads. Es ist ein Werk, in dem jede Zeile zählt und selbst der Rahmen dazu dient, „the truth, manifold and one" ans Licht zu bringen. Es ist ein „moment of vision", der dank dem „magic suggestiveness" der Darstellung auf begrenztem Raum eine persönliche Sicht des „truth of life" vermittelt, uns die Komplexität der Erfahrung sehen lehrt und dadurch „the plasticity of sculpture" erlangt[27], daß Conrad das Phänomen der Jugend aus der Perspektive des jugendlichen und alten Marlow, also als „a thing all round"[28], gestaltet.

Die Situationswiederholung

Eine andere Verknüpfungsart, die, wie die Rahmenerzählung, seit den Anfängen der Kurzprosa beliebt ist, ist die chronologische Reihung von Situationen. Sie ist auch in der modernen Short Story üblich, doch ziehen es die modernen Autoren dabei oft vor, die zweite Situation parallel zur ersten anzulegen. Der Vorteil eines solchen Verfahrens liegt auf der Hand. Ähnlich wie bei den neueren Formen der Rahmenkomposition, kann durch die parallele Führung zweier zeitlich aufeinanderfolgender Situationen eine Situation relativ kurz behandelt werden, ohne daß der Autor auf eine gehaltliche Ausweitung des ganzen Werkes verzichten muß.

Schon Edgar Allan Poe hat im Rahmen seiner wirkungsästhetischen Überlegungen auf die Möglichkeit der Situationswiederholung hingewiesen. Ob-

[26] Vgl. Goetsch, *Romankonzeption,* S. 316 ff.

[27] Joseph Conrad, „Preface", *The Nigger of the ‚Narcissus'*, Dent's Collected Edition (Lo., 1957), S. vii ff.

[28] Joseph Conrad, *Victory: An Island Tale,* Dent's Collected Edition (Lo., 1960), S. 51. Nach Conrads Ansicht vermag es der Romantiker in der Art von Axel Heyst nicht, „a thing all round" zu betrachten.

gleich er die Kürze zum Wertkriterium echter Kunst erhob, lehnte er „epigrammatism" ab und machte den intensiven und dauerhaften Eindruck eines Werkes auf den Leser abhängig von „a certain duration or repetition of purpose"[29]. In seiner Praxis führte dieses „repetition of purpose" nicht nur zu einer Steigerung des intendierten Effekts, sondern auch zu einer quantitativen wie qualitativen Bereicherung der Erzählung. Wenn Poe beispielsweise in „The Black Cat" nach dem Tod der ersten Katze eine zweite auftauchen läßt, die der ersten ähnelt, dann rückt er einerseits die Ereignisse noch mehr in den Bereich des Unbegreiflichen, lenkt aber andererseits die Aufmerksamkeit auf den symbolischen Aspekt des Geschehens. Die Short Story verwandelt sich durch die Variation der ersten Situation von einer Studie des *perverseness* immer mehr in eine Darstellung eines Mannes, der vergeblich versucht, sein Gewissen ganz abzutöten. Ähnlich sorgt die Abwandlung der Situation in „The Pit and the Pendulum" dafür, daß die Wirkung des Schrecklichen nicht, wie im *thriller*, zum Selbstzweck wird. An sich würde die Beschreibung des Raumerlebens ausreichen, um die Situation eines Gefangenen der Inquisition zu umreißen. Indem Poe zusätzlich die Tortur durch das Pendel, damit das Zeiterleben des Gefangenen, schildert, steigert er die Wirkung und vermittelt zugleich ein umfassenderes Bild der Existenzangst.

Da er in den erwähnten Erzählungen beiden Situationen jeweils gleich viel Platz einräumt, nutzt er freilich noch nicht die in der Wiederholung und Variation liegende Chance der verkürzten Darstellung einer Situation, eine Möglichkeit, die sich viele andere Short-Story-Autoren nicht entgehen lassen. Ein beinahe schon extremes Beispiel bietet Stephen Cranes „The Blue Hotel", eine Erzählung, in der die zweite Situation knapp ein Fünftel des Raums einnimmt, den die erste benötigt.

Als Impressionist war Crane bestrebt, sich „in the simplest and most concise way" auszudrücken. Den Roman ließ er nur gelten als „succession of sharply-outlined pictures, which pass before the reader like a panorama, leaving each its definite impression". Er kritisierte Werke wie *Krieg und Frieden, Anna Karenina* und *Salammbô* wegen ihrer epischen Breite, hielt sogar seinen eigenen Roman *The Red Badge of Courage* für zu lang und zog grundsätzlich die Short Story dem Roman vor, „[that] goes on and on like Texas". Andererseits erwartete er, obgleich er ausdrücklich auch die Länge der Werke Zolas tadelte, von jeder Form der Kunst, daß sie ein „slice out of life" biete und sich „nature and truth" soweit wie möglich annähere.[30] „The

29 Poe, a. a. O., S. 520.

30 Alle Crane-Zitate nach O. Overland, „The Impressionism of Stephen Crane: A Study in Style and Technique", *Americana Norvegica,* I (1966), 239—285, hier S. 245, 250, 249, 245, 246.

Blue Hotel" illustriert, wie er in einem Einzelfall die widersprüchlichen Postulate seines Kunstprogramms miteinander in Einklang brachte.

Ob man die Short Story als kritische Auseinandersetzung mit dem amerikanischen Mythos des Westens[31] oder mit der Konzeption des gerechten Gottes[32] deutet, in jedem Fall entwickelt Crane in der ersten Situation die für das Verständnis des Ganzen entscheidenden Gesichtspunkte. Als Außenseiter begegnet ein Schwede der Atmosphäre im Blue Hotel zu Fort Rompter in Nebraska mit Mißtrauen. Er versteht die geschäftstüchtige Höflichkeit, mit der der Hotelbesitzer Scully seine Gäste ‚gefangennimmt', falsch und kompensiert seine Furcht, die durch vage Vorstellungen von den Gefahren des Wilden Westens verstärkt werden, durch aggressives Verhalten. Mit sichtbarer Erregung nimmt er die Einladung zu einem gemeinsamen Spiel an und fühlt sich von allen Anwesenden bedroht. Am Abend schlägt seine Angst in den Mut der Verzweiflung um. Er besteht auf der Fortsetzung des Spiels und beschuldigt plötzlich Scullys Sohn des Betrugs. Aus dem folgenden Faustkampf geht er als Sieger hervor. In die skizzierten äußeren Ereignisse arbeitet Crane Anspielungen auf die Frage der Gerechtigkeit und Schuld und auf den Mythos des Westens ein. Gleichzeitig verdeutlicht er die Mentalität des Außenseiters und läßt keinen Zweifel daran, daß der Schwede das Blue Hotel mißversteht. Zwar wird beim Spiel tatsächlich geschwindelt, doch heißt das noch nicht, daß das Hotel den Vorstellungen des Schweden vom Wilden Westen entspräche. Bis zu einem gewissen Grade bemühen sich Scully, sein Sohn und die anderen Gäste um den Schweden und versuchen, ihn in ihre allerdings oberflächlich-unverbindliche Gemeinschaft aufzunehmen, ja zeitweise tolerieren sie sogar seine *mad antics.* Jedenfalls schlägt dem Schweden nicht, wie er annimmt, auf Schritt und Tritt der Fremdenhaß entgegen. Offensichtlich ist deshalb sein Triumph ein Pyrrhussieg, denn was er gewinnt, sind ein trügerisches Selbstbewußtsein und eine Arroganz, die die Furcht des Außenseiters vor einer fremden Umwelt bemäntelt. In der künstlichen Welt des Blue Hotel mag sich der Schwede noch behaupten, an der Realität muß er dagegen zugrunde gehen.

Da Crane die thematischen Voraussetzungen im Verlauf der ersten, zwanzig Seiten einnehmenden Situation entfaltet hat, genügen ihm vier Seiten, um die Konfrontation des Fremdlings mit der Wirklichkeit des Westens zu

[31] Vgl. Eric Solomon, *Stephen Crane, from Parody to Realism* (Cambridge, Mass., 1966), S. 259: „There is the world of the Swede, predicated on a perhaps false reading of the Western myth; the world of the Blue Hotel, which is a parody of the myth and the reality alike; and the world of the saloon where the Swede meets his fate. This last world ... is that of Western reality."

[32] Vgl. B. L. Grenberg, „Metaphysic of Despair: Stephen Crane's 'The Blue Hotel'", *Modern Fiction Studies,* XIV (1968/69), 203—213.

schildern. An die Stelle des Blue Hotel mit seiner wenigstens oberflächlich gastlichen Atmosphäre tritt der Saloon in Fort Rompter. Den Hotelbesitzer Scully löst ein gleichgültiger Barmixer ab, Scullys Sohn, der beim Spiel dann und wann betrügt, wird durch einen Berufsspieler ersetzt. Im Saloon würde schon die gereizte, mißtrauische Art, die der Schwede anfangs im Blue Hotel an den Tag legte, provozierend wirken. Erst recht muß ihm daher sein arrogantes Auftreten als Sieger zum Verhängnis werden. Als er die Warnung des Berufsspielers mißachtet, wird er von diesem erstochen. Ein kurzer Kommentar, der alle, auch die Besitzer und Gäste des Blue Hotel, als Mitschuldige am Tod des Fremden benennt, reicht aus, um die enge Verknüpfung der beiden Situationen zusätzlich zu rechtfertigen und eine weitere Bedeutungsschicht der Erzählung freizulegen.[33]

Mit Hilfe der Situationswiederholung ist es Crane demnach gelungen, auf eine sehr ökonomische Weise die eingebildete Wirklichkeit des Schweden und die Realität darzustellen und den wechselseitigen Bezug beider Welten zu thematisieren. Freilich geht er, wie andere Autoren, noch nicht von der Reihung der Situationen ab. Das bringt es mit sich, daß er, wenn auch in aller Kürze, die Gemeinsamkeiten der beiden letztlich verschiedenen Vorgänge durch eine leicht künstlich oder aufdringlich wirkende Parallelisierung aufzeigen und etwa die Stellung des Berufsspielers in der Gesellschaft von Fort Rompter beschreiben muß. Zwangloser läßt sich die Situations- und Motivvariation durchführen, wenn die verschiedenen Vorgänge nicht aneinandergereiht, sondern ineinander verschränkt — überblendet — werden.

Die Überblendung paralleler Situationen

Die Überblendungstechnik ist eines der bevorzugtesten Darstellungsmittel in der modernen Short Story: Ein laufender Vorgang (im folgenden ‚Grundsituation' genannt) wird so von einer anderen Situation (‚Überblendung') überlagert, daß beide einander erhellen und gehaltlich anreichern. Bei jener Variante, die der eben besprochenen Situationswiederholung am ehesten entspricht, sind Grundsituation und Überblendung durch mannigfache Parallelen aufeinander abgestimmt und als gleichzeitige oder einander unterbrechende Vorgänge zu verstehen. Einige Beispiele mögen dieses Baumuster der Short Story veranschaulichen.

In Hemingways „Cat in the Rain" wird die Grundsituation durch eine Ehekrise bezeichnet. Die Ehepartner, zwei Amerikaner, die seit längerer Zeit in Italien als Expatriierte leben, haben sich einander entfremdet. Aus unbe-

[33] Hierzu und zur Darstellung des Schweden in amerikanischen Werken vgl. R. D. Beards, „Stereotyping in Modern American Fiction: Some Solitary Swedish Madmen", *Moderna Sprak*, LXIII (1969), 329—337.

kannten Gründen besteht George auf der Fortsetzung ihres Touristendaseins in Hotels, wogegen seine Frau sich nach Abwechslung und nach einem eigenen Heim sehnt, sich als Frau bestätigt fühlen und ein Lebewesen hegen und beschützen möchte. Die latente Krise wird in der Überblendung aufgedeckt. An einem verregneten Tag, welcher der Amerikanerin die Öde des Hotelzimmers und die Leere ihres Lebens nachdrücklich vor Augen führt, erblickt die Frau vom Fenster aus eine Katze, die unter einem Tisch des Restaurants vor dem Wetter Schutz sucht. Ihr Versuch, die Katze einzufangen und zu betreuen, scheitert und stößt bei einer Hotelangestellten auf das gleiche Unverständnis wie bei ihrem Mann. Irrationalerweise wiederholt die Frau erneut ihren Wunsch, eine Katze zu besitzen, doch George beachtet sie nicht mehr und widmet sich, wie vorher, seiner Lektüre. In diesem Augenblick bringt das Dienstmädchen im Auftrag des Hotelbesitzers eine Katze aufs Zimmer.

Wie aus dei Inhaltsskizze hervorgeht, verhalten sich Grundsituation und Überblendung zunächst so wie äußere und innere Handlung. Die Vorgänge um die Katze sind — im Sinne T. S. Eliots — das *objective correlative* für die Empfindungen und Sehnsüchte der Frau. Zu ihnen gehört auch ihre Begegnung mit dem Hotelbesitzer, der ihr im Unterschied zu ihrem Mann das Gefühl einflößt, ernstgenommen zu werden. Dennoch ist es sinnvoll, nicht von äußerer und innerer Handlung zu sprechen, sondern zwei verschiedene, selbständige Situationen anzunehmen. Nur dann läßt sich nämlich die Ironie der Short Story erfassen. Da die Amerikanerin von ihrem Mann kein Eingehen auf ihre Wünsche erwarten kann, tritt sie zu dem freundlichen Hotelbesitzer spontan in eine Kind-Vater-Beziehung:

> As the American girl passed the office, the padrone bowed from his desk. Something felt very small and tight inside the girl. The padrone made her feel very small and at the same time really important. She had a momentary feeling of being of supreme importance.[34]

Scheinbar wie ein Vater, der die Wünsche seines Kindes erfüllt, läßt der Hotelbesitzer ihr dann eine Katze bringen. Diese Katze jedoch ist nicht das „poor kitty", nach dem sich die Frau sehnte und das sie im Regen zu sehen meinte. Vielmehr handelt es sich um „a big tortoise-shell cat" und somit nicht um das Objekt ihrer Wünsche.[35] Ironischerweise kann der Hotelier in Wirklichkeit nicht der Vater der Amerikanerin sein und ihre Probleme lösen; als geschäftstüchtiger Mann ist er höchstens imstande, den exzentrischen Wunsch eines Gastes zu befriedigen. Durch die Katze, die er hereinbringen läßt, wird der Frau nur um so deutlicher bewußt, daß das emotionale Vakuum ihrer Ehe

[34] Ernest Hemingway, „Cat in the Rain", *The Short Stories of Ernest Hemingway*, Modern Library (N. Y., n. d.), S. 267.

[35] Ebda., S. 265, 268.

selbst dann nicht mehr zu füllen ist, falls ihre Sehnsucht nach einem Wesen, das sie bemuttern könnte, von ihrem Mann gestillt würde.

Grundsituation und Überblendung sind in „Cat in the Rain" so ineinander verschränkt, daß sie einander spiegeln. Darüber hinaus machen sie am Schluß Aussagen, die Hemingway gar nicht mehr ausführen muß, denn der erwähnte Gegensatz zwischen der erwünschten „poor kitty" und der aufs Zimmer gebrachten „big tortoise-shell cat" reicht als Andeutung auf die unausgesprochene Wirklichkeit aus. Gerade in einem solchen andeutenden Erzählen aber erblickte Hemingway, wie schon erwähnt, eine Antwort auf das Problem der Kürze und des *explosive principle.*

In der behandelten Short Story Hemingways, aber auch in Werken wie John Steinbecks „The Chrysanthemums" und „The Snake" sind Grundsituation und Überblendung zwei individualisiert dargestellte Vorgänge. In vielen anderen Short Stories der Moderne verzichten die Verfasser auf die Individualisierung eines Vorganges und verflechten eine mehr oder weniger allgemein gehaltene Grundsituation mit einer individualisierten Überblendung. Diese Möglichkeit, die eine knappe und teilweise auch indirekte Schilderung der Grundsituation erlaubt, haben zum Beispiel Ambrose Bierce und Ernest Hemingway wahrgenommen. Vor dem Hintergrund einer zu Ende gegangenen Schlacht führt Bierce in „The Coup de Grâce" die Privatfehde zwischen zwei Offizieren zu einem überraschenden Höhepunkt, während Hemingway in „Old Man at the Bridge" auf dem Hintergrund einer allgemeinen Fluchtbewegung das Schicksal eines einzelnen Flüchtlings profiliert.[36] In beiden Short Stories verdeutlicht die stärker das Private berücksichtigende Überblendung die Grundsituation und ist ohne sie nicht denkbar. Daß es sich bei dieser Art der Verschränkung von parallel angelegten Situationen um ein schon früh in der modernen Short Story verwendetes Baumuster handelt, mögen abschließend Washington Irvings „Rip Van Winkle" und Nathaniel Hawthornes „My Kinsman, Major Molineux" belegen.

Mit einem allgemein gehaltenen Kommentar führt Hawthorne zu Beginn seiner Short Story in die Grundsituation ein, die durch die historisch verbürgte Aufsässigkeit der Siedler in Massachusetts gegen england- und königstreue Beamte bestimmt ist. Um sich „a long and dry detail of colonial affairs" zu ersparen, geht Hawthorne nach der Einleitung gleich zu einem konkreten Beispiel über.[37] Anders als spätere Erzähler, kündigt er also noch die Überblendungstechnik ausdrücklich an. Der Leser weiß von vornherein, daß sich die persönlichen Erlebnisse des jungen Robin auf eine spezielle Ausprägung

[36] Siehe Paul Goetsch, „Der Umfang von Hemingways 'Old Man at the Bridge'", in diesem Band.

[37] N. Hawthorne, „My Kinsman, Major Molineux", in: D. Grant, Hrsg., *American Short Stories,* The World's Classics (Lo. 1968), S. 1.

der historischen Grundsituation beziehen werden. Auf Grund seiner Vorinformation achtet er darauf, wie sich die objektiven Gegebenheiten in der Sicht des Jugendlichen spiegeln, und stellt fest, daß im Verlauf der Erzählung die Haltung Robins und die der rebellischen Bürger immer mehr konvergieren. Suchte Robin anfangs die Unterstützung seines Verwandten, des englandtreuen Major Molineux, war er lange Zeit über die Reaktionen der Bürger auf die Nennung des Namens Molineux erstaunt, so stimmt er am Schluß in ihr Gelächter und ihren Spott über den öffentlich gedemütigten Major ein und lernt, ohne dessen Protektion auszukommen. Ein historischer Augenblick, die Erhebung der Siedler gegen den Vertreter der Kolonialmacht, wird so am Beispiel des privaten Schicksals als Initiation des Jugendlichen in die Erwachsenenwelt verstanden, in der er ohne fremde Hilfe leben muß.

Auf vergleichbare Weise hat Washington Irving schon vor Hawthorne historische Wandlungen dargestellt. Um die Veränderungen zu beschreiben, die der Unabhängigkeitskrieg mit sich brachte, reiht er in „Rip Van Winkle“ eine vor- und eine nachrevolutionäre Situation aneinander und überbrückt ihren zeitlichen Abstand von zwanzig Jahren durch den Aufenthalt des Titelhelden im Zauberberg, den Kaatskills. Es geht ihm aber nicht nur darum, den historischen Wandel aus der Perspektive eines Mannes zu schildern, der ihn deshalb mit naiver Aufmerksamkeit beobachtet, weil er die entscheidenden historischen Ereignisse verschlafen hat. Vielmehr möchte Irving das private Schicksal Rip Van Winkles als Beispiel für die historischen Vorgänge verstehen. Wenigstens ansatzweise entwickelt er daher bereits die Technik der Überblendung paralleler Situationen. So wie Rip Van Winkle vor seiner tyrannischen Frau in die Berge flieht und nach seiner Rückkehr in die Welt die durch den Tod seiner Frau gewonnene Freiheit genießt, so schütteln seine Mitbürger im Interludium die Kolonialherrschaft ab und nutzen ihre politische Selbständigkeit:

> It was some time before he could get into the regular track of gossip, or could be made to comprehend the strange events that had taken place during his torpor. How that there had been a Revolutionary War — that the country had thrown off the yoke of old England — and that, instead of being a subject of His Majesty George the Third, he was now a free citizen of the United States. Rip, in fact, was no politician; the changes of states and empires made but little impression on him; but there was one species of despotism under which he had long groaned, and that was — petticoat government. Happily, that was at an end; he had got his neck out of the yoke of matrimony, and could go in and out whenever he pleased without dreading the tyranny of Dame Van Winkle.[38]

Selbstverständlich sind die Parallelen zwischen *petticoat government* und Kolonialherrschaft, zwischen Freiheit vom Ehejoch und von England kon-

[38] W. Irving „Rip Van Winkle“, in: W. und M. Stegner, Hrsg., *Great American Short Stories,* Laurel Edition (N. Y., 1957), S. 50.

struiert. Sie sind das Produkt von Irvings Humor, der die Inkongruenz von Grundsituation und Überblendung überspielt und beweist, daß unter bestimmten Bedingungen konträre Situationen sinnvoll miteinander verschränkt werden können.

Die Überblendung konträrer Situationen

In der modernen Short Story ist die Überblendung konträrer Vorgänge oder Zustände ebenso beliebt wie die Verschränkung zweier paralleler Situationen. Vom Standpunkt der erzählerischen Ökonomie leuchtet dies ohne weiteres ein, denn wie die Parallelisierung begünstigt auch die Technik der Kontrastierung ein andeutendes Erzählen, braucht doch die Kontrastsituation nur umrissen zu werden. Im Hinblick auf das *explosive principle* erlaubt die Überblendung konträrer Vorgänge die Anreicherung der Grundsituation mit andersartigen Motiven und Themen oder zumindest deren zeitliche, räumliche oder personelle Ausweitung.

Ein Haupttyp dieser Art der Situationsüberblendung ist die Verflechtung von zeitlich auseinanderliegenden, sonst aber eng miteinander in Verbindung stehenden Vorgängen. Beispielsweise lernt der Leser von Edith Whartons „Roman Fever" Mrs. Ansley und Mrs. Slade als Figuren kennen, die sich als Mütter erwachsener Töchter in Rom, dem Ort, an dem sie sich als Jugendliche begegneten, wiedergetroffen haben und einander Gesellschaft leisten. Im Verlauf der Erzählung zeigt sich, daß sie nur mühsam voreinander ihre Eifersucht und ihr Schuldbewußtsein verbergen. Die Ursachen ihrer Eifersucht und Schuldgefühle liegen zum wesentlichen Teil in der Vergangenheit. Indem Wharton diese über eine Reihe von pointenhaften Geständnissen der Figuren aufdeckt, löst sie das Problem, wie die Short Story trotz ihres begrenzten Umfangs eine längere Zeitspanne behandeln kann. Zugleich dient die Überblendung der Vergangenheit auf die Gegenwart dazu, die Dauerhaftigkeit von Empfindungen und Rivalitäten zu veranschaulichen. Mit der Schlußpointe, daß Mrs. Ansleys Tochter den Mann von Mrs. Slade zum Vater hat, werden überdies die bisherigen Voraussetzungen von Mrs. Slades Leben und Selbstsicherheit als Schein entlarvt. Die Einbeziehung der Vergangenheit vertieft so die Grundsituation, in der es sich zunächst nur um die Eifersüchteleien und trivialen Konflikte zweier älterer Damen zu handeln scheint, die, wie früher ihre eigenen Mütter, in Rom über die Flirts ihrer Töchter wachen müssen. Alles in allem widerlegt „Roman Fever" die Befürchtung Edith Whartons, nur der Roman könne „the sense of the lapse of time" vermitteln, die Charaktere individualisieren und die zeitlich weit zurückreichenden Ursachen eines „moral drama" aufdecken. Die Erzählung beweist im Gegenteil, daß ihre Skepsis gegenüber normativen Bestimmungen des Unterschieds zwischen Roman und Short Story angebracht ist.[39]

Wie Edith Wharton sah auch Katherine Mansfield in der Überblendung der Vergangenheit auf die Gegenwart eine Möglichkeit, die Begrenzung der Short Story zu unterlaufen. In „A Dill Pickle" bietet sie den umfangreichen Stoff, die Liebe zwischen einem Mann und einer Frau, ihre Trennung und ihr Wiedersehen nach sechs Jahren, nicht in chronologischer Reihenfolge dar, weil das möglicherweise eine Ausweitung zum Roman nach sich gezogen hätte. Statt dessen schildert sie auf rund sechs Seiten die Wiederbegegnung und läßt die Vergangenheit in wenigen Äußerungen und Gedanken der Figuren wiedererstehen. Bereits der Anfang der Short Story offenbart, wie mit Hilfe der Überblendungstechnik ein andeutendes und zugleich vielschichtiges Erzählen möglich wird:

> And then, after six years, she saw him again. He was seated at one of those little bamboo tables decorated with a Japanese vase of paper daffodils. There was a tall plate of fruit in front of him, and very carefully, in a way she recognized immediately as his "special" way, he was peeling an orange.
>
> He must have felt that shock of recognition in her for he looked up and met her eyes. Incredible! He didn't know her! She smiled; he frowned. She came towards him. He closed his eyes an instant, but opening them his face lit up as though he had struck a match in a dark room. He laid down the orange and pushed back his chair, and she took her little warm hand out of her muff and gave it to him.
>
> "Vera!" he exclaimed. "How strange. Really, for a moment I didn't know you. Won't you sit down? You've had lunch? Won't you have some coffee?"
>
> She hesitated, but of course she meant to.[40]

Das einleitende „And then" verweist darauf, daß die Gegenwartssituation auf die Vergangenheit bezogen ist, und markiert so den Beginn der Überblendung. Darüber hinaus deutet es an, wie sehr die Frau in den vergangenen Jahren einem Wiedersehen mit ihrem Liebhaber entgegengefiebert hat. Sie erkennt ihn in dem Café sofort, eine seiner Gesten erscheint ihr gleich wieder vertraut. Unglaublich ist daher für sie, daß der Mann sie erst nach einem Moment der Überlegung einzuordnen weiß. Dieser Sachverhalt müßte sie ebenso warnen wie sein Ausruf „How strange!", der verrät, wie wenig der Mann mit einer solchen Begegnung gerechnet hat. Vera hat sich jedoch schon so lange nach einem Wiedersehen gesehnt, daß sie bald Gefahr läuft, sich von der oberflächlichen Liebenswürdigkeit ihres früheren Liebhabers bestricken zu lassen und seinen Versuch, mit ihr zu flirten, als Ausdruck seiner Liebe mißzuverstehen. Die auftauchenden Erinnerungen an jene Gründe, die sie einst bewogen, sich von dem geliebten Mann zu trennen, stimmen sie zwar zeit-

39 E. Wharton, „Telling a Short Story", *The Writing of Fiction* (N. Y./Lo., 1925), 33—58, zit. nach Weber, „Eine kleine Quellensammlung". „Roman Fever" findet sich bei Grant, a. a. O.

40 K. Mansfield, „A Dill Pickle", in: J. E. Miller, B. Slote, Hrsg., *The Dimensions of the Short Story: A Critical Anthology* (N. Y., 1965), S. 377.

weise skeptisch, doch gibt erst seine Einschätzung ihres Verhaltens, sein Hinweis auf ihren angeblichen Egoismus, ihr die Kraft, ihn ein zweites Mal zu verlassen.

Durch die Verschränkung von Vergangenheit und Gegenwart entsteht eine äußerst reizvolle und komplizierte Gesamtsituation. Vera, die gefühlsmäßig ihre frühere Entscheidung gegen den Mann nicht akzeptiert hat, muß wider Erwarten nochmals die gleiche Vernunftentscheidung treffen. Eine Korrektur der Vergangenheit ist ausgeschlossen. Ironischerweise eröffnet nämlich die Gegenwart nicht jene erträumte Zukunft, mit der sich Vera über die Vergangenheit hinwegtröstete, sondern wiederholt die Vergangenheit. Ähnlich wie in Edith Whartons „Roman Fever" geht also die Kontrasttechnik in „A Dill Pickle" mit einer gewissen Parallelisierung einher, die den engen Bezug zwischen Vergangenheit und Gegenwart veranschaulicht.

Ohne solche Parallelen, die bei der Thematisierung eines längeren zeitlichen Zusammenhanges unerläßlich scheinen, kommen jene Short Stories aus, die zwei konträre, zur gleichen Zeit spielende Situationen miteinander verschränken. Als Beispiel für diesen Typ bietet sich Katherine Mansfields „The Garden Party" an. Die junge Protagonistin Laura Sheridan steht an der Schwelle zur Erwachsenenwelt. Zusammen mit ihrem Bruder Laurie verläßt sie oft das vornehme Elternhaus und durchstreift das Armenviertel in der Nachbarschaft:

> ... since they were grown up, Laura and Laurie on their prowls sometimes walked through. It was disgusting and sordid. They came out with a shudder. But still one must go everywhere; one must see everything. So through they went.[41]

Noch bewirkt die Begegnung mit dieser andersartigen Welt in Laura keine tiefgreifende Wandlung ihres Selbstverständnisses. Sie steht nach wie vor zu sehr unter dem Einfluß ihrer Mutter, die ihren Kindern den Einblick in die Realität verwehren möchte. Am Tage des Gartenfestes, „a ... perfect day", gestattet Mrs. Sheridan charakteristischerweise den Kindern die Illusion, alle Vorbereitungen selbst zu treffen, in Wahrheit organisiert sie jedoch die Traumwelt des Festes selbst.[42] Freilich kann sie es nicht verhindern, daß Laura mit den Arbeitern spricht und sich dabei bewußt wird, wie auf diese ein Fest mit einer großen Kapelle wirken muß. Mitten in den weiteren Vorbereitungen kommt die Nachricht, daß ein Mann aus der Nachbarschaft tödlich verunglückt ist. Lauras spontane Entscheidung in dem Konflikt zwischen Traumwelt und Realität lautet: „But we can't possibly have a garden-party

[41] K. Mansfield, „The Garden Party", in: Claus-Uwe Dürr, R. Kopetzki, Hrsg., *Seven Anglo-American Short Stories,* Diesterwegs neusprachliche Bibliothek (Frankfurt, 1967), S. 38.

[42] Ebda., S. 30.

with a man dead just outside the front gate." [43] Zu ihrer Überraschung stößt sie auf Widerspruch. Erleichtert, daß der Leichnam nicht in ihrem Garten liegt, hält Mrs. Sheridan an der von ihr arrangierten, Geborgenheit vortäuschenden Traumwelt fest und wischt scheinbar amüsiert Lauras Bedenken und Einwände beiseite.

Is mother right? she thought. And now she hoped her mother was right. Am I being extravagant? Perhaps it was extravagant. Just for a moment she had another glimpse of that poor woman and those little children, and the body being carried into the house. But it all seemed blurred, unreal, like a picture in the newspaper. I'll remember it again after the party's over, she decided.[44]

Der Zweifel an der Realität des Todesfalles treibt Laura in die Scheinwelt ihres Elternhauses zurück. Über der Freude am Fest vergißt sie alles. Als ihr Vater am Abend an den Unglücksfall erinnert und die Mutter, die ihre Bemühungen gefährdet sieht, jede weitere Diskussion mit dem Vorschlag unterbindet, Laura möge der Familie des Toten Kuchenreste bringen, sträubt sich das Mädchen und wundert sich darüber, daß sie kein Mitleid mehr empfindet:

Here she was going down the hill to somewhere where a man lay dead, and she couldn't realize it. Why couldn't she? She stopped a minute. And it seemed to her that kisses, voices, tinkling spoons, laughter, the smell of crushed grass were somehow inside her. She had no room for anything else. How strange! She looked up at the pale sky, and all she thought was, "Yes, it was the most successful party."[45]

Das Kind in ihr sperrt sich gegen die Konfrontation mit der Realität, aber die Initiation in die Erwachsenenwelt ist jetzt unvermeidlich. Als Laura den scheinbar träumenden Toten erblickt, erkennt sie die Zerbrechlichkeit ihrer kindlichen Traumwelt und die Relativität der Empfindungen, die ihr das Gartenfest einflößte. Weinend und stammelnd faßt sie das Paradoxon, daß das Leben unzulänglich ist und sich erst im Tod vollendet, in eine unvollendete Frage: „'Isn't life', she stammered, 'isn't life —.' But what life was she couldn't explain. No matter. He quite understood. 'Isn't it, darling?' said Laurie."[46]

Der Art und Weise, wie Katherine Mansfield hier die Fragwürdigkeit einer Situation, der Gartenfestwelt, durch die Überblendung einer andersartigen Situation verdeutlicht, ist Sherwood Andersons Verfahren in „I Want to Know Why" vergleichbar. Für Andersons sechzehnjährigen Icherzähler steht fest, daß sich seine Einstellung im Laufe eines Jahres verändert hat. Er besucht zwar weiterhin Pferderennen, doch faszinieren sie ihn nicht mehr in dem

[43] Ebda., S. 38.
[44] Ebda., S. 40.
[45] Ebda., S. 42 f.
[46] Ebda., S. 45. — Vgl. ausführlich D. S. Taylor, D. A. Weiss, „Crashing the Garden Party", *Modern Fiction Studies,* IV (1958/59), 361—364.

Maße wie früher. Irgendwie, so ahnt er, muß das mit seinen beiden Erlebnissen im Vorjahr zusammenhängen. Deshalb versucht er immer wieder, sich diese zu vergegenwärtigen, aber die mit Widerwillen unternommene Rekapitulation der Vergangenheit kann keine Antwort auf die ihn quälenden Fragen geben:

> But things are different. At the tracks the air don't taste as good or smell as good. It's because a man like Jerry Tillford, who knows what he does, could see a horse like Sunstreak run, and kiss a woman like that the same day. I can't make it out. Darn him, what did he want to do like that for? I keep thinking about it and it spoils looking at horses and smelling things and hearing niggers laugh and everything. Sometimes I'm so mad about it I want to fight someone. It gives me the fantods. What did he do it for? I want to know why.[47]

Während Laura das Leben in seiner Gegensätzlichkeit intuitiv begriffen hat, obschon sie ihre Erfahrungen noch nicht formulieren kann, ist die Initiation von Andersons Erzähler noch *uncompleted*. Er registriert den Verlust des Vergnügens an Pferden als Konsequenz der vergangenen Geschehnisse, ohne aber die konträren Erlebnisse des Vorjahres zu verstehen. Für ihn ist das Bild des verständnisvollen, einfühlenden Pferdetrainers mit dem des gleichen Mannes beim Bordellbesuch so unvereinbar wie Gut und Böse. Wie seine Fragen zeigen, ist er noch nicht willens, die Zwiespältigkeit des Lebens hinzunehmen.

Benutzt Mansfield die konträren Situationen dazu, um die Reifung Lauras anzudeuten, so stellt Anderson gegensätzliche Situationen in der Absicht nebeneinander, die Ratlosigkeit und innere Zerrissenheit eines Heranwachsenden zu umreißen. In jedem Fall dient die Überblendung einer Kontrastsituation der Vorbereitung bzw. Herbeiführung einer Veränderung. Sie ermöglicht es, auf knappem Raum eine komplexe Erfahrung wiederzugeben. Dieser Sachverhalt steht im Einklang mit der bereits erwähnten Forderung Katherine Mansfields, „to get in as much as one can". Er entspricht aber auch Andersons Konzeption der Short Story. Bekanntlich lehnte Anderson „plot stories" ab, weil sie das Leben, „a complex delicate thing", auf Formeln bringen und verfälschen. Erzählungen waren seiner Meinung nach „people who sit on the doorstep of the house of my mind".[48] Infolgedessen mußte es ihm darauf ankommen, Charaktere in den Mittelpunkt zu stellen und die Komplexität des Lebens in der Komplexität ihrer Erfahrungen zu spiegeln. „I Want to Know Why" illustriert eine der von ihm wahrgenommenen Möglichkeiten, sein Ziel zu erreichen.

47 S. Anderson, „I Want to Know Why", in: Grant, a. a. O., S. 318. Vgl. die Interpretation von S. Neuweiler in diesem Band.

48 S. Anderson, *The Modern Writer* (San Francisco, 1925) und „The Story Teller", zit. nach Weber, „Eine kleine Quellensammlung".

Aufspaltung einer Situation

Bisher wurde unter Situation ein selbständiger Zustand oder Vorgang verstanden, der zeitlich, räumlich und personell festgelegt ist. Mit Hilfe dieser Definition konnten in verschiedenen Short Stories jeweils zwei Situationen voneinander abgegrenzt und auf Verknüpfungsprinzipien hin untersucht werden. Das ist, wie abschließend gezeigt werden soll, nicht immer möglich. Es gibt nämlich Short Stories, die die skizzierten Techniken der Situationsverknüpfung anwenden, obgleich eigentlich nur von einer Situation die Rede sein kann. Zu diesem Sonderfall kommt es immer dann, wenn ein Zustand oder Vorgang aus formalen und gehaltlichen Gründen so aufgespalten wird, daß zwei scheinbar selbständige Situationen entstehen.

Ein relativ einfaches Beispiel ist Ambrose Bierces „An Occurrence at Owl Creek Bridge". Peyton Farquhar, ein Plantagenbesitzer, der im Bürgerkrieg auf der Seite der Südstaaten steht, ist bei dem Versuch gefangengenommen worden, eine von Yankees bewachte Brücke zu zerstören. Sieht man davon ab, daß diese Informationen im zweiten Teil der Erzählung in einer Rückwendung mitgeteilt werden, so behandelt die Short Story eine einzige Situation, die wenigen Minuten, in denen Farquhars Exekution vorbereitet und durchgeführt wird. Im ersten Teil seiner Erzählung begnügt sich Bierce damit, die inneren und äußeren Aspekte des Vorgangs nebeneinander zu stellen: Während die Nordstaatler die Erhängung in die Wege leiten, erinnert sich Farquhar an seine Familie. Im dritten Teil geht Bierce von dieser Darstellungsweise ab. Um eine Vorstellung davon zu vermitteln, was Farquhar im Augenblick des Sterbens empfindet, trennt er die innere von der äußeren Handlung. Die innere Handlung verselbständigt sich zu einer Situation, die scheinbar von den äußeren Ereignissen unabhängig ist:

> As Peyton Farquhar fell straight downward through the bridge he lost consciousness and was as one already dead. From this state he was awakened — ages later, it seemed to him — by the pain of a sharp pressure upon his throat, followed by a sense of suffocation. Keen, poignant agonies seemed to shoot from his neck downward through every fibre of his body and limbs.[49]

Der arglose Leser könnte sogar den Eindruck gewinnen, als ob Peyton Farquhar stürzend den Strick durchreiße, in den Fluß falle, sich im Wasser von seinen Fesseln befreie, den Schüssen der Yankees entkomme und nach Hause flüchte. Erst die letzten Sätze der Short Story enthüllen alle im dritten Teil zur Darstellung gelangenden Ereignisse als Wunschtraum Farquhars im Moment des Todes und beweisen, daß Bierce lediglich ein- und dieselbe Situation in einen inneren und äußeren Vorgang zerlegt hat:

[49] A. Bierce, „An Occurrence at Owl Creek Bridge", in: Dürr, Kopetzki, a. a. O., S. 7.

At the bottom of the steps she [Farquhar's wife] stands waiting, with a smile of ineffable joy, an attitude of matchless grace and dignity. Ah, how beautiful she is! He springs forward with extended arms. As he is about to clasp her he feels a stunning blow upon the back of the neck; a blinding white light blazes all about him with a sound like the shock of a cannon — then all is darkness and silence!
Peyton Farquhar was dead; his body, with a broken neck, swung gently from side to side beneath the timbers of the Owl Creek bridge.[50]

Zweifellos hat Bierce durch die pointenhafte Aufhebung der Situationsaufspaltung am Schluß den naiven Leser überraschen wollen. Der eigentliche Grund für die Gestaltung des dritten Teils dürfte aber doch wohl in der Absicht liegen, die Grundsituation nach allen Richtungen hin auszuloten. Bierce geht zum einen das Wagnis ein, die Vorstellungen eines Sterbenden zu schildern, zum anderen nimmt er in seine Erzählung eine, wenn auch nur scheinbare Alternative zum bedauerlichen Tod Peyton Farquhars hinein. So offenbart auch seine Short Story die für die Moderne charakteristische Neigung, dem *explosive principle* Rechnung zu tragen, eine Tatsache, die von komplizierteren Beispielen der Situationsaufspaltung, etwa von Conrad Aikens „Silent Snow, Secret Snow", bestätigt wird.

Das *explosive principle* — ein Charakteristikum moderner Dichtung?

Es wurde der Versuch unternommen, verschiedene Arten der Situationsverknüpfung zu beschreiben und als *einen* Ausdruck der für die moderne Short Story charakteristischen Gestaltungsintentionen zu begreifen. Wie, so scheinen sich moderne amerikanische und englische Autoren[51] im Unterschied zu Verfassern traditioneller Kurzprosa zu fragen, ist es möglich, auf gedrängtem Raum die Fülle des Lebens und die Vielschichtigkeit der Erfahrungen einzufangen oder doch anzudeuten? Eine Antwort auf dieses Problem, das Henry

50 Ebda., S. 12.

51 Entsprechendes gilt etwa für die deutschen Novellisten im 19. Jahrhundert. Vgl. von Wiese, a. a. O., S. 18: „Sowohl nach STORMS wie nach HEYSES Meinung erhält jedoch die Novelle, trotz des ‚kleinsten Rahmens', eine ungeheure stoffliche Erweiterung und Intensivierung durch die Ausdehnung auf ‚Lebensfragen' überhaupt. Wie das Drama behandele sie die ‚tiefsten Probleme des Menschenlebens' (Storm) und habe sich nunmehr zu einer Form entwickelt, ‚in welcher gerade die tiefsten und wichtigsten sittlichen Fragen zur Sprache kommen (Heyse). Diese Vorstellung von der Novelle als einem passenden Gefäß für sämtliche sittlichen Probleme des Einzelnen und der Gesellschaft beginnt bereits beim Jungen Deutschland mit THEODOR MUNDTS Buch ‚Moderne Lebenswirren' (1834). Schon Mundt vertritt die Auffassung, die Novelle habe es mit ‚Lebensperspektiven' zu tun und könne daher mit ‚großer Kühnheit in alle Gebiete des innern und äußern Lebens übergreifen'. In solchen Thesen steckt die Gefahr, daß die Novelle des Realismus als problemreiche Universaldichtung gedeutet wird."

James auf die Formel des *explosive principle* brachte, ist die Entwicklung der skizzierten Formen der Situationsverknüpfung.

Es sei jedoch noch einmal daran erinnert, daß James auch beim Roman unter „the old burden of the much life and the little art" litt.[52] Bei jeder Art von schriftstellerischer Betätigung sah er sich gezwungen, der Begrenzung Opfer zu bringen und das verschwendete ‚Material' durch die Intensität der Darstellung, durch das größtmögliche „amount of felt life",[53] aufzuwiegen. James erkennt also in den Überlegungen, die viele moderne Short-Story-Autoren beschäftigt haben, ein grundsätzliches Problem der künstlerischen Gestaltung überhaupt. Dies wirft die Frage auf, ob das Verhältnis von Umfang und *explosive principle* allgemein als problematisch empfunden wird und ob es sich hier, wie für die Short Story behauptet, wirklich um ein Problem handelt, das erst in der Moderne den Künstlern bewußt geworden ist und ihre Praxis beeinflußt hat.

Bei einer Antwort, die hier skizzenhaft ausfallen muß, wird man wohl davon ausgehen müssen, daß die Notwendigkeit der Auswahl aus der Fülle des Lebens seit jeher in allen Nachahmungstheorien gesehen worden ist. Freilich hat sich mit dieser Einsicht anscheinend solange nicht die Klage über die notwendige Beschränkung verbunden, als noch weitgehende Einmütigkeit darüber bestand, was der Darstellung würdig ist. Instruktiv ist hier ein Vergleich von Henry Fielding und Jane Austen. Als „founder of a new province of writing" bestimmt Fielding — vor dem Hintergrund seiner neoklassizistisch gefärbten Naturauffassung — selbstbewußt das „bill of fare", welches es zu verwirklichen gilt, und fordert den Leser auf, seinen Auswahlkriterien zuzustimmen.[54] Stillschweigend entwickelt auch Jane Austen in ihren Romanen bestimmte Darstellungskonventionen, doch ist sie sich bewußt, daß ihr eigener Erfahrungshorizont begrenzt ist und sie nicht mehr im Sinne Fieldings *general nature* schildern kann. Aus der Not macht sie eine Tugend. Sie konzentriert sich auf die intensive Behandlung von drei, vier Familien der *landed gentry* und bescheidet sich mit „the little bit (two Inches wide) of Ivory on which I work with so fine a Brush, as produces little effect after much labour".[55] Eine derartige Bescheidung stieß im Verlauf des neunzehnten Jahrhunderts auf Widerspruch. Wie etwa an der Rezeption von Henry James und anderen Schriftstellern abzulesen ist, bedauerten viele Kritiker die zunehmende ‚Spezialisierung' und Subjektivierung der Romane und beklagten,

[52] Blackmur, a. a. O., S. 259.

[53] Ebda., S. 45.

[54] H. Fielding, *The History of Tom Jones, A Foundling,* Modern Library College Editions (N. Y., 1950), S. 41, 1.

[55] Jane Austen an J. Edward Austen (16. 12. 1816), zit. R. W. Chapman, Hrsg., *Jane Austen's Letters to Her Sister Cassandra and Others* (Lo., 1952), S. 468 f.

daß mit der Gestaltung ‚unwesentlicher', ja exzentrischer Stoffe eine Komplizierung des Erzählens einhergehe.[56] Thesenhaft läßt sich behaupten, daß der Verlust allgemein anerkannter Auswahlkriterien, der Zweifel an der Existenz einer Stoffhierarchie und die Subjektivierung der Erzählwelt im modernen Roman einen Verlust an rein stofflicher Weltfülle mit sich gebracht haben, der, wie in der Short Story, von vielen Autoren durch die intensive, mehrstimmige Darstellung kompensiert wird. Die für die moderne Kurzprosa typischen Techniken der Andeutung oder der Situationsverknüpfung lassen sich jedenfalls auch im neueren Roman nachweisen.

Ein anderer Grund, warum in den letzten hundertundfünfzig Jahren das von James bezeichnete Problem sichtbar geworden ist, dürfte im Verfall der traditionellen Gattungspoetik zu suchen sein. Wie die Rhetorik, die die Kürze vorbehaltlos begrüßte, erblickte die ältere Gattungspoetik im Umfang deshalb kein Problem, weil sie den verschiedenen Dichtarten ihnen gemäße Stoffe zuwies. Spätestens in der Romantik wurden an solchen Zuordnungen Zweifel laut. Mit der nicht nur von Poe vorgetragenen Polemik gegen das zu lange Epos und seine Inhalte verband sich die Besinnung auf die Möglichkeiten der Kurzformen. So war wohl William Wordsworth der erste englische Dichter, der beispielsweise die Beschränkung des Sonetts als problematisch empfand und es für notwendig hielt, dessen „scanty plot of ground" zu verteidigen.[57] Sah Shakespeare das Sonett noch ganz selbstverständlich als Denkmal für seinen Freund an, so bezeichnete D. G. Rossetti das Sonett als „coin" und fragte sich, wie es trotz seiner Kürze wenigstens „a moment's monument" sein und gegensätzliche Erfahrungen aufnehmen könne.[58] Das ist aber genau die Frage, die Henry James stellt, wenn er die Short Story mit einem Sonett vergleicht.

Schließlich sei schlagwortartig das moderne Weltgefühl als ein weiterer Grund für die Geläufigkeit der James'schen Überlegungen in unserer Zeit genannt. Der Eindruck, daß die Realität komplexer und vielschichtiger geworden ist, hat nicht nur die Praxis vieler Autoren bestimmt, sondern auch deren Reflex, die moderne Literaturtheorie. Bezeichnenderweise werden vom New Criticism Kriterien wie *tension*, *irony*, *ambiguity* und *complexity* mit einer bis dahin unerhörten (und auch fragwürdigen) Pointierung als Maßstäbe für die Bewertung von Dichtung ausgegeben und bekanntlich vor allem an Kurzformen der Dichtkunst, zum Beispiel an lyrische Gedichte, herangetragen.

56 Vgl. Goetsch, *Romankonzeption*, S. 71 ff., 76 ff.

57 W. Wordsworth, „Nuns fret not". Vgl. ders., „Scorn not the Sonnet".

58 D. G. Rossetti, „A sonnet is a moment's monument". Andere Sonette zur gleichen Problematik: John Keats: „If by dull rhymes"; Edna St. Vincent Millay, „I will put Chaos into Fourteen Lines"; Edwin Arlington Robinson, „The Master and the Slave go hand in hand".

Unabhängig davon, ob die Hypothese stimmt, daß das Spannungsverhältnis zwischen Umfang und *explosive principle* ein spezifisch modernes Problem der Dichtung und der Dichtungstheorie ist, dürfte man der modernen Short Story nur gerecht werden, wenn man immer wieder fragt, was sie trotz ihrer Begrenzung an Weltdarstellung und -deutung leistet. Heute scheint jedenfalls William Dean Howells' skeptische Beurteilung der Kurzprosa unbegründet:

> We become of a perfect intimacy and a devoted friendship with the men and women in the short stories, but not apparently of a lasting acquaintance. It is a single meeting we have with them, and though we instantly love or hate them dearly, recurrence and repetition seem necessary to that familiar knowledge in which we hold the personages in a novel.
>
> It is here that the novella, so much more perfect in form, shows its irremediable inferiority to the novel ...

Gerade jene Short Stories, welche die Möglichkeit der Wiederholung und Variation von Situationen wahrnehmen, dürften Howells' Hoffnung erfüllen, daß es Kleinformen der Erzählkunst geben werde, „which shall supply the delighted imagination with creations of as much immortality as we can reasonably demand".[59]

[59] W. D. Howells, „Some Anomalies of the Short Story", *Literature and Life: Studies* (N. Y. / Lo., 1911), 113—122, zit. nach Weber, „Eine kleine Quellensammlung".

„THE REAL THING“: HINWEISE ZU EINEM DARSTELLUNGSPRINZIP BEI STEPHEN CRANE UND HEMINGWAY

Dietmar Haack

Die bisher einzige Gesamtausgabe der Werke Stephen Cranes erschien in den Jahren von 1923 bis 1927, zu einer Zeit, als die amerikanische Literatur mit Sherwood Anderson, John Dos Passos, Ernest Hemingway und William Faulkner in ein zweites Goldenes Zeitalter eintrat. Offenbar war das Erscheinungsdatum nicht zufällig gewählt. Es entsprach wohl eher dem Wunsch eines begrenzten Lesepublikums. Zu jener Zeit — so erinnert sich Alexander Woollcott — gehörte es in den Kreisen der jungen Literaten zum guten Ton, täglich in eine ‚zehnminütige Crane-Begeisterung auszubrechen‘. Durchblättert man die Einleitungen, die Willa Cather, Amy Lowell, Anderson, Mencken und andere Autoren spontan zu den einzelnen Bänden dieser bisher ersten und letzten großen Ausgabe beisteuerten, so läßt sich ermessen, wie sehr gerade diese Epoche der amerikanischen Literatur in Crane einen Wegbereiter erkannt hatte und wie sehr man ihn als die anregendste Gestalt einer sonst an literarischen Höhepunkten armen Ära schätzte. Sherwood Andersons Einleitung zu einem Band der Crane-Ausgabe ist symptomatisch für die Begeisterung über die Wiederentdeckung:

> I am thinking about Stephen Crane coming along — as a writer. Writing in America must have been pretty dead then ... Writers who are trying to do decent work in America now do not know what they owe to Walt Whitman, Herman Melville, Steve Crane ... There is a house being built. It takes time and the labour of a real craftsman. Stephen Crane was a craftsman. The stones he put in the wall are still there.[1]

Mit Sherwood Anderson bekannte sich auch Amy Lowell zu Crane. Sie schrieb: „In the decade which began with 1912, Crane would have been in his element, perfectly understood, wisely praised, forced to take position of a leader.“ [2] Etwas präziser gesteht H. L. Mencken, der maßgeblich an der Wiederentdeckung Cranes beteiligt war, ihm wichtige Einwirkungen auf die Fortentwicklung der amerikanischen Kurzgeschichte zu: „The short-story in America owes more to him than he has got credit for. He loosened and extended its form, he quickened its tempo and greatly enriched its substance“.[3]

1 Sherwood Anderson, „Introduction“, in: *The Works of Stephen Crane,* ed. by Wilson Follett (New York, 1923—1927), Bd. XI, S. XI f.
2 Amy Lowell, „Introduction“, in Crane, *Works,* Bd. VI, S. XXIX.
3 H. L. Mencken, „Introduction“, in Crane, *Works,* Bd. X, S. XIII.

John Dos Passos baute seinen ersten Roman *First Encounter* nach dem Modell von Cranes *The Red Badge of Courage* und Hemingway rechnete ihn wiederholt zu den bedeutenden Autoren Amerikas.

Was waren die Gründe für die Wiederentdeckung dieses Autors? Bewunderte man in Crane nur den „terrible young radical“[4], den Bohemien und Abenteurer, den erlebnishungrigen, frechen Reporter, oder eher den Autor, der bewußt die Brücken zu den Vorgängern abbrach und damit das 19. Jahrhundert literarisch beendete und überleitete in das Zwanzigste? Sherwood Anderson und H. L. Mencken machen es deutlich, wenn sie vom *craftsman* sprechen, vom formalen und stilistischen Veränderer. Was die jüngeren Autoren faszinierte, war die Unbekümmertheit, mit der Crane gegen Tabus anging, neue Themen erschloß, Ideale zerstörte, die längst nur noch Scheinideale waren. Schließlich mußte für die Generation nach dem ersten Weltkrieg besonders Cranes Bürgerkriegsroman *The Red Badge of Courage* als Vorwegnahme der eigenen Desillusionierung wirken.

Bereits die ersten längeren Arbeiten Cranes waren ein Angriff auf die ‚Tradition‘. Er begann mit Kurzgeschichten, den *Sullivan County Sketches,* in denen er parodierend die Frage nach der Existenzberechtigung der Helden Scotts, Coopers, Hawthornes, Poes und Twains stellt. Zugleich scheute der junge Journalist nicht davor zurück, das stilistische Gehabe der „clever school of literature“ anzuprangern, einer ‚Schule‘, an deren Spitze für Crane „Rudyard, the lord of the popular mind“[5], der Engländer Kipling stand. Diese „clever school“ belieferte die Massenmagazine der Zeit mit Konsumliteratur im Gartenlaubenstil, mit hitzigen Liebesromanen und Heimaterzählungen, mit Abenteuerstories und Gespenstergeschichten. In einer seiner Parodien machte Crane klar, gegen wen er vorging und welche stilistischen Auswüchse er anprangerte: In „The Cry of the Huckleberry-Pudding“ umschreibt er den Schrei eines Mannes, der sich — und hier wird bereits das Waldläufer-Ideal zerstört — den Magen an einem Heidelbeermus verdorben hat.

It clamored like a song of forgotten war, and died away to the screams of a maiden. The pleadings of fire-surrounded children mingled with the calls of wave-threatened sailors.

Two barbaric tribes clashed together on a sun-burnt plain. A score of bare-kneed clansmen crossed claymores amid grey rocks; a woman saw a lover fall; a dog was stabbed in an alley, a steel knight bit dust with bloody mouth . . .[6]

Wie seine ‚cleveren‘ Zeitgenossen längt Crane hier die Aussage, er treibt Zeilenschinderei, er malt gekünstelt-metaphorisch und greift die „epithet

[4] Vergl. dazu Stephen Crane, *Letters,* ed. by R. W. Stallman and L. Gilkes (New York, 1960), S. 32.

[5] Crane, *Letters,* S. 32 und S. 181.

[6] Crane, *The Sullivan County Sketches,* ed. with an introduction by Melvin Schoberlin (Syracuse, N. Y., 1949), S. 69.

madness" der kleinen Magazinschreiber an, die sich gegenseitig mit den kühnsten Metaphern und den gekünsteltsten Phrasen zu übertreffen suchten. Die Parodien waren erfolgreich, offenbar nicht nur dank ihrer Unterhaltungsfunktion, sondern sicher auch deshalb, weil in ihnen die Überzeugungskraft und Wirksamkeit alter Stoffe abgestritten wurde. Noch deutlicher ist die Absage an die großen Vorgänger in einem Zeitungsartikel, dem Crane den bezeichnenden Titel „The Last of the Mohicans" gab. Hier ging er gegen das verbrauchte Ideal des „noble savage" an, indem er diese Gestalt mit der existenten zeitgenössischen Wirklichkeit konfrontierte. Uncas, „that bronzed God of the North American wilderness ...", sagt Crane, durchwandere das Land noch heute, nur in völlig veränderter Gestalt: „Arrayed in torn and tattered and ragged garments ... he wanders listlessly from village to village ... his only ambition being to beg, borrow, or steal a drink".[7] Hier manifestiert sich, abseits der überschwenglichen Parodie, das Mißtrauen gegen verfälschende künstlerische Idealisierungen, und damit deutet sich bei Crane ein Verhältnis zur Darstellung der Wirklichkeit an, das in seiner Weiterentwicklung in direkter Linie zu Hemingway führt.

Diese Tendenzen sind in vielen theoretischen Äußerungen Cranes faßbar. 1892 stellt er fest: „I renounced the clever school of literature ..." und „If I had kept to my clever, Rudyard Kipling style, the road might have been easier, but ah, it wouldn't have been the true road."[8] Crane erreichte die ‚wahre Straße' in New York. Als Journalist durchlief er die Schule des Sehens, Beobachtens und exakten Reproduzierens. Er machte sich Howells' Realismus-Schlagwort *truth to life* zueigen und er nahm Garlands veristische Forderung nach *subtlety in speech and color* auf seine eigene Weise ernst. Auf Reportergängen mit dem Sozialkritiker Jacob Riis, dessen anklägerisches Buch *How the Other Half Lives* seinen Slum-Roman *Maggie* beeinflußte, gewann er Einblicke in die Elendsquartiere der New Yorker Bowery. Er lernte die naturalistischen Thesen der Franzosen kennen und übernahm Zolas *tranche de vie* als „slice out of life"[9] in seine eigenen theoretischen Äußerungen. Er las Tolstoi, Dostojewsky und Turgenieff, wobei er zu sehr ähnlichen Wertungen kam wie später Hemingway.

Was aber von besonderem Einfluß auf die Folgegeneration war — nämlich Cranes Sprachbehandlung, die Sprache seiner Figuren —, entsprang letztlich den Anregungen und Forderungen der Zeitgenossen, war aber zunächst eine Leistung, die *in praxi* Crane selbst anzurechnen ist. Seine rigorose Einbeziehung der ungeglätteten, unbeschönigten Umgangssprache, besonders der der niedrigsten sozialen Schicht, war so neu für diese Zeit, daß Howells diese

[7] Crane, „The Last of the Mohicans", *New York Tribune* (21. Febr. 1892), S. 12.
[8] Crane, *Letters*, S. 31 f.
[9] Ebda., S. 158.

Tatsache etwas doppeldeutig als unerhörtes Novum herausstrich. Viele der zeitgenössischen Rezensenten Cranes sprachen — positiv oder negativ — von einem Schock, augelöst durch die beinahe phonographische Reproduktion einer Sprache, die alle Rücksicht auf die Prüderie der Zeit außer acht ließ.

Hatte man seine Figuren bisher in ausgefeilten, wohlgebauten und sinnvollen Perioden parlieren lassen, so entwickelte Crane jetzt, als erster für den amerikanischen Naturalismus, jenen zerhackten, auf den Bewußtseinsstrom-Monolog hinführenden, Gesprächs- und Gedankenfetzen aufnehmenden Staccato-Rhythmus des Sekundenstils, der eine Rede auch dann noch reproduziert, wenn sie lückenhaft, stammelnd und stotternd ist, deren Sinngehalt und Wortschatz aber den Eigenarten der sprechenden Personen um so adäquater ist und diese überzeugend charakterisiert. Für die Zeit unterscheidet sich Cranes Personensprache von Howells' überglätteten Formelhaftigkeiten — einer Glättung, die keinesfalls nur damit zu begründen wäre, daß Howells Charaktere aus einem bürgerlichen Milieu stammen. Sie unterscheidet sich überdies von der nur wegen des Landschaftskolorits eingebrachten, häufig stilisierten und generalisierten Dialektreproduktion der amerikanischen Veristen und Lokalkoloristen hauptsächlich durch die konsequente Auslassung aller landschaftlich-heimeligen oder gemütvollen Töne, die für die Dialekt-Autoren der Magazine so charakteristisch sind. An deren Stelle tritt nun der bislang verpönte, unbeschönigte, brutale Umgangston und Jargon der Großstadt. Crane hatte die Hinweisfunktion der Personensprache klar erkannt. Er hatte ganz bewußt Sprachstudien betrieben, mit dem Ziel, den Überzeugungsgrad der direkten Rede anzuheben. Eine dieser Studien erschien dann in einer New Yorker Zeitung. Die feinen Differenzierungen zwischen sozialen Schichten und Volksgruppen werden hier besonders greifbar:

"Can you tell me, please, if the returns indicate that Goff has a chance?" "Who? Goff? Well, I guess! He is running like a racehorse."

Oder:

"Hey, that magic-lantern man is a big fakir. Lookatim pushin' slides in on us. Hey, take that out, will yeh? You ain't no bill-poster, are yek?"

Oder ein Ausländer, wahrscheinlich ein Deutscher:

"By colly, I bet you Morton is elected by a hundret thousand votes. Suah! I am a Republican every leetle minnet. I am so exited my hand shake."[10]

Ganz ähnlicher Verfahrensweisen hat sich Jahrzehnte später auch Ernest Hemingway bedient, wenn er der englischen Sprache den Rhythmus und die Intonation der fremden Sprache seiner Personen aufzuprägen versuchte, um damit die Fiktion der Fremdsprachlichkeit zu erzeugen.

[10] Crane, „Heard on the Street, Election Night", in: *Uncollected Writings,* ed. with an Introduction by O. W. Fryckstedt (Upsala, 1963), S. 85 ff.

Cranes Sprachwiedergabe, deren quasi-phonographische Treue sicher auch ein Reflex der in den achtziger Jahren erfundenen mechanischen Schallaufzeichnung ist, ist frei vom Verbosen, Geschliffenen, frei von Phrasen und langatmigen Sentenzen. Und allein diese Tatsache trägt unbedingt dazu bei, wie H. L. Mencken sagt, ‚das Tempo der Kurzgeschichte zu beschleunigen'.

Cranes häufig fixiertes Prinzip, ‚einfach und unmißverständlich' zu schreiben, konnte die Aufmerksamkeit des Mannes erregen, der von der Prosa sagte „It is architecture, not interior decoration, and the Baroque is over."[11] Ebenso wie Hemingway später dem überflüssigen Wort mißtraute, dem verbalen Skeptizismus folgte, hatte Crane bereits in seinen frühen Parodien gegen pseudo-barocke Stilspiele, gegen Metaphernketten und sinnlose Epitheta gekämpft. Das naturalistische Wahrheitspostulat ließ sich für Crane nur mit einer Darstellungsweise verwirklichen, die eine Idealisierung um des schönen Schlusses willen ebenso sicher vermied, wie sie auch auf stilistisches Rankenwerk verzichten mußte, das dem thematischen Anlaß, der Schilderung der harten Wirklichkeit, widersprach. Um so erstaunlicher ist es, daß auf Cranes ‚naturalistische' Periode als Intermezzo die Beschäftigung mit dem erfundenen Krieg folgte. 1894 schrieb er den Roman, mit dem er Berühmtheit erlangte: *The Red Badge of Courage.* Es ist hier nicht der Raum, auf diese Phase einzugehen, es soll jedoch skizziert werden, was Crane beabsichtigte. Von seinem ersten Kriegsroman sagte er: „I intended it to be a psychological portrayal of fear".[12] Es ging ihm hier nicht mehr allein — wie während der ‚naturalistischen' Phase — um Kausalzusammenhänge und äußere Vorgänge, sondern um das Aufdecken des seelischen Innenraums, um ein erzähltechnisch äußerst geschickt gehandhabtes Freilegen der Gedanken- und Gefühlswelt des jungen Freiwilligen Henry Fleming angesichts der lebensbedrohenden Kriegssituation. Crane mußte sich bei der Darstellung dieser ‚erfundenen' Kriege ganz auf seinen „hereditary fighting instinct" und auf den vom football-Platz stammenden „sense of the rage of conflict"[13] verlassen. Er konnte sich hier nicht, wie vorher in der New Yorker Zeit, auf persönliche Erfahrung stützen, sondern war ganz auf das spekulativ-visionäre Erahnen, auf „invention" gestellt. Dieses, wie er es nannte, ‚intuitive Schreiben', das an keiner Kontrollinstanz zu vergleichende Erahnen von Bewußtseinsvorgängen und Handlungen, führte ihn schließlich in ein Stadium völliger Erschöpfung. Nach der Fertigstellung der Kriegs-Geschichten aus der Serie *The Little Regiment* schrieb er 1895 an einen Freund: „It is awfully hard! I have invented the

[11] Hemingway, *Death in the Afternoon* (New York, 1932), S. 182.
[12] Crane, *Letters,* S. 158.
[13] Ebda.

sum of my inventions in regard to war and can do no more ..."[14] Seine erdachten Kriegsgeschichten nennt er „an effort born of pain"[15] und sein ‚faules Werk'. Er fand sich schließlich in einer Position, in der er sich mit Kipling vergleichen konnte, abseits der ‚wahren Straße', an einem Punkt, wo er sein Gehirn nur noch nach „clever and witty expedients"[16] zermarterte.

1896, auf dem Höhepunkt dieser Krise, bat Crane dann sogar seine Verleger darum, ihm Themen und Stoffe zur Bearbeitung zu überlassen. Ein Ausweg aus dieser Situation ergab sich, als Crane im selben Jahr im Auftrag einer Zeitung auf dem Blockadebrecher „Commodore" anheuerte, mit dem Waffen aus den Vereinigten Staaten nach Kuba gebracht werden sollten. Von da an stürzte er sich in alle sich bietenden journalistischen Aufgaben. Als Korrespondent für amerikanische und englische Zeitungen reist er an die Schauplätze der Spanisch-Amerikanischen und Griechisch-Türkischen Kriege. Er erinnert sich an Hamlin Garlands Empfehlung, von den Dingen zu schreiben, ‚die man am genauesten kennt' und wir werden zurückverwiesen auf die New Yorker Zeit, in der die Geschichte „An Experiment in Misery" entstand. Hier hatte sich zwischen dem Autor und einem Freund folgendes Gespräch entsponnen:

> Two men stood regarding a tramp.
> "I wonder how he feels", said one, reflectively.
> ...
> The other, being the elder, spoke with an air of authoritative wisdom: "You can tell nothing of it unless you are in that condition yourself. It is idle to speculate about it from the distance".[17]

„It is idle to speculate about it from the distance": Nach den Erlebnissen im Rettungsboot — der Blockadebrecher „Commodore" ging vor Florida unter — verließ Crane den Bereich der Spekulation. Er sammelte, wie er in „The Open Boat" ausdrücklich sagt, im Dinghy die besten ‚Erfahrungen seines Lebens'. War die frühe Geschichte „An Experiment in Misery" eine „veracious narrative", so ist jetzt die Geschichte vom Rettungsboot „A Tale intended to be after the fact". Schon der Untertitel deutet die veränderte Beziehung zum ursprünglich faktischen Erlebnis an. Die Spekulation ist mit diesem Hinweis ausgeschaltet. Das heißt nicht, daß Crane sklavisch einer Faktizität anhängt, die sowieso nur Idealbild bleiben kann. Es wird jedoch der Versuch unternommen, das Erlebnis in einem *tale* zu verarbeiten, es aus dem Bereich eines Reporterberichts, der unmittelbar nach dem Ereignis

14 Ebda, S. 72.
15 Ebda, S. 159.
16 Ebda, S. 31.
17 *Stephen Crane, An Omnibus*, ed. with introduction and notes by R. W. Stallman, (London, 1954) S. 31.

verfaßt wurde, ohne Einbuße des Wahrheitsgehalts in eine literarische Kurzform zu transportieren, die zwar nicht unbedingt ‚objektive' Fakten liefert, die Wahrheit aber nicht einer Manipulation durch den Schriftsteller ausliefern will.

Crane hatte offenbar in der eigenen Erfahrung eine Kontrollinstanz wiedergewonnen, die ihn davor bewahren konnte, allzu weit von der ‚wahren Straße' abzuweichen. Nach der persönlichen Konfrontation mit dem Krieg vollzog sich bei ihm eine Wandlung der darstellungstechnischen Verfahren, über deren Ursprung und Existenz auch die sonst rivalisierende Kritik nur ein einhelliges Urteil fällt. H. G. Wells entdeckt gegenüber der Periode der ‚erfundenen Kriege', des *Red Badge* und des *Little Regiment,* ein neues Element der Beschränkung auf das Wesentliche. Bilder und Farben, die — so Wells — ‚im *Red Badge* verwirrten', sind nun ‚diszipliniert und unter Kontrolle gebracht'.[18] Übersteigerungen und leere stilistische Tricks, die Überreste der ‚clever school', werden in der letzten Schaffensperiode von 1897 bis 1900 vermieden. Das persönliche Erleben wird hier von den meisten Kritikern in ursächlichen Bezug zu den Veränderungen der Darstellungsmethode gesetzt. Zudem ist Crane selbst — und das beweist die wachsende Anzahl der eigenen Äußerungen — gerade in diesem Stadium der Prozeß des Schreibens auch theoretisch bewußter geworden. Die Ära des ‚intuitiven Arbeitens' war für ihn vorbei. Mit dem Beginn der letzten Schaffensperiode, die mit „The Open Boat" 1897 einsetzt und in der Geschichten wie „The Blue Hotel", „The Bride Comes To Yellow Sky" und „The Monster" entstanden, verstärkt sich die Parallelität der darstellungstechnischen Grundsätze Cranes und Hemingways. Versucht man diese Ähnlichkeiten aufzudecken, so muß man gleichzeitig davor warnen, hier einen direkten Einfluß anzunehmen. Zu viele verschiedene Faktoren haben auf die Ausbildung und Entwicklung der Darstellungsmethode Hemingways eingewirkt, als daß sich mit absoluter Konsequenz eine Schlüsselposition Cranes vertreten ließe. Vielmehr soll versucht werden, Crane als Vorläufer einer Entwicklung kenntlich zu machen, die mit Hemingway einen Höhepunkt erreicht.

Ein Vergleich zwischen den beiden Autoren ist nicht aus der Luft gegriffen. Er kann mit Hemingways eigenem Interesse an Cranes Werk begründet werden. Hemingways Gespräch mit Kandisky in *Green Hills of Africa* ist eine jener Stellen, auf die sich Kritiker immer wieder wie auf ein auszuweidendes Tier stürzen. Kandisky, der auf der Safari Hemingway trifft, stellt Fragen über amerikanische Schriftsteller, und Hemingway antwortet ihm: „The good writers are Henry James, Stephen Crane and Mark Twain. That's not the order they're good in. There is no order for good writers." Speziell zu Crane

18 Vgl. H. G. Wells, „Stephen Crane from an English Standpoint", in Crane, *Letters,* S. 313.

fährt Hemingway dann fort: „[He] wrote two fine stories, *The Open Boat* and *The Blue Hotel.*"[19] In einer von ihm zusammengestellten Anthologie von Kriegsgeschichten läßt Hemingway Cranes *The Red Badge of Courage* vollständig abdrucken und charakterisiert es als „That great boys dream of war that was to be truer ... than any war the boy who wrote it would ever live to see".[20] Wenn man weiß, welchen hohen Wertstandard *true* für Hemingway besaß — „a writer's job is to tell the truth"[21] — so läßt sich leicht abschätzen, was er von Cranes Arbeiten hielt. In einem Brief an einen jungen Schriftsteller empfiehlt er späte Kurzgeschichten von Crane als Pflichtlektüre und in *A Moveable Feast* geht er noch einmal auf *The Red Badge* ein. Offenbar kannte Hemingway jedoch von Crane mehr als nur die drei namentlich erwähnten Titel. Es ist anzunehmen, daß Ford Madox Ford [Hueffer], ein Freund Cranes *und* Hemingways, ihn auf weitere Arbeiten aufmerksam machte. Soweit die nachweisbaren äußeren Verbindungen.

Wenn wir uns im folgenden auf einen Vergleich erzähltechnischer und theoretischer Aspekte bei beiden Autoren einlassen, geraten wir auf weniger sicheres Terrain. Es wird sich jedoch auch hier zeigen lassen, daß Cranes spät entwickeltes Darstellungsideal durchaus für Hemingway Bedeutung gewinnen konnte. In seinem Stierkampfbuch *Death in the Afternoon* berichtet Hemingway in einer Abschweifung von den Anfängen seiner schriftstellerischen Laufbahn:

> I was trying to write then and I found the greatest difficulty, aside from knowing truly what you really felt, rather than what you were supposed to feel, and had been taught to feel, was to put down what really happened in action; what the actual things were, which produced the emotion that you experienced. In writing for a newspaper you told what happened and, with one trick and another you communicated the emotion; ... but the real thing, the sequence of motion and fact, which made the emotion and which would be as valid in a year or in ten years or, with luck and if you stated it purely enough, always, was beyond me and I was working very hard to try to get it.[22]

Einige Seiten weiter gibt Hemingway noch einen Hinweis auf die Bedeutung des „real thing". Er berichtet von einem Stierkämpfer, der durch einen ‚technischen' Fehler vom Stier tödlich verletzt wurde:

> For myself, not being a bullfighter, and being much interested in suicide, the problem was one of depiction ... Finally remembering all around it, I got it. When he stood up, his face white and dirty and the silk of the breeches opened from waist to knee, it was the dirtiness of the rented breeches, the dirtiness of his slit underwear

[19] Hemingway, *Green Hills of Africa* (New York, 1935), S. 22.
[20] *Men At War*, ed. with an introduction by Ernest Hemingway (New York, 1942), S. XVII.
[21] Ebda, S. XV.
[22] Hemingway, *Death in the Afternoon*, S. 2.

and the clean, clean, unbearably clean whiteness of the thigh bone that I had seen, and it was that which was important.[23]

Hemingway bezieht hier gegen das trickreiche Einbringen von Emotionen Stellung, gegen Passagen, die dem Leser *expressis verbis* vorschreiben, welchen emotionalen Standpunkt er füglich einzunehmen hatte. Hemingway stellt diesen Schriftstellerkniffen, die Crane vor ihm als „clever and witty expedients" verurteilt hatte, sein allmählich entwickeltes Konzept von der Emotionen evozierenden „sequence of motion and fact" gegenüber. Einen ähnlichen Kampf um die reine Aussage hatte Crane geführt. Als Motto für seine Kriegsskizzen aus dem Spanisch-Amerikanischen Krieg hatte er den „War-Memories" folgenden Ausruf vorangestellt:

> But to get to the real thing! ... It seems impossible! It is because war is neither magnificent or squalid; It is simply life, and an expression of life can always evade us. We can never tell life, one to another, although sometimes we think we can.[24]

Crane gibt uns weniger Hilfestellung für die Erklärung des Begriffes „real thing". Wir können für ihn auch noch nicht T. S. Eliots Terminus von der ‚gegenständlichen Entsprechung' heranziehen und müssen deshalb versuchen, ihn von theoretischen Äußerungen her zu definieren und zu fixieren. Was meint Crane mit diesem Schlüsselwort für sein Ideal des schöpferischen Gestaltens? Hinter diesem Begriff schwingt noch das Prinzip der ‚naturalistischen' Phase: „... the nearer a writer gets to life, the greater he becomes as an artist".[25] Nun wäre es jedoch falsch, hinter dieser Forderung der Lebensnähe ein Ideal der detailtreuen Faktenreproduktion zu vermuten. *True to life* ist eine Arbeit erst dann, wenn nach der Konfrontation mit der existenten Wirklichkeit die aus ihr erfahrenen Realitäten einen künstlerischen Umsetzungsprozeß durchmachen, der sie aus dem Bereich der absoluten Faktizität in den der künstlerischen Wahrheit transportiert. So ist etwa Cranes *Red Badge of Courage* nicht militärhistorische Authentität, sondern nach eigenen Aussagen „a type", ein Typus für alle Schlachten aller Kriege, und ebenso ist „The Open Boat" nicht journalistische Erlebnisreproduktion, wie der vorher verfaßte Zeitungsbericht, sondern — aufgrund dieses künstlerischen Umsetzungsprozesses von Fakten — Kunstwahrheit — „[illustrating] the essentials of life, like a symbolic tale".[26] Jahrzehnte später hat Ernest Hemingway die Problematik des *true to life* mit ähnlichen Ansätzen wieder aufgegriffen. *In Men at War* schreibt er:

23 *Death in the Afternoon,* S .20.
24 Crane, *Wounds in the Rain* (New York, 1899), S. 229.
25 Crane, *Letters,* S. 78.
26 Joseph Conrad, „Introduction", in: Thomas Beer, *Stephen Crane* (London, 1924), S. 14.

A writer's job is to tell the truth. His standard of fidelity to the truth should be so high that his invention, out of his experience, should produce a truer account than anything factual can be. For facts can be observed badly, but when a good writer is creating something, he has time and scope to make of it an absolute truth.[27]

Cranes Prinzip der Lebensnähe schließt aber eine weitere unerläßliche Konstante ein. Crane umschreibt sie — wie Hemingway — als „quality of personal honesty“[28], eine Aufrichtigkeit, die den billigen künstlerischen Trick um des bloßen Effektes willen verachtet, die Faktizität nicht der Manipulation zur Lüge anheimfallen läßt. In die Definition des „real thing“ gehört für Crane schließlich ein Element, das auch für Hemingway von ausschlaggebender Bedeutung war: „I endeavoured to express myself in the simplest and most concise way ... Preaching is fatal to art in literature“.[29] „A moral or lesson“, sagt Crane, dürfe nicht wortreich angebracht werden. Es sei Aufgabe des Lesers, sie aufzufinden. Emotionen dürfen — wie dann bei Hemingway ähnlich — nur über konkrete Dinge evoziert werden. Ein geschickt gewähltes, sachliches Detail kann die ganze Arbeit leisten. Crane hatte diese Technik schon bei seinem Freund Joseph Conrad bewundert:

The simple treatment of the death of Wait is too good, too terrible. It caught me very hard. I felt ill over the red thread lining from the corner of the man's mouth to his chin. It was frightful with the weight of a real and present death. By such small means does the real writer suddenly flash out in the sky above those who are always doing rather well.[30]

Er lobte hier etwas, was er längst selbst praktizierte. Bereits in *The Red Badge* hatte er versucht, das emotionale Signal zu setzen, *ohne* den Bereich der gegenständlichen Sachlichkeit zu verlassen.

Das hier skizzierte „real thing“ bleibt keinesfalls nur theoretisches Ideal. Es ist nicht verwunderlich, daß Hemingway Geschichten der letzten Schaffensphase Cranes zur Lektüre empfiehlt. Hier ist das theoretische Prinzip am reinsten in die Praxis überführt. Verbaler Skeptizismus ist in diesen Geschichten ebenso am Werk wie bei dem Autor der späteren Generation. Die Geschichtsanfänge beginnen nicht mit umständlichen Einleitungen, sondern mit knappen en-bloc-Einführungen der Charaktere. Die Dialoge weiten sich aus, obwohl die Sinnentleerung des Gesprächs immer weiter fortschreitet. Die inquit-Formel, die vorher Regieanweisungen und auktoriale Hinweise auf den Zustand der Sprechenden aufnahm, fällt häufig ganz fort. Das ‚Tempo wird beschleunigt‘. Crane vermeidet das intuitive Erahnen von Bewußtseinsvorgängen bei seinen Charakteren. Vom sterbenden Conklin in *The Red*

27 *Men at War*, S. XV.
28 Crane, *Letters*, S. 110.
29 Ebda., S. 158.
30 Ebda., S. 150.

Badge hieß es noch: „There was something ritelike in these movements of the doomed soldier ... a resemblance to a devotee of a mad religion, blood-sucking, muscle-wrenching, bone-crushing."[31] In den „War Memories" begnügt er sich damit, schießende Soldaten von der äußeren Wahrnehmung geleitet zu beschreiben: „They were pleased, these men, at the situation. I don't know. I cannot imagine".[32] Er konnte und wollte offenbar nicht ‚Vorstellungen' anheimfallen, die nicht durch die existente Wirklichkeit abgesichert waren. Er verzichtete auf jede Spekulation. Der Reporter in „The Open Boat" registrierte so teilnahmslos und direkt, daß Crane gelegentlich sogar der Vorwurf des Zynismus nicht erspart blieb. Die ‚emotionelle Unterkühlung', von der im Zusammenhang mit Hemingway immer wieder die Rede ist, nimmt hier bei Crane ihren Anfang: „I heard somebody dying near me. He was dying hard. Hard. It took him a long time to die."[33] Hier gilt nur unemotionale Wahrnehmung, ebenso in „The Open Boat": „In the shallows, face downward, lay the oiler. His forehead touched sand that was periodically, between each wave, clear of the sea."[34] Von dieser Szene, in der wie in einem Polizeiprotokoll die äußeren Umstände, die Position des Toten und der Unfallort leidenschaftslos registriert werden, ist es kein weiter Weg bis zu Hemingways Beschreibung des toten Francis Macomber: „Francis Macomber lay now, face down, not two yards from where the buffalo lay on his side and his wife knelt over him with Wilson beside her."[35]

Das Unerwähntlassen von inneren Bewegungen und die Knappheit der Skizze sind hier nicht gleich Gefühllosigkeit. Trotz der bemerkenswert kühlen Wiedergabe der Wahrnehmungen ist diesen Todesszenen ein Unterton des sprachlosen Entsetzens eigen, der vom Wort des Textes schwer zu belegen ist. Die emotionelle Anteilnahme, wie sie sich bei Henry Fleming in seiner wütenden ‚Philippika' noch äußert, ist für den späten Crane — wie Jahrzehnte danach auch für Hemingway — durchaus nicht sekundär, aber ihr direktes In-Erscheinung-Treten eine Gefahr für die ‚wahre' künstlerische Gestaltung elementarer Situationen. Trotz der hier skizzierten Parallelen der Begriffe und Bedeutungen im Bereich der theoretischen Äußerungen, trotz des gelegentlich beinahe ‚verdächtigen' Gleichklangs einiger Werkstellen bei beiden Autoren, wäre es übertrieben, Hemingways Darstellungsideal direkt und ausschließlich von Crane herzuleiten. Was mit Sicherheit gesagt werden kann ist, daß Crane als erster in der amerikanischen Literatur Tendenzen zum Durchbruch verhalf, die bereits lange Zeit unterschwellig und nur im Bereich der

31 Crane, *The Red Badge of Courage,* in: *An Omnibus,* S. 285.
32 Crane, *Wounds in the Rain,* S. 244.
33 Ebda., S. 281 f.
34 Crane, *Works,* Bd. XII, S. 61.
35 Hemingway, *The First Forty-Nine Stories* (London, 1956), S. 42.

Dichtungstheorie spürbar waren. Anderson umschreibt diesen Durchbruch mit dem Wort Explosion: „[Crane] was an explosion all right. It's about time people began to hear the explosion."[36]

[36] Anderson, „Introduction", in: Crane, *Works*, XI, S. XIV f.

SHERWOOD ANDERSONS „I WANT TO KNOW WHY“:

Die strukturelle Eigenart einer „story of initiation“

Siegfried Neuweiler

Der Protagonist und Ich-Erzähler in Sherwood Andersons Short Story „I Want to Know Why“ scheint mit seiner Geschichte auf doppelte Weise nicht recht fertig zu werden. Wie der am Schluß der Erzählung wiederkehrende Wortlaut des Titels schon andeutet, ringt er um eine intellektuelle Bewältigung seines Erlebnisses. Er ringt aber auch, als unmittelbare Folge seiner Verwirrung und in psychologisch-realistischer Absicht des Autors, um eine adäquate Darstellung und Formulierung seines Erzählanliegens. Worum handelt es sich? Der Protagonist, ein fünfzehnjähriger Junge, erlebt den Zusammenbruch seiner von der Atmosphäre und den Wertvorstellungen des Pferdesports geprägten Welt, als er am Abend nach einem glanzvollen Sieg seines Lieblingspferdes Sunstreak dessen Trainer Jerry Tillford, den er verehrt und liebt, als Hauptakteur in einer unwürdigen Bordellszene entdeckt. Dieses entscheidende Ereignis beansprucht jedoch nur den geringeren Teil der Erzählung und vollzieht sich im Rahmen eines typischen Jungenabenteuers. Zusammen mit drei Freunden reißt der Erzähler von zuhause aus und schlägt sich als blinder Passagier auf Güterzügen von seinem Heimatort Beckersville, einer Kleinstadt in Kentucky, bis ins ferne Saratoga im Osten der Vereinigten Staaten durch, wo er die großen Pferderennen der Frühjahrssaison erlebt, um anschließend wieder heimzukehren. Auf den ersten Blick haben wir es also mit einem epischen Vorwurf zu tun, der Handlungsreichtum, Spannung und einen aktiven Helden verspricht.

Aber die Geschichte will nicht recht in Gang kommen. Sie setzt zwar energisch und präzise um vier Uhr am Morgen des ersten Tages nach der Ankunft in Saratoga ein, doch nach einer knappen Rückwendung zu dem Geschehen des Vortags mündet der rasche Erzählfluß in eine Beschreibung der Eigenschaften und Angewohnheiten des Negers Bildad, verquickt mit einer ersten Auskunft über das Verhältnis des Jungen zum Pferdesport. Völlig unvermittelt nimmt dann der dritte Abschnitt den Handlungsfaden wieder auf und führt, zu der weiteren Vorgeschichte ausholend, von neuem an den Zeitpunkt der Ankunft in Saratoga heran. Statt nun die Handlung voranzutreiben, gleitet die Erzählung abermals ins Episodenhafte und Beschreibende über, um, wiederum abrupt, erst in der Mitte der Geschichte zum Schauplatz Saratoga zurückzukehren und in wenigen Worten vom glücklichen Verlauf und Abschluß des ganzen Abenteuers zu berichten. Erst danach folgt die in vagen Andeutungen mehrfach angekündigte ‚eigentliche' Geschichte: die zweimalige Begegnung des Jungen mit Jerry, einmal unmittelbar vor dem Rennen Sunstreaks, das zweite Mal am Abend im Bordell.

Schon eine solch knappe Skizzierung des Erzählvorgangs läßt erkennen, daß das im epischen Vorwurf enthaltene Handlungselement in den Hintergrund gedrängt und durch Abschweifungen und beschreibende Passagen in seiner Entfaltung gehemmt wird. Wir vermissen ein aus der Dynamik der Ereignisse sich entwickelndes Fortschreiten der Erzählung. Das Geschehen des Fluchtabenteuers bleibt auf der Vorgangsebene ohne funktionalen Bezug zu den beiden Begegnungen des Jungen mit Jerry, die ebensogut und mit denselben Konsequenzen in Beckersville stattfinden könnten. Untereinander sind sie nur lose durch die psychologische Motivierung des Jungen verknüpft, den es nach dem Erlebnis auf der Rennbahn in die Nähe des Trainers zieht. Die Alberei des Harry Hellinfinger bleibt eine isolierte Episode, und von den zahlreich eingeführten Figuren greifen weder Bildad und die Freunde des Jungen noch die in Saratoga anwesenden Männer aus Beckersville gestaltend in die Handlung ein. Dieser fehlt bis hin zur Bordellszene auch jegliches Moment der Komplizierung. Der Ausgang des Abenteuers wird schon in der Mitte der Geschichte antiklimaktisch vorweggenommen: „We was there six days and not a soul from home seen us and everything came off just as we wanted it to, fine weather and horses and races and all" (12).[1] Wenn der Erzähler im fünften Abschnitt sagt: „I won't tell you the trouble we had beating our way on freights and all" (7), so deutet er zwar Schwierigkeiten auf der Reise nach Saratoga an, nimmt sie aber gleichzeitig ausdrücklich von der Erzählung aus. Nicht minder spannungslos gestaltet sich das Rennen mit dem erwartungsgemäßen Sieg Sunstreaks.

Die Erzählung entbehrt somit eines *plot* im Sinne einer geschlossenen Handlung, die sich konsequent und in enger Verkettung der Ereignisse über eine Komplikation auf eine Lösung hin entwickelt. Wenn wir es dennoch mit einer wirklichen Geschichte zu tun haben, so liegt das gerade an den Schwierigkeiten, die der Protagonist beim Erzählen hat. Seine Verwirrung, die Scheu vor der Preisgabe seines Erlebnisses, die sich im Hinauszögern der Mitteilung des entscheidenden Ereignisses offenbart, kontrastieren mit dem problemloen Verlauf des Abenteuers und der unbeschwerten Welt gesicherter und uneingeschränkter Daseinserfüllung, die sich in der Schilderung der Rennbahnerlebnisse des Jungen entfaltet. Zwischen vergangenem Geschehen und der vom Akt des Erzählens bestimmten Gegenwart ergibt sich die Spannung, die in der Bordellszene ihre Lösung findet und eine Geschichte ent-

[1] Alle Seitenangaben im Text nach Sherwood Anderson: *The Triumph of the Egg* (New York, 1921).

stehen läßt. Die sprunghafte Erzählweise, die wiederholten Ankündigungen des entscheidenden Ereignisses, die sich stellenweise mit den die ganze Geschichte leitmotivartig durchziehenden Ausdrücken der Ratlosigkeit und Konfusion verbinden (vgl. S. 8 und S. 12), übernehmen dabei die Funktion des auf der Handlungsebene ausbleibenden erregenden Moments. Die Dramatik der Geschichte liegt somit weniger in den dargestellten Ereignissen als im Erzählvorgang selbst, durch den der Protagonist sich sein Erlebnis zu vergegenwärtigen und in seinen Implikationen zu erfassen und zu bewältigen sucht.

Das Zurückdrängen der Handlungsdynamik wird durch weitere Beobachtungen bestätigt. In der variierenden Formulierung der Ankündigungen vollzieht sich eine Wendung vom anfänglich aktiven zum betrachtenden, erleidenden Ich. Heißt es zu Beginn des dritten Abschnitts noch „Well, I must tell you about what we *did* ... " (6) und in der Mitte der Geschichte, mit dem letzten Verb den Umschwung schon einleitend, „I told everything we *done* except one thing. I *did* and *saw* that alone" (12), so lauten die entsprechenden Stellen in der zweiten Hälfte „Here is what *happened*" und „A funny *thing had happened to me*" (16).[2] Das Subjekt wandelt sich zum Objekt; die Ereignisse werden nicht mehr als vom Protagonisten bestimmt, sondern als ihm zustoßend ausgewiesen. Der gleiche Gegensatz zeigt sich auf andere Weise, wenn wir dem handlungsbetonten Beginn die abschließenden Sätze der Geschichte gegenüberstellen:

> Spring has come again and I'm nearly sixteen and go to the tracks mornings same as always ....
>
> But things are different. At the tracks the air don't taste as good or smell as good. It's because a man like Jerry Tillford, who knows what he does, could see a horse like Sunstreak run, and kiss a woman like that the same day ... I keep thinking about it and it spoils looking at horses and smelling things and hearing niggers laugh and everything. (19/20).

In diesem Fazit der Geschichte läßt sich unschwer ein altbekanntes lyrisches Motiv erkennen: das des wiederkehrenden Frühlings, dessen Reizfülle und erwachende Vitalität sich dem Betrachter nicht mehr mitzuteilen vermag, da dieser einen für seine Existenz entscheidenden Verlust, meist den einer geliebten Person, erlitten hat. Dieses Motiv verlangt im Gegensatz zu dem anfänglich konstatierten epischen der Flucht und des Abenteuers einen passiven, der Betrachtung zugewandten Helden und als Grundstruktur der Darstellung statt der dynamischen Entwicklung das statische Prinzip der Parallelität mit seinen reichen Möglichkeiten der kontrastierenden Erhellung. Es gilt nun zu prüfen, ob hierin, im Gegensatz zur Disparatheit der Handlungselemente, ein Ansatz gefunden ist, der strukturelle Zusammenhänge sichtbar werden läßt.

2 Die Hervorhebungen in diesen und allen folgenden Zitaten sind vom Verfasser.

Wenden wir uns zunächst den beiden Höhepunkten der Geschichte, den unmittelbaren Vorbereitungen für Sunstreaks Rennen und der Bordellszene, zu. Beide Ereignisse sind arm an äußerem Geschehen und gewinnen ihre dramatische Wirkung erst durch die Spiegelung im Bewußtsein des Jungen, der sich als anteilnehmender und auf seine Weise betroffener Beobachter präsentiert. Bei der ersten Szene mischt er sich unauffällig in den Kreis der Männer, die sich um Sunstreak versammelt haben:

Before the race I went over to the paddocks to *see.* I *looked a last look* at Middlestride, who isn't such a much standing in a paddock that way, then I went so *see* Sunstreak.

It was his day. I *knew* when. I *see* him. I forgot all about *being seen* myself and walked right up. All the men from Beckersville were there and no one *noticed* me except Jerry Tillford. He *saw* me and something happened. I'll tell you about that.

I was standing *looking* at that horse and aching. In some way, I can't tell how, I *knew* just how Sunstreak felt inside... That horse wasn't *thinking* about running. He don't have to *think* about that. He was just *thinking* about holding himself back till the time for the running came. I *knew* that. I could just in a way *see right inside* him. He was going to do some awful running and I *knew* it. He wasn't bragging or letting on much or prancing or making a fuss, but just waiting. I *knew* it and Jerry Tillford his trainer *knew.* I looked up and then that man and I *looked into each other's eyes.* Something happened to me. I guess I loved that man as much as I did the horse because he *knew* what I *knew.* Seemed to me there wasn't anything in the world but that man and the horse and me. I cried and Jerry Tillford had *a shine in his eyes.* Then I came away to the fence to wait for the race. The horse was better than me, more steadier, and now I *know* better than Jerry. He was the quietest and he had to do the running.

Sunstreak ran first, of course, and he busted the world's record for a mile. I've *seen* that if I never *see* anything more. Everything came out just as I expected. Middlestride got left at the post and was way back and closed up to be second, just as I *knew* he would. He'll get a world's record too some day. They can't skin the Beckersville country on horses.

I watched the race calm because I *knew* what would happen. *I was sure.* Hanley Turner and Henry Rieback and Tom Tumberton were all more excited than me (14—16).

Die auffällige Wiederholung der Verben „to see" und „to know" sowie wort- und sinnverwandter Ausdrücke, die dieser Schilderung ihr besonderes Gepräge gibt, setzt sich, wenn auch weniger massiert, in den anschließenden Abschnitten fort. Die Bordellszene wird mit folgendem Satz eingeleitet: „I crept up along a fence and *looked* through a window and *saw*" (17). Dem letzten Wort kommt nicht nur als Wiederholung und als kompositorisch hervorragende Stelle am Schluß eines Abschnitts besonderes Gewicht zu, es ist auch stilistisch bemerkenswert. Es durchbricht die im übrigen so gekonnt gestaltete und fast durchweg eingehaltene Sprachebene des Jungen, da „to see" umgangssprachlich in solchem Kontext unbedingt ein Objekt erfordern würde. Aber gerade das Fehlen eines einschränkenden Objekts mißt dem Nach-folgenden seine besondere Bedeutung zu. Das Erlebnis des Jungen bewirkt nicht eine bloß partielle Erweiterung seines Gesichtskreises, sondern einen qualitativen Umschlag, der alle Erfahrung tangiert, einen Schock des plötzlichen Gewahrwerdens, wie er dem zum Sehen erweckten Blinden zuteil wird. Geändert haben sich durch das, was sich im Bordell abspielt, nicht die objektiven Verhältnisse — sie bleiben, wie am Schluß der Geschichte ausdrücklich festgestellt wird, dieselben — geändert hat sich die *Sicht* des Jungen.

Die Beobachterrolle des Erzählers, Wortwahl und stilistische Eigenart lassen Sehen und Wissen, sinnliches und mentales Erfassen, als die zentralen Vorgänge in der Geschichte hervortreten. Beide stehen in der zitierten Passage in einem eigenartigen Verhältnis zueinander. Schon der Anblick Sunstreaks sagt dem Jungen, daß dieses Pferd gewinnen wird: „I knew when I see him." Sinnliche Wahrnehmung und Wissen fallen zusammen. Mehr noch, der bloße Anblick wird ihm zur unmittelbaren Einsicht: „I could just in a way see right inside him." Wie er weiß, was im Inneren des Pferdes vor sich geht, so offenbart sich ihm auch in einem kurzen, kommunizierenden Blick Jerrys Denken und Fühlen. Schon vorher haben wir erfahren, daß der Junge ein Spitzenpferd auf Anhieb aufgrund einer physischen Reaktion zu erkennen vermag: „It's in my blood .... If my throat hurts and it's hard for me to swallow, that's him" (11). In diesen Zusammenhang gehört auch die stilistisch dissonante Stelle zu Beginn der Geschichte, wo der Autor seinen Erzähler, dessen Sprachebene mißachtend, auf den „true *instinct* of Kentucky boys" (5) hinweisen läßt. Der Junge bedarf in seiner Welt, in der Augenschein und Wirklichkeit noch eins sind, keines relativierenden Denkprozesses, um Erfahrung in Erkenntnis umzusetzen. Die Dinge eröffnen sich ihm unmittelbar. Seine Orientierung beruht auf Instinkt, sein Erkennen auf Intuition. Nicht rationale Distanz, sondern wache Sensibilität und vorbehaltlose Hingabe im direkten Erleben sind die Bedingung eines solchen Erkenntnisvorgangs. Atmosphäre und Geschehen auf den Trainings- und Rennbahnen vermitteln sich dem Erzähler denn auch durch einen Appell an die fünf Sinne, angefangen von Bildads kulinarischen Schwärmereien, bis zum zusammenfassenden Höhepunkt dieser Schilderungen auf den S. 11—12:

> You hunch down on top of the fence and itch inside you. Over in the sheds the niggers giggle and sing. Bacon is being fried and coffee made. Everything smells lovely. Nothing smells better than coffee and manure and horses and niggers and bacon frying and pipes being smoked out of doors on a morning like that. It just gets you, that's what it does.

Die Identität von Schein und Wirklichkeit gründet letzten Endes auf den ästhetischen und moralischen Qualitäten, die die Welt des Pferdesports für den Jungen verkörpert. Im Gegensatz zu dem abendlichen Dunkel der Bordellszene spielen sich die Rennbahnbesuche in der unberührten Frische des frühen

Morgens ab. Die „thoroughbreds“ sind dem Jungen Inbegriff der Schönheit, der Reinheit und der Ehrlichkeit (vgl. S. 10). Die „race-track niggers“ sind hilfsbereit und vertrauenswürdig, und in der bunten Reihe der Zuschauer auf den Zäunen, die Weiß und Schwarz vereint, dokumentiert sich selbstverständliche Brüderlichkeit. Diese idyllische Welt der Neger, der kleinen Jungen und der Pferde wird sorgfältig abgegrenzt gegen die Erwerbswelt der weißen Erwachsenen. Sie stehen dem Pferdesport gleichgültig gegenüber wie die Eltern des Erzählers, oder sehen in ihm ein bloßes Mittel für materiellen Gewinn, wie der alte Rieback. Ihre Grundsätze und Wertvorstellungen, die es z. B. einem Weißen verwehren, Stallbursche zu werden, bleiben dem Jungen uneinsichtig. In ihrem Umgang mit Kindern verdienen sie kein Vertrauen. Sie belustigen sich auf deren Kosten, wie Harry Hellinfinger, und sind imstande, sich einem kleinen Ausreißer mit einem Geschenk anzubiedern, um ihn anschließend zu verraten. „White men will do that, but not a nigger“ (7/8). Die Katastrophe, die am Ende der Geschichte über den Erzähler hereinbricht, besteht gerade darin, daß sich diese beiden Welten nicht mehr auseinanderhalten lassen. Die Entdeckung der Sexualität ist dabei nur Anlaß, nicht der tiefere Grund. Er ist komplexer und führt uns zu dem Problem der Erfahrung und des Erkennens zurück. Eine Gegenüberstellung der beiden Begegnungsszenen wird zeigen, was gemeint ist.

Die Geschichte baut schon von Anfang an einen Gegensatz zwischen jener heilen Welt des Pferdesports und dem Ausgang des Geschehens in Saratoga auf, denn die zweimalige abrupte Wiederaufnahme des Handlungsfadens erfolgt jeweils auf Höhepunkte in der Schilderung der Rennbahnatmosphäre, einmal auf S. 6 nach der Erklärung: „... that's the way I am about being around horses, just crazy“, das zweite Mal, durch die einleitende Konjunktion in „But about Saratoga ... “ die Abhebung noch verstärkend, nach der bereits zitierten Passage der Seiten 11—12. Am Schluß der Erzählung folgt dann dem Augenblick höchster Erfüllung innerhalb der ursprünglichen Erlebnissphäre des Jungen der Moment der irreversiblen und totalen Ernüchterung. Die Darstellung dieser beiden Vorgänge ist durchgängig auf kontrastierende Parallelität hin angelegt. Der Schauplatz der ersten Szene, die Rennbahn, „is all polished up and trees around, the evergreen kind, and grass and everything painted and nice“ (17), der der zweiten Szene ist ein heruntergekommenes und übelriechendes Bauernhaus, zu dem eine harte Asphaltstraße führt. Dort finden sich im wesentlichen dieselben Männer ein, die sich vorher um Sunstreak geschart hatten, doch nun sind sie betrunken und streitsüchtig. Der Erzähler, jeweils als Beobachter zugegen, mischt sich das eine Mal offen unter die Leute, das andere Mal hält er sich sorgfältig im Verborgenen. Was sich in dem Haus abspielt, ist eine Wiederholung des entscheidenden Geschehens vom Nachmittag unter anderen Vorzeichen. Die Prostituierte, der sich Jerry zu-wendet, „looked a little like the gelding Middlestride, but not clean like him, but with a hard ugly mouth“ (18). Sie steht, genau wie zuvor Sunstreak, zwischen Jerry und dem Erzähler, und bevor Jerry sie küßt, sieht er sie mit den gleichen glänzenden Augen an, mit denen er am Nachmittag sein Pferd betrachtet hatte. Der Erzähler hatte schon in die Beschreibung Sunstreaks erotische Töne gemischt: „Sunstreak is like a girl you think about sometimes but never see. He is hard all over and lovely too. When you look at his head you want to kiss him“ (14). Doch was hier im schwärmerisch-vagen Bereich der Idealvorstellung bleibt, wird am Abend handfeste und abgeschmackte Realität.

Worauf die kontrastierende Parallelität der Vorgänge letzten Endes abzielt, läßt sich am besten anhand eines kleinen Details verdeutlichen. Das Grün der Bäume an der Rennbahn und das Rot der Haare der Prostituierten — die einzigen Farbbezeichnungen in der Geschichte und daher sicherlich mit Bedacht gewählt — ergeben in gegenseitiger Ergänzung die Totalität des Spektrums. In gleicher Weise sind die beiden Schlußszenen als Pole ein und derselben Wirklichkeit zu verstehen. Nicht die Entdeckung der Sexualität oder des Bösen an sich stürzt den Jungen ins Chaos, sondern deren unentwirrbare Verstrickung mit dem Guten, die Tatsache, daß der gleiche Mann in gleichem Maße der Gefühlstiefe und der Gefühlsrohheit fähig ist, daß derselbe Blick sowohl Liebe und Bewunderung als auch sinnliche Begierde bedeuten kann. Mit der grundsätzlichen Erkenntnis der Zweideutigkeit aller Dinge wird die ursprüngliche Harmonie von Schein und Wirklichkeit hinfällig. Die Erscheinungen verschließen sich dem direkten, intuitiven Zugang, ihr physischer Charme, nun nicht mehr Aussage sondern rätselhafte Oberfläche, wird stumpf. Der Erzähler steht somit nicht mehr *in* der Welt, unmittelbar über sie verfügend, er sieht sich ihr konfrontiert. An die Stelle vertrauensvoller Hingabe treten Zweifel und Distanz.

In diesem Wandel vollzieht sich für den Jungen der Übergang von der Kindheit zum Erwachsenendasein. In Jerry verliert er die ideale Vaterfigur, denn für ihn empfand er an jenem Nachmittag mehr Liebe, als er jemals für seinen eigenen Vater fühlte, und nach dem Rennen wünschte er sich seine Nähe, „like wanting to see your father at night when you are a young kid“ (17). Nach der Bemerkung über das verräterische Verhalten weißer Männer gegenüber Kindern, nach der dem Jungen völlig unverständlichen Vermengung professionellen Spielertums mit dem Pferdesport durch die Eltern seiner Freunde und nach der Hellinfinger-Episode ist das Geschehen in dem Bordell der letzte und endgültig erfolgreiche Übergriff der Erwachsenenwelt auf die Integrität der kindlichen Erlebnissphäre. Aus diesem thematischen Bereich heraus erschließt sich auch die Funktion des Fluchtmotivs, das sich auf der reinen Vorgangsebene einer Integration entzog. In dem Spannungsfeld zwischen der kindlichen und der Erwachsenensphäre gestaltet sich das Ausreißen von zu Hause als Flucht aus der Welt der Erwachsenen, eine Flucht, die in dieser Bedeutung, im Gegensatz zu ihrem vordergründigen Gelingen, mit einem Fehlschlag endet, denn der Junge wird gerade in dem Augenblick, in dem er sich vor jener Welt am sichersten wähnt, von ihr, von seinem eigenen Erwachsenwerden, eingeholt.

Doch der Geschichte ist in unauffälliger, mit dem auf lyrische Verhaltenheit und Understatement abgestimmten Gesamtton harmonisierender Weise noch eine weitere, allgemeinere Bedeutung unterlegt. Durch ihre idyllische Unberührtheit und ihren Einklang von Umwelt, Empfindung und Wissen gewinnt die Rennbahn als umfriedeter Raum paradiesische Züge. Gezielte Hinweise konkretisieren den zunächst generellen Eindruck: Die immergrünen Bäume legen den assoziativen Schritt zum Baum des Lebens nahe, und das Geschehen spielt, wie schon im ersten Satz der Erzählung betont wird, „in the East" und erfährt somit dieselbe Ortsbestimmung wie das Paradies, das Gott „eastward in Eden"[3] errichtete. Auch ohne die mehrfach erwähnten Niagara Falls als zusätzliche und vielleicht etwas zu weit hergeholte Evidenz zu bemühen, läßt sich das Drama des Jungen vor diesem Hintergrund als adamischer Fall begreifen. Mit der Entlarvung Jerrys geht der Junge seines Kindheitsparadieses verlustig. Seine Not ist die bittere Frucht der Erkenntnis, Ergebnis einer verbotenen Reise und eines verbotenen Anblicks. Allerdings fehlt in unserer Geschichte das Moment der Schuldhaftigkeit, und hier spielt ein zweiter biblischer Mythos herein. Der etwas ausgefallene Name des Negers Bildad ist auch der eines der Freunde Hiobs. Im Titel und im letzten Satz der Erzählung klingt das viermalige verzweifelte Warum aus Hiobs Klage an. Gleich ihm stürzt der Junge in ein Unglück, das ihn nicht als Konsequenz früheren Verhaltens, sondern als jähe Heimsuchung trifft. Die Zufälligkeit dieses Vorgangs wird in unserer Geschichte dadurch unterstrichen, daß die Bordellszene, wie schon erläutert, in nur sehr lockerer Kausalität an das Vorangegangene anschließt. Wie Hiob sieht sich der Junge mit einem Schlag seines Reichtums, der hier allerdings geistig-seelischer Art ist, beraubt und in die Isolierung getrieben. Schon mit seinem Weggang aus Beckersville hat er sich aus den häuslichen Bindungen herausbegeben. Nach dem Rennen verläßt er auch den Kreis seiner Freunde. Die Heimsuchung trifft ihn als einzelnen und hält ihn in der Vereinzelung fest, da sie ihn aus der bisherigen Gemeinschaft herauslöst und sich der Kommunikation entzieht.

Mit der anfänglichen Analyse des rein Vordergründig-Vorgänglichen, mit der dann folgenden thematischen Bestimmung und mit den abschließenden Hinweisen auf die symbolische Tiefenperspektive hat die vorliegende Inter-

[3] Genesis ii. 8.

pretation versucht, das in Andersons Geschichte dargelegte Geschehen auf verschiedenen Ebenen in seiner Struktur und Bedeutung zu erfassen. Dabei zeigte sich, daß zunächst disparat erscheinende Elemente der Erzählung sich auf den übergeordneten Interpretationsebenen in zunehmendem Maße zu einem Ganzen integrieren, das in der schicksalhaften Konfrontation am Ende seinen Mittelpunkt findet. Die strukturelle Ausrichtung auf einen solchen „moment of recognition" als Augenblick der Entfremdung und des Gewahrwerdens einer gefallenen Welt ordnet „I want to Know Why" dem in der Tradition der amerikanischen Kurzgeschichte besonders ausgeprägten Typus der *initiation story* zu, der in Poes „The Masque of the Red Death", Hawthornes „Young Goodman Brown" und Hemingways „The Killers" seine markantesten Vertreter hat.[4]

[4] Vgl. hierzu Hans Galinsky, „Beharrende Strukturzüge im Wandel eines Jahrhunderts amerikanischer Kurzgeschichte (dargelegt an E. A. Poes 'The Masque of the Red Death' und Ernest Hemingways 'The Killers')", *Die Neueren Sprachen*, Beiheft 3.

DER UMFANG VON HEMINGWAYS „OLD MAN AT THE BRIDGE“

Paul Goetsch

Old Man at the Bridge

An old man with steel rimmed spectacles and very dusty clothes sat by the side of the road. There was a pontoon bridge across the river and carts, trucks, and men, women and children were crossing it. The mule-drawn carts staggered up the steep bank from the bridge with soldiers helping push against the spokes of the wheels. The trucks ground up and away heading out of it all and the peasants plodded along in the ankle deep dust. But the old man sat there without moving. He was too tired to go any farther.

It was my business to cross the bridge, explore the bridgehead beyond and find out to what point the enemy had advanced. I did this and returned over the bridge. There were not so many carts now and very few people on foot, but the old man was still there.

"Where do you come from?" I asked him.

"From San Carlos," he said, and smiled.

That was his native town and so it gave him pleasure to mention it and he smiled.

"I was taking care of animals," he explained.

"Oh," I said, not quite understanding.

"Yes," he said, "I stayed, you see, taking care of animals. I was the last one to leave the town of San Carlos."

He did not look like a shepherd nor a herdsman and I looked at his black dusty clothes and his gray dusty face and his steel rimmed spectacles and said, "What animals were they?"

"Various animals," he said, and shook his head. "I had to leave them."

I was watching the bridge and the African looking country of the Ebro Delta and wondering how long now it would be before we would see the enemy, and listening all the while for the first noises that would signal that ever mysterious event called contact, and the old man still sat there.

"What animals were they?" I asked.

"There were three animals altogether," he explained. "There were two goats and a cat and then there were four pairs of pigeons."

"And you had to leave them?" I asked.

"Yes. Because of the artillery. The captain told me to go because of the artillery."

"And you have no family?" I asked, watching the far end of the bridge where a few last carts were hurrying down the slope of the bank.

"No," he said, "only the animals I stated. The cat, of course, will be all right. A cat can look out for itself, but I cannot think what will become of the others."

"What politics have you?" I asked.

"I am without politics," he said. "I am seventy-six years old. I have come twelve kilometers now and I think now I can go no further."

"This is not a good place to stop," I said. "If you can make it, there are trucks up the road where it forks for Tortosa."

"I will wait a while," he said, "and then I will go. Where do the trucks go?"
"Towards Barcelona," I told him.
"I know no one in that direction," he said, "but thank you very much. Thank you again very much."
He looked at me very blankly and tiredly, then said, having to share his worry with some one, "The cat will be all right, I am sure. There is no need to be unquiet about the cat. But the others. Now what do you think about the others?"
"Why they'll probably come through it all right."
"You think so?"
"Why not," I said, watching the far bank where now there were no carts.
"But what will they do under the artillery when I was told to leave because of the artillery?"
"Did you leave the dove cage unlocked?" I asked.
"Yes."
"Then they'll fly."
"Yes, certainly they'll fly. But the others. It's better not to think about the others," he said.
"If you are rested I would go," I urged. "Get up and try to walk now."
"Thank you," he said and got to his feet, swayed from side to side and then sat down backwards in the dust.
"I was taking care of animals," he said dully, but no longer to me. "I was only taking care of animals."
There was nothing to do about him. It was Easter Sunday and the Fascists were advancing toward the Ebro. It was a gray overcast day with a low ceiling so their planes were not up. That and the fact that cats know how to look after themselves was all the good luck that old man would ever have.

Mit 762 Wörtern zählt „Old Man at the Bridge"[1], wenn man von den Miniaturen in der Sammlung *In Our Time* absieht, zu den kürzesten Prosawerken Hemingways. Im Vergleich mit seinen anderen kurzen Short Stories mag der geringe Umfang von „Old Man at the Bridge" überraschen. Gewährt zum Beispiel die Erzählung „One Reader Writes" einen Momenteindruck von der seelischen Verfassung einer von ihrem Mann betrogenen Frau und thematisiert „A Day's Wait" das Verhältnis eines Vaters zu seinem kranken Sohn, so gestaltet Hemingway in der vorliegenden Short Story einen wesentlich umfassenderen Stoff. Obwohl er sich auf die Begegnung des Offiziers und des alten Mannes konzentriert, also wie in den genannten Werken und der noch kürzeren Erzählung „The Revolutionist" zwei Personen in den Mittelpunkt rückt, verleugnet die Geschichte nicht, daß sie das literarische Nebenprodukt seiner Reportagen aus dem spanischen Bürgerkrieg ist.[2] Während in allen

1 Text nach *The Short Stories of Ernest Hemingway: The First Forty-Nine Stories and the Play The Fifth Column*, The Modern Library (N. Y., n. d.), 176—178.
2 Vgl. W. White, Hrsg., *By-Line: Ernest Hemingway: Selected Articles and Dispatches of Four Decades* (N. Y., 1967; Lo., 1968), S. 14: „'Old Man at the Bridge', cabled as a news dispatch from Barcelona und published in 'Ken' (19 May, 1938) and also put into the 'First Forty-Nine Stories' without even a new

anderen kurzen Short Stories die Verweise auf andere Figuren, Schauplätze und Ereignisse fast ausschließlich der Charakterisierung der Protagonisten dienen, vermitteln sie in „Old Man at the Bridge" auch ein Bild der Gesamtsituation. Die spezifische Lage des Offiziers und des alten Mannes ist von vornherein als Ausdruck der Geschehnisse an der Front am Ostersonntag konzipiert, ja als Sinnbild menschlichen Schicksals im Krieg überhaupt.

So wird auf denkbar knappem Raum neben der Hilflosigkeit des alten Mannes und des Offiziers eine Fluchtbewegung vor dem anrückenden Feind eingefangen, an der zahllose Zivilisten und Soldaten teilhaben. Dieser Vorgang umspannt eine Reihe von Ereignissen. Flüchtlinge überqueren zu Fuß, in Karren und Lastwagen die Behelfsbrücke, wobei ihnen Soldaten helfen; dann läßt der Flüchtlingsstrom nach, um schließlich ganz zu versiegen. Gegen Ende der Erzählung haben die letzten Karren die Brücke längst hinter sich gelassen, die Lastwagen, die den alten Mann mitnehmen könnten, befinden sich schon weit entfernt auf der Straße nach Tortosa, die Feindberührung steht unmittelbar bevor. Deshalb ist der Offizier seit einiger Zeit von seinem Erkundungsgang zurückgekehrt und beobachtet aufmerksam die Gegend jenseits des Flusses — vielleicht in der Absicht, (wie Robert Jordan in *For Whom the Bell Tolls*) rechtzeitig die Sprengung der Brücke einzuleiten. Die skizzierte Ereignisfülle nimmt geraume Zeit des Ostersonntags in Anspruch. Zusätzlich greift die Erzählung stellenweise sogar über die Gegenwartshandlung hinaus, um auf Vergangenheit und Zukunft einzugehen. Analog beschränkt sie sich nicht auf den durch den Fluß durchschnittenen Nahraum, sondern bezieht den seinerseits zweigeteilten Fernraum ein. Tortosa und Barcelona konkretisieren den Fluchtraum diesseits des Ebro, San Carlos die in die Hand anderer Truppen gefallene Heimat.

Insgesamt entspricht allenfalls die Zeiterstreckung der Vorstellung, die viele Leser und Kritiker mit der Short Story verbinden. Demgegenüber lassen weder das Figurenensemble und die Ereignisfülle noch die Zahl der Schauplätze eine Erzählung von lediglich 762 Wörtern erwarten. Das heißt aber, die Kürze dieser (wie grundsätzlich jeder) Short Story ist unabhängig von dem Umfang des zugrunde liegenden Stoffes. Worauf es ankommt, ist, wie Norman Friedman gezeigt hat[3], allein der Umfang des tatsächlich realisierten Stoffes — des *plot* im Unterschied zur *story*, um die bekannte Unterscheidung E. M. Forsters aufzunehmen.

title ..." Zum Vergleich siehe ebda., S. 281 („The Flight of Refugees", NANA Dispatch, April 3, 1938), 284 („Bombing of Tortosa", NANA Dispatch, April 15, 1938), 287 („Tortosa Calmly Awaits Assault", NANA Dispatch, April 18, 1938). Vgl. auch R. Freedman, „Hemingway's Spanish Civil War Dispatches", *Texas Studies in Literature and Language*, I (1959), 171—180.

[3] N. Friedman, „What Makes a Short Story Short?", *Modern Fiction Studies,* IV (1958/9), 103—117.

An der Gestaltung und Verdichtung des Stoffes sind verschiedene Darstellungsprinzipien und -techniken beteiligt. Wie bereits angedeutet, darf wohl als die wichtigste Vorentscheidung des Dichters die Absicht angesehen werden, die allgemeine Lage an der spezifischen Situation des alten Mannes und des Offiziers zu veranschaulichen. Indem die menschlichen Implikationen der Flucht im Krieg an einem Beispiel vor Augen geführt werden, kann die Gesamtsituation umrißhaft bleiben. Voraussetzung ist allerdings, daß sich das Beispiel nicht verselbständigt und trotz der bis zu einem gewissen Grad notwendigen Individualisierung des Offiziers und des alten Mannes seine Spiegelungsfunktion erfüllt. Folgerichtig läßt Hemingway beide Hauptfiguren namenlos und verzichtet auf konkretisierende Details, die mit der Fluchtthematik in keinem unmittelbaren Zusammenhang stehen. Anstatt die allgemeine Situation als Vorwand für ein primär privates Geschehen zu benutzen, rafft er in allen Teilen der Short Story auf typische Ereignisse bei einer Flucht hin. Entsprechend seiner Intention, das Allgemeine am Einzelfall zu illustrieren, variiert jedoch der Grad der Aussparung von Abschnitt zu Abschnitt.

Die unterschiedliche Raffungsintensität[4] wird am Wechsel der Erzählformen sichtbar. Die Short Story beginnt mit einer Zusammenfassung von mehreren Vorgängen, deren Dauer durch die Wiederholung des Hinweises auf den alten Mann, der die ganze Zeit hindurch bewegungslos dasitzt, näher bestimmt wird. Gleich der erste Abschnitt lenkt so die Aufmerksamkeit auf die Passivität des alten Mannes und weist den anderen Handlungsereignissen eine Kontrastfunktion an. Um diesen Kontrast nicht vergessen zu lassen, geht Hemingway im 2. Absatz von der durativen Raffung zur Sprungraffung über. Der Icherzähler beschreibt knapp seinen militärischen Auftrag und faßt seinen längere Zeit dauernden Erkundungsgang im Kurzbericht zusammen. Die erneute Beobachtung, daß andere Personen fliehen, der alte Mann jedoch nach wie vor am Straßenrand sitzt, leitet zur vorwiegend szenischen Darstellung über. Die Begegnung des Offiziers und des alten Mannes wird also aus allen anderen Ereignissen zur einlässigen Schilderung ausgewählt.

Wenn diese trotzdem relativ kurz ausfällt, so liegt das zunächst einmal daran, daß die äußeren Umstände die Zeit für ein ausführliches Gespräch begrenzen. Der Dialog wird erstmals unterbrochen, als der Offizier seine Beobachtertätigkeit wieder aufnimmt, ein Vorgang, für den erneut die durative Raffung charakteristisch ist:

> I was watching the bridge and the African looking country of the Ebro Delta and wondering how long now it would be before we would see the enemy, and listening all the while for the first noises that would signal that ever mysterious event called contact, and the old man still sat there.

[4] Zur Zeitraffung vgl. E. Lämmert, *Bauformen des Erzählens* (Stuttgart, 1955), bes. S. 82 ff.

Im folgenden wird die Begegnungsszene zwar nicht mehr durch ähnliche Einschübe oder *narrative bridges* unterbrochen, doch machen die Nebensätze „watching the far end of the bridge where a few last carts were hurrying down the slope of the bank" und „watching the far bank where now there were no carts", deutlich, daß der Offizier im Gespräch mit dem alten Mann der Gesamtsituation gewärtig ist. Dadurch wird die thematische Engführung der Begegnungsszene motiviert. Der Offizier erfragt nur das, was zur Klärung der Situation seines Dialogpartners erforderlich ist, dieser beschäftigt sich seinerseits ohnehin mit den Folgen seiner Flucht. Zur thematischen Straffung trägt ferner bei, daß sich auch in den szenischen Partien der im ersten Absatz angelegte Gegensatz von Aktivität und Passivität, Bewegung und Bewegungslosigkeit fortsetzt. Der Offizier drängt zweimal zum Aufbruch, der alte Mann aber ist außerstande weiterzugehen. Deshalb reicht ein kurzer Kommentar aus, die Erzählung zu einem Abschluß zu bringen.

Die Raffung der Ereignisse auf das Thema der Flucht hin, die Modulation des motivischen Kontrastes von Bewegung und Bewegungslosigkeit sowie die Situationsspiegelung sind die drei Darstellungsprinzipien, welche hauptsächlich die Verdichtung des Stoffes auf 762 Wörter bewirken. Unterstützt werden sie dabei durch verschiedenartige Erzähltechniken, von denen nur die wichtigsten hervorgehoben seien.

Neben der bereits erwähnten Typisierung der Hauptfiguren ist als erstes die Handhabung des Erzählstandpunktes zu nennen. Theoretisch erlaubt die Wahl des Icherzählers ein reizvolles, aber zeitraubendes Spiel mit der Distanz zwischen erzählendem und erlebendem Ich.[5] Hemingway verzichtet darauf. Er setzt das erzählende Ich nur ein, um Ereignisse zusammenzufassen, und vermittelt den Hauptvorgang aus der Perspektive des im Erleben stehenden Offiziers. Infolgedessen sind Aussparungen verschiedener Art möglich. Beispielsweise braucht das weitere Schicksal des Offiziers ebensowenig wie seine Vergangenheit ausgebreitet werden. Auch was der Erzähler im Moment der Niederschrift über sein Erlebnis denkt, kann entfallen. Die Darstellung richtet sich statt dessen auf die Wiedergabe seiner Beobachtungen und dialogischen Äußerungen. Da die Einstellung des Offiziers in seinen Gesprächsbeiträgen und Handlungen genügend zum Ausdruck gelangt, kann Hemingway weitgehend auch seine Überlegungen und Empfindungen ausklammern und — übrigens nicht zuletzt wegen der Anschaulichkeit, Verständlichkeit, ja Vertrautheit der Gesamtsituation — die Betrachtungen des erlebenden Ichs auf ein Minimum reduzieren. Ganz spart er einen Kommentar darüber aus, was das Schicksal des alten Mannes für den Offizier bedeutet. Ein solcher Kommentar ist in der Tat, wie später erläutert werden soll, auf Grund der Anlage

[5] Vgl. F. Stanzel, *Die typischen Erzählsituationen im Roman*, Wiener Beiträge zur englischen Philologie, LXIII (Wien/Stuttgart, 1955), bes. S. 61 ff.

der Erzählung überflüssig. Im Augenblick sei nur darauf hingewiesen, daß das Vermeiden der Selbstreflexion und der Gefühlsaussprache unterstreicht, wie sehr sich der Offizier im Unterschied zum alten Mann auf die gegenwärtige Situation konzentriert und in welchem Maße er sich der Aufgabe der Beobachtung und des aus der Wahrnehmung resultierenden Handelns verschreibt.

Primärer Ausdruck dieses Sachverhalts ist sein Stil, der die Wirklichkeit auf das Faktische reduziert und es dem Leser überläßt, die aneinandergereihten Wahrnehmungen und Informationen zu ergänzen. Besonders im Dialog erreicht die Sprache einen Grad scheinbarer Vereinfachung, die einer manierierten Lakonie gleichkommt. Die Anteilnahme des Offiziers versteckt sich hinter der Frage nach der Art der Tiere, die der alte Mann betreute. Und die Betroffenheit des alten Manes selbst verbirgt sich — indem der Stil des Erzählers denkbare Unterschiede zwischen seiner Sprache und der des Gesprächpartners nivelliert — in scheinbar auf faktische Informationen gerichtete Fragen nach dem Schicksal seiner Tiere. Diese gedanklich und gefühlsmäßig introvertierte Sprache führt zwangsläufig zum Understatement. „This is not a good place to stop", ist die Reaktion des Erzählers auf die Information, daß hier ein alter Mann, der nie etwas mit Politik zu tun hatte, am Ende seiner Kräfte angelangt ist. Ähnlich wird ihrer beider Hilflosigkeit und das vermutliche Schicksal des alten Mannes am Ende der Erzählung erneut unter Rekurs auf einige Fakten und auf das Understatement kaschiert:

> There was nothing to do about him. It was Easter Sunday and the Fascists were advancing toward the Ebro. It was a gray overcast day with a low ceiling so their planes were not up. That and the fact that cats know how to look after themselves was all the good luck that old man would ever have.

Insgesamt trägt der hier nur kurz charakterisierte Stil zweifellos zur Verdichtung des Erzählstoffes bei. Dazu ist er imstande, weil er bestimmte Bereiche, das Gedankliche und das Emotionale, ausspart oder nur andeutet und allgemein auf die evozierende Kraft der Fakten vertraut.

Hierbei ist zu beachten, daß der Stil, der den Erzähler angemessen charakterisiert, zugleich auch der Stil des werkimmanenten Autors Hemingway ist.[6] Wie in vielen anderen Short Stories hat nämlich der Verfasser einer Person die Vermittlungsrolle übertragen, deren Art der Welterfassung weitgehend mit seiner eigenen identisch ist. Dennoch ist es theoretisch gerechtfertigt, ein

[6] Vgl. R. W. Lid, „Hemingway and the Need for Speech", *Modern Fiction Studies,* VIII (1962/63), 401—407, bes. S. 403. Zu Hemingways Stil allgemein vgl. H. Levin, „Observations on the Style of Ernest Hemingway", in: Carlos Baker, Hrsg., *Hemingway and His Critics: An International Anthology* (N. Y., 1961), 93—115. — Zum Verhältnis von werkimmanentem Autor (‚implied author') und Erzähler vgl. W. C. Booth, *The Rhetoric of Fiction* (Chicago, 1961).

Spannungsverhältnis zwischen Erzähler und werkimmanentem Autor anzunehmen. Dort, wo der Leser den Eindruck hat, er folge dem Erleben des Erzählers, ist der Autor als Arrangeur tätig. An zwei Beispielen soll dieses Spannungsverhältnis verdeutlicht werden.

Auffälligerweise wird das Geschehen erst im drittletzten Satz genau datiert. Für den Erzähler mag „Easter Sunday“ nur eine noch nachzutragende Zeitangabe sein. Von dem werkimmanenten Autor ist die Wahl dieses Zeitpunktes aber sicherlich als Hinweis darauf gedacht, daß ironischerweise am Tag der Auferstehung des Herrn der alte Mann weder mit menschlicher Hilfe noch mit göttlicher (auf die er gar nicht rechnen darf) aufstehen kann, um seine Flucht fortzusetzen. Wird hier durch die Plazierung einer zunächst sachlichen Information im Schlußteil die Evokationsfähigkeit des Textes verstärkt, ohne daß eine Ausweitung der Short Story die Folge ist, so macht das Arrangement der Handlungsereignisse seinerseits Aussagen, die unausgesprochen bleiben können und daher die Kürze des Werkes mitbedingen. Nirgendwo erläutert der Erzähler, was ihm das Schicksal des alten Mannes bedeutet. Der werkimmanente Autor dagegen suggeriert diese Bedeutung, indem er das widerwillige Verlassen der Tiere seitens des alten Mannes mit dem Verlassen des alten Mannes durch den an sich hilfsbereiten Offizier parallelisiert. Als letzte wichtige Technik, die eine komprimierte Darstellung erlaubt, ist daher die der Anspielung durch die Auswahl und Anordnung der Fakten zu nennen.

Damit ist die Frage nach den Gründen für die Kürze der Erzählung im wesentlichen beantwortet. Um ein Bild Hemingways für das von seinen Werken angestrebte Ideal der Wirklichkeitsdarstellung leicht abzuwandeln: Im Hinblick auf den Stoff verhält sich die Erzählung so wie der sichtbare Teil eines Eisberges zu dem unsichtbaren, denn mit einiger Ausführlichkeit wird lediglich ein Teilaspekt einer komplexen Gesamtsituation vergegenwärtigt.[7] Dieses Ergebnis trägt freilich der Bedeutung des Umfangs von „Old Man at the Bridge“ nur zum Teil Rechnung. Es stellt sich nämlich jetzt das Problem, warum die Erzählung nicht kürzer ausgefallen ist. Im Bilde gesprochen: Wird eigentlich nicht immer noch zu viel vom Eisberg sichtbar? Diese Frage läßt sich mühelos in eine Reihe von Teilfragen aufschlüsseln: Ist es sinnvoll, daß die Situation des alten Mannes, die den gesamten Sachverhalt verdeutlicht, an Ereignissen aus der Vorgeschichte beleuchtet wird? Enthält die Erzählung nicht unnötig viele Wiederholungen — von einzelnen Wendungen, Situationshinweisen und Ereignissen? Läßt sie sich nicht auch deshalb weiter kürzen, weil der erste Absatz ohnehin den Gang der Ereignisse prägnant zusammenfaßt? Wie solche Fragen zeigen, geben die zusammengetra-

[7] Vgl. E. Hemingway, *Death in the Afternoon* (N. Y. / Lo., 1950), S. 192.

genen Gründe für die Kürze der Short Story noch keine ausreichende Erklärung für die Notwendigkeit ihres Umfangs. Eine derartige Erklärung ist vielmehr nur dann zu erwarten, wenn man sich entschließt, die Relevanz des tatsächlich Dargestellten zu untersuchen und nachzuweisen, daß alle Aussagen an der Entfaltung des Themenkreises der Flucht Anteil haben. Da die Welt von „Old Man at the Bridge" (wie von allen Werken der Erzählkunst) durch Raum, Zeit, Figuren und Handlung konstituiert wird, muß im folgenden methodisch der Hauptakzent auf die Thematisierung der genannten vier Wirklichkeitskategorien gelegt werden.

Von den verschiedenen Schauplätzen, die in der Short Story angesprochen werden, nimmt nur der Nahraum konkrete Gestalt an. Die mehrmals wiederholten Wörter *dust* und *dusty,* der Vergleich „African looking country of the Ebro Delta" und der Verweis auf „the steep bank" kennzeichnen ihn als unfreundliche Gegend — selbst in friedlichen Zeiten als „not a good place to stop". Wegen des heranrückenden Feindes ist er Durchgangsraum zu den eigentlichen Fluchtorten, ein Schauplatz, der keine Sicherheit bietet und kein Verweilen duldet, andererseits aber die Fortsetzung der Flucht zu einem mühseligen Unterfangen macht. Mit dem Erreichen und Überqueren der Behelfsbrücke ist noch nicht viel gewonnen. Der steile Uferhang muß erklommen werden, was selbst Fahrzeugen, wie die Bewegungsverben veranschaulichen, Schwierigkeiten bereitet. So nimmt es nicht wunder, daß sich der alte Mann, von zwölf Kilometern Fußmarsch geschwächt, nach Überquerung der Brücke erschöpft, staubbedeckt am Wegrand hinsetzt.

Um die Ironie seiner Situation zu verdeutlichen, ist die Einbeziehung des Fernraums unerläßlich. Als apolitischer Mensch hatte der alte Mann gar nicht an Flucht gedacht. Um ihn zu retten, befahl ihm ein Offizier, seine Heimatstadt zu verlassen. Der alte Mann hatte sich der Anweisung gefügt, ohne jedoch ihren Sinn zu begreifen, denn die Flucht aus San Carlos kommt für ihn einem Verrat an seinen Tieren gleich. Die Flucht beraubt ihn seines Lebensinhaltes, sie verwandelt den Schützer und Wärter lebendiger Wesen selbst in einen Schutzbedürftigen, der subjektiv allerdings nicht geschützt werden will, weil sein wahres Ich zurück in der Stadt geblieben ist. Allein der Selbsterhaltungstrieb und die Überredung des Offiziers an der Brücke können ihn zu einem letzten Versuch bewegen, aufzustehen und weiterzugehen. Physisch wie psychisch ist der Fluchtraum für ihn verschlossen. Barcelona bedeutet ihm im Unterschied zu dem lächelnd erwähnten Namen seiner Heimatstadt nichts: „I know no one in that direction ..." Damit wird die Sinnlosigkeit der Flucht überhaupt thematisch — indirekt die Sinnlosigkeit des Krieges. Fliehen heißt die Heimat verlieren, aus der Geborgenheit getrieben werden, das Leben aufgeben, um es vielleicht im Sinne des bloßen Überlebens zu erhalten. Diese pauschale Aussage, die das Schicksal des alten Mannes nahelegt, wird durch die Diskussion über die Zukunft der Tiere modifiziert. Bezeichnenderweise machen sich sowohl der alte Mann als auch der Offizier über die Katze keine Gedanken. Als das selbständigste der Haustiere wird sich die Katze schon durchschlagen, so wie für diejenigen, die keine enge Bindung an die Heimat haben und für sich selbst sorgen können, die Flucht erträglich sein mag. Anders steht es mit den Ziegen des alten Mannes. Resignierend sagt ihr Betreuer: „It's better not to think about the others." Ungewiß ist das Schicksal der Tauben. Der alte Mann hat die Käfigtür offengelassen und ihnen so die Möglichkeit, wegzufliegen und zu fliehen, gegeben. „Then they'll fly", sagt der Offizier tröstend, und der alte Mann stimmt ihm zu. Für den Leser ist jedoch keineswegs sicher, daß die Tauben der Vernichtung entgehen, denn ob die Öffnung einer Tür zum Fluchtraum die Rettung des Lebens verheißt, wird von der Erzählung in Frage gestellt: Der alte Mann hat die Brücke überquert, der Fluchtraum steht ihm offen, doch wird er ihn nicht erreichen können.

Diese Tatsache weist auf eine andere Ironie der Short Story hin, die den Widersinn der Gesamtsituation beleuchtet: Wer, wie der alte Mann und die republikanischen Soldaten, anderen die Gelegenheit zur Flucht bietet — durch die Öffnung einer Käfigtür oder den Bau einer Notbrücke —, darf keineswegs sicher sein, daß sich die anderen retten können. Bei der Flucht ist letztlich jeder sich selbst und der Willkür des Krieges überlassen. Daß daran die Bereitschaft zur Hilfe nichts zu ändern vermag, geht aus der Thematisierung des zeitlichen Ablaufs und des Personenverhältnisses hervor.

Da allein die Flucht vor der heranrückenden Front eine Möglichkeit der Rettung bietet, sind die wiederholten Hinweise auf den Ablauf der Fluchtbewegung notwendig. Wie sie unterstreichen, setzt sich der alte Mann infolge seiner Bewegungslosigkeit immer mehr der Gefahr aus, kommt die Hilfsbereitschaft des Offiziers zu spät.

Bereits vor seinem Erkundungsgang hat der Offizier die Erschöpfung des alten Mannes als Faktum registriert. Was sie wirklich bedeutet, ist ihm aber auch zu jenem Zeitpunkt noch nicht bewußt, als die letzten Karren die Brücke überqueren, denn er nimmt an, sein Gesprächspartner könne aus eigener Kraft die Lastwagen an der Kreuzung nach Tortosa einholen. Erst als die letzten Wagen verschwunden sind, drängt er den alten Mann, der sich seiner Meinung nach genug ausgeruht hat, zum Aufstehen. Seine Entdeckung, daß der alte Mann weder gehen kann noch will, kommt zu spät. Jetzt gilt in der Tat der Satz: „There was nothing to do about him." Die Schlußbetrachtung des Erzählers unterschlägt, daß vorher die Möglichkeit bestanden hätte, den alten Mann auf einen der vorbeifahrenden Lastwagen zu setzen. Statt dessen führt sie (obgleich der letzte Satz in der Form des Understatement die vom Erzähler gewonnenen Einsichten andeutet), jenen durchgängigen Kontrast zwischen den Zeitauffassungen der Hauptpersonen weiter, der den Erzähler daran gehindert hat, die Notlage des alten Mannes rechtzeitig zu erfassen.

Der Offizier konzentriert sich auf Gegenwart und Zukunft. Genauso wie er das gegenüberliegende Ufer aufmerksam beobachtet, interessiert er sich für die gegenwärtige und zukünftige Situation des alten Mannes, wie seine gezielten Fragen und Aufforderungen belegen. Auf das, was den alten Mann beschäftigt, seine Vergangenheit und die vielleicht schon entschiedene Zukunft der Tiere, geht er nur gezwungenermaßen ein. So reagiert er auf die erste Erwähnung der Tiere lediglich deswegen mit einer Frage, weil sie nicht mit dem Bild vereinbar scheint, daß er sich auf Grund des Aussehens seines Gegenübers gemacht hat. Er lenkt nach einer längeren Pause zwar auf das Thema zurück, aber seine erwachende Anteilnahme wird überlagert von dem Bedürfnis, alle Fakten zusammenzutragen, die die gegenwärtige Situation seines Gesprächspartners charakterisieren. Den ersten Versuch des alten Mannes, seine Sorge über die Tiere zur Sprache zu bringen, biegt er mit der Frage nach dessen politischen Einstellung ab, ferner mit dem Hinweis auf die Notwendigkeit der Flucht. Wohl bemerkt er dann, wie müde und geistesabwesend der alte Mann ist und wie sehr es diesen drängt, seine Befürchtungen mit jemandem zu teilen, doch, mit der Zukunft beschäftigt, ermißt er noch nicht, daß der alte Mann eigentlich in der Vergangenheit lebt und psychisch nicht mehr zur weiteren Flucht imstande ist. Jedenfalls glaubt er, ihn trösten zu können, und fordert ihn auf, die Flucht fortzusetzen. Erst als der alte Mann nicht mehr für ihn, sondern für sich die Sinnlosigkeit seiner Situation in den Worten zusammenfaßt, „I was taking care of animals ... I was only taking care of animals“, begreift der Offizier, daß der alte Mann seine Zukunft mit der Heimat verloren hat.

Obgleich im Hinblick auf die Titelgestalt die äußere Situation von Anfang bis Ende unverändert bleibt, wandelt sich das Verhältnis der beiden Hauptfiguren: Es ist ein Prozeß der Annäherung und Entfremdung zugleich. Da der Offizier an seinen dienstlichen Auftrag gebunden ist und auf „contact“ mit dem Feind wartet, tritt er ironischerweise mit dem alten Mann verspätet in Kontakt und lernt ihn zu einem Zeitpunkt verstehen, als sein Gesprächspartner völlig resigniert und sich in sich selbst zurückgezogen hat. Dieser Aspekt der Situation wird in einem Motivzusammenhang verdeutlicht, den der fünfmal wiederholte Ausdruck „leave“ und das dreimalige „thank you“ des alten Mannes anzeigen. Jedesmal, wenn der Offizier zum Aufbruch mahnt, bedankt sich der alte Mann für die ihm bezeugte Anteilnahme und distanziert sich gleichzeitig von ihr, denn die Tatsache, daß er die Tiere hat verlassen müssen, macht den Versuch, die Flucht fortzusetzen, sinnlos. *Leave* weist darüber hinaus auf die unausgesprochene Parallele zwischen Vorgeschichte und Gegenwartshandlung hin. So wie der alte Mann wegen des drohenden Artilleriebeschusses als letzter die Stadt und seine hilfsbedürftigen Tiere verließ, wird der Offizier bei der Ankunft der Feinde als letzter den alten Mann verlassen müssen. Seine Schlußbemerkungen drücken lakonisch den Stoizismus des Hemingwayschen Helden aus, der sich stets in das Unabänderliche zu fügen pflegt. Zugleich deuten sie an, daß dem Offizier am Schicksal des alten Mannes, dessen Lage ironischerweise an einem Ostersonntag hoffnungslos ist, der Widersinn des Krieges bewußt geworden istfl Entsprechend hatte das Schicksal der Tiere dem alten Mann die Unsinnigkeit der Flucht offenbart.

Diese zweifache Brechung der Gesamtsituation ist demnach für das Verständnis der Erzählung ebenso relevant wie die anderen besprochenen Parallelen, Wiederholungen und Motivvariationen. Ähnlich den Zeit- und Raumangaben und den das Verhältnis der Personen beschreibenden Details, wirken sie an der Gestaltung des Themas der Flucht und des Krieges mit und fächern es so auf, daß ein differenziertes und eindrucksvolles Bild davon entsteht, was die Flucht bedeutet.

Gewiß ließe sich die Short Story kürzen, wenn es dem Leser nur auf einmalige Information ankäme. Das Resultat wäre eine Inhaltsangabe oder eine Reportage vom Kriegsschauplatz, wie sie Hemingway tatsächlich an anderer Stelle vorgelegt hat. Scheinbar paradoxerweise machen erst die vermeintlichen Längen, da sie die Thematisierung fördern, das Werk zu einem dichterischen Text — zu einem Text, der sich nicht in der knappen, weder inhaltlich noch formal wiederholten Mitteilung eines absoluten Neuen erschöpft. Man sagt oft, in der Short Story zähle jedes Wort. Diese Behauptung trifft nur dann zu, wenn sie nicht einen künstlichen Gegensatz zwischen Short Stories und anderen literarischen Werken impliziert und wenn man ‚Wort' nicht nur als Mitteilung im Sinne der Informationstheorie versteht. Hugo Friedrichs Ansicht, daß „in der Literatur die Redundanz nicht das Überflüssige, sondern das Notwendige ist (und daher anders heißen müßte), ja daß überhaupt in der Literatur nur beiläufig nach Information und Redundanz unterschieden werden kann"[8], gilt auch für „Old Man at the Bridge", wie die Antworten auf die Frage zeigen, warum diese Erzählung nicht kürzer geworden ist und werden durfte.

Alles in allem erweist sich „Old Man at the Bridge" als ein dichterischer Text, dessen künstlerischer Reiz und Wert von seinem Umfang abhängig ist. Die 762 Wörter der Short Story sind das Resultat einer gelungenen Verdichtung eines komplexen Stoffzusammenhangs, eines Komprimierungsprozesses

[8] Hugo Friedrich, „Strukturalismus und Struktur in literatur-wissenschaftlicher Hinsicht", in: G. Schiwy, *Der französische Strukturalismus: Mode — Methode — Ideologie* (Hamburg, 1969), 219—227, hier S. 226.

aber, bei dem sich alle verbleibenden Redundanzen als notwendig herausstellen, da sie die Aussage vertiefen und intensivieren.[9]

[9] Andere Interpretationen von „Old Man at the Bridge“: A. J. Tumat, „Die Kurzgeschichte im Oberstufenunterricht: Ernest Hemingways 'Old Man at the Bridge'“, *Englisch an Volkshochschulen*, Nr. 21 (Juni 1969), 327—332; Friedrich Krantz, *Wege zum Abituraufsatz*, 2. Werkheft: *Die Prosainterpretation* (München, 1964), 16—25; R. W. Lid, „A Student Discussion of Hemingway's 'Old Man at the Bridge'“, in: R. W. Lid, Hrsg., *The Short Story: Classic and Contemporary* (Philadelphia, 1966), 108—110; Heinz Piontek, „Graphik in Prosa: Ansichten über die deutsche Kurzgeschichte“, *Merkur*, XIII (1959), 275—283.

AN INTERPRETATION OF EUDORA WELTY'S „LIVVIE"

Harriet Jansma

Solomon carried Livvie twenty-one miles away from her home when he married her. He carried her away up on the Old Natchez Trace into the deep country to live in his house. She was sixteen — an only girl, then. Once people said he thought nobody would ever come along there. He told her himself that it had been a long time, and a day she did not know about, since that road was a traveled road with *people* coming and going. He was good to her, but he kept her in the house. She had not thought that she could not get back. Where she came from, people said an old man did not want anybody in the world to ever find his wife, for fear they would steal her back from him. Solomon asked her before he took her, "Would she be happy?" — very dignified, for he was a colored man that owned his land and had it written down in the courthouse; and she said, "Yes, sir," since he was an old man and she was young and just listened and answered. He asked her, if she was choosing winter, would she pine for spring, and she said, "No indeed." Whatever she said, always, was because he was an old man ... while nine years went by. All the time, he got old, and he got so old he gave out. At last he slept the whole day in bed, and she was young still.[1]

I quote in full this first paragraph from "Livvie." For four reasons it is important to our understanding of the story. First, it establishes setting: the house of Solomon, isolated on an isolated road, Mississippi's Old Natchez Trace, the Indian trail from Natchez, Mississippi, to Nashville, Tennessee. Second, it summarizes the beginning of the nine-year marriage of Livvie, now twenty-five years old, and her ageing husband Solomon. But the passage is more than mere exposition, for it also introduces us to the mind of Livvie, the mind which filters our vision of her world — though the story is written in the third person, we have surely the sentences of Livvie's speech, the rhythms, the syntax, the vocabulary. We see the things she sees, her perceptions of events. The metaphors of the story are from Livvie's experience: nature, the household, the Bible. And importantly, the paragraph hints of the conflict of Livvie's mind, for it is within Livvie herself that the conflict of the story lies.

We read of Solomon: "He asked her, if she was choosing winter, would she pine for spring, and she said, 'No indeed.' Whatever she said, always, was because he was an old man ... while nine years went by. All the time he got old, and he got so old he gave out." As Solomon gives out, Livvie begins to discover herself — a part of herself, at least, that she has ignored or repressed for nine years — and that discovery begins with this paragraph: "Whatever

1 Eudora Welty, *The Wide Net and Other Stories* (New York, 1943), pp. 153—154. Further quotations, also from this edition, appear without citation.

she said, always, was because he was an old man ... while nine years went by."

The young wife, and the old husband; May and January, youth and crabbèd age: it is a traditional literary motif. As Solomon dies, Livvie leaves with her new-found companion Cash, a field hand and tenant on Solomon's land. But Eudora Welty writes no story that has been written before. For the change in Livvie is traced so delicately, so carefully, that we find in it a conflict of some complexity, in which Cash himself has only a minor role. Mr. A. J. Bryant has said that this is a story in which nature, that is, Livvie's attraction for Cash, wins effortlessly.[2] Perhaps Welty's first title for the story, "Livvie is Back," emphasizing the idea of rebirth, makes the conflict seem easy: winter or spring, death or life. But I think the opposing values have a more delicate belance than this interpretation alone allows, and that the strength of the story lies in this careful balance and in the gradual development of Livvie's awareness, the awareness that allows her to break away from life as she has lived it with Solomon and to seek another life with Cash.

Like the Biblical king, Solomon is the ancient master of his house. He sleeps in "the bright iron bed with the polished knobs like a throne." The photograph of the young Solomon, on the wall over his bed, shows hair on his forehead like a king's crown. The house and its furnishings are described as Solomon's, for in Livvie's mind they are his. So he is king in his palace, and Livvie's attitude is that of a proud and skillful servant rather than of a wife. We discover in the following paragraph, in thoughts of Livvie, her servant-like submission, an attitude never really demanded by Solomon, although he is often described as "strict," but one which the young girl finds natural toward the old man:

> Livvie knew she made a nice girl to wait on anybody. She fixed things to eat on a tray like a surprise. She could keep from singing when she ironed, and to sit by a bed and fan away the flies, she could be so still she could not hear herself breathe. She could clean up the house and never drop a thing, and wash the dishes without a sound, and she would step outside to churn, for churning sounded too sad to her, like sobbing, and if it made her homesick and not Solomon, she did not think of that.

The other of the paragraph is that of Livvie's mind. With economy, however, Welty uses these few associations not only to show us the attitude of wife toward husband, but also to reveal Livvie's desires: to sing, to more her body, to visit her family. We are aware of Livvie's conflict only through such hints. Welty would have us understand, I think, that the awareness of Livvie's conflict grows in us, but not in Livvie herself. For Livvie's mind dwells on the familiar objects around her, on the things which give order and

2 *Eudora Welty* (Minneapolis, 1968), p. 16.

security to her life — those values which Solomon represents to her. She sees each room, each detail with a preciseness which is almost loving, or perhaps with the same reverence she feels for Solomon:

> It was a nice house, inside and outside both. In the first place, it had three rooms ...

First, the living room:

> There was a double settee, a tall scrolled rocker and an organ in the front room, all around a three-legged table with a pink marble top, on which was set a lamp with three gold feet, besides a jelly glass with pretty hen feathers in it.

Second, the bedroom, where Solomon sleeps under a quilt made in the "Trip around the World" pattern: 21 colors, 440 pieces, one thousand yards of thread. On the table, Bible and key; on the wall, two calendars. Third, the kitchen:

> Going through that room and on to the kitchen, there was a big wood stove and a big round table always with a wet top and with the knives and forks in one jelly glass and the spoons in another, and a cut-glass vinegar bottle between, and going out from those, many shallow dishes of pickled peaches, fig preserves, watermelon pickles and blackberry jam always sitting there.

We can see in these descriptions and others in the story the close observation for which readers praise Eudora Welty. Having seen this Southern world, the world of unpainted houses and dirt lawns, I find in this detail a truth and accuracy that I enjoy. But more important than the details themselves is the way Miss Welty uses them to show us their importance for Livvie, and the importance of Solomon, their owner, which naturally follows. Livvie sees these things in twos, threes, and fours; we are aware not only of her familiarity with each object but also of her pride in their orderliness.[3] This becomes apparent especially when Livvie describes porch and lawn; details are here perfectly balanced: the plow disk on the wall by the door, a mirror on the other side; a peach tree on one side of the yard, a pomegranate on the other; rose bushes, three on each side of the steps; and on each side of the path leading to the Natchez Trace, crape-myrtle trees.

But the crape-mytrle trees make us aware of an aspect of order that is less pleasant for Livvie, the idea of boundaries, of keeping things closed, and we soon realize that the boundaries are directly related to Livvie's own limits. In the kitchen we have seen that the safe — a pie safe, or cupboard where food is kept — has doors aways shut. Each corner of the room contains a baited mousetrap. We now learn that Solomon has labored one year on each

[3] This insight and many other valuable ones appear in the analysis of "Livvie" in Ruth M. Vande Kieft, *Eudora Welty* (New York, 1962), pp. 59—63.

of the nine crape-myrtle trees, tying bottles to the ends of their branches, bottles to lure and contain evil spirits — to keep the spirits out of the house. Solomon takes other precautions: thinking of the "nice house" makes Livvie think of her loneliness: "But there was nobody, nobody at all, not even a white person. And if there had been anybody, Solomon would not have let Livvie look at them, just as he would not let her look at a field hand, or a field hand look at her." The only houses nearby, those of the tenants, are forbidden to her.

We learn that Livvie has sometimes broken through these boundaries, walking farther than she was allowed: one day, finding an old graveyard, she looks up and sees the sun shining through the caterpillar nets enclosing the trees. The thistles scare her "like the prophets in the Bible in Solomon's house" (Livvie thinks often of the Bible.). She expresses a momentary wish: "Oh for a stirring of the leaves, and a breaking of the nets!" — but only a momentary wish, for she quickly becomes frightened and runs home. The last sentence of the paragraph foreshadows as explicitly as the earlier statement about Livvie and the field hands: "After Solomon took to his bed, she never went out, except one more time."

After this adventure, as the dying Solomon sleeps, Livvie is left alone with her reveries. She cooks for him, but he cannot awaken to eat. She cares for him as if for a baby, and we learn that she feels the stir of spring close to her. She looks to learn the fields, where the field hands and their families are beginning the planting, wishing that she could work there with them "until she fell stretched out and drenched with her efforts, like other girls," and could lay her cheek against the laid open earth. Livvie's very desire to do this surprises her, but the next idea which invades her mind is even more disturbing. She would do this in order to shame the old man. "To shame him!" But she has shamed herself: "A cruel wish could come in uninvited and so fast while she looked out the back door. She washed the dishes and scrubbed the table." She hears the lambs, thinks of her mother, busies herself in order to forget this cruel and uninvited thought.

The sexual suggestions of the earth passage — Livvie, stretched out, drenched with her efforts, cheek to the earth — and the direct expression of her wish have prepared us for Livvie's meeting with Cash. But a fourth character enables the author further to prepare us — and Livvie — for her walk beyond the boundaries and her encounter with the young field hand.

Miss Baby Marie — for that is really her name — stands among the delightful comic "white trash" characters whom Miss Welty portrays so well — hears so well, I might say, for stories about them — "Petrified Man" is a good example — are often largely dialogue. Like these characters, Baby Marie is characterized with her own words; she speaks far more than any other character in the story. She comes to sell cosmetics, and at some length explains why: "'I live at home . . . out from Natchez . . . and get out and show these pretty cosmetic things to the white people and the colored people both . . . all around . . . years and years . . . Both shades of powder and rouge . . . It's the kind of work a girl can do and not go clear 'way from home . . .'" Baby Marie gives Livvie a lipstick to try, a lurid purple. Its odor reminds Livvie of china-berry flowers (from the china-berry tree), but Baby Marie exhibits her salesmanship with her delightful answer: "'Oh no, not chinaberry flowers — secret ingredients. My cosmetics have secret ingredients, not chinaberry flowers.'" Humorous though she is, Baby Marie has another purpose: she prepares Livvie in two ways for her meeting with Cash. First, she encourages Livvie to apply the purple lipstick; its odor makes Livvie think of spring, of ripe figs. As Livvie puts the paint on her mouth, her face dances before her like a flame. Since Livvie has no money and Baby Marie will not accept eggs in payment, Livvie can't buy the purple stuff. But that is unimportant. She has seen it on her lips and seen the change it made in her. As she entered the bedroom to see whether Solomon would notice, "it seemed as if her heart beat and her whole face flamed from the pulsing color of her lips." Spring, and ripe figs, und flames. The flames remind us of the sun above the graveyard, shining through the netted trees, the flames of the sun which made Livvie wish for a breaking of the nets. The ripe figs are as openly sexual as the picture of Livvie lying drenched on the earth.

Baby Marie's curiosity brings one more realization to Livvie: as they stand together over the sleeping Solomon, Livvie knows that he is dying. He cannot see the paint on her face.

Livvie is now ready to walk into forbidden territory, where she encounters Cash. Welty writes, ". . . the time people come makes a difference." Cash comes at the right time, and he is a vision, in his leaf-green coat, tawny pants, plum-colored hat, and luminous baby-pink satin shirt. He has a guinea pig in his pocket. In three jumps he is beside her: "'My name is Cash! I been to Natchez — I taken a trip — I ready for Easter.'" Livvie is dazzled by him, fascinated that he is so dazzled by himself. "All of him is young." We are aware of the opposition of Solomon and Cash not just through the things of the setting — the mousetraps in Solomon's kitchen, the guinea pig in Cash's pocket — but by their clothing Color is important: Cash wears leaf-green, plum, baby-pink; Livvie sees Solomon's hat on a peg on the front door, "the blackest thing in the world." We see life, rebirth, animal nature in Cash, and as the two kiss, Livvie becomes aware of these in herself: "She gathered the folds of his coat behind him and fastened her red lips to his mouth, and she was dazzled by herself then, the way he had been dazzled at himself to begin with." But the animal nature in Cash serves not only to cause a rebirth in Livvie, but also to destroy those aspects of life which Solomon represents. Livvie sees it herself. There is insolence in the way Cash looks at things. As he laughs, she feels a chill. "It was as if Cash was bringing that strong hand down to beat a drum or to rain blows upon a man, such an abandon and menace were in his laugh." He commits a destructive act, throws a rock at the bottle trees — to set the spirits free. And as they run toward the house, Livvie thinks of Solomon, "that he was the same to her as if he were dead now."

Solomon must die if Livvie is to return with Cash to life. He must die because he represents for her — an orderly respectability, with careful boundaries, yet a dignity that is more than that, as we see in the final scene — is opposed by the strength and life, the unbound freedom of Cash.

Livvie kneels as she enters Solomon's room as if before a king. With Cash she watches him sleep: "... while Solomon slept under the eyes of Livvie and Cash his face told them like a mythical story that all his life he had built, little scrap by little scrap, respect." This he does by building a house, "but it grew to be the same with him as a great monumental pyramid and sometimes in his absorption of getting it erected he was like the builder-slaves of Egypt who forgot or never knew the origin and meaning of the thing to which they gave all the strength of their bodies and used up all their days." As the old man stirs from his sleep, Cash raises his arm to strike. But such is the dignity of Solomon that Cash cannot strike him — though Livvie could not weep, we read, if he did. A mystery, a flicker in Solomon's eyes not only prevents the blow but causes Cash to feel a pang of shame. Solomon realizes that Cash has come to take Livvie from him, then shifts remarkably to the third person, looking at his own life from outside it:

"When Livvie married, her husband were already somebody. He had paid great cost for his land. He spread sycamore leaves over the ground from wagon to door, day he brought her home, so her foot would not have to touch ground. He carried her through his door. Then he growed old and could not lift her, and she were still young."

We have here the events of the first paragraph of the story, this time in Solomon's eyes. Like Livvie, he is already outside them, but he talks about them with a dignity that subdues his young opponent and grieves his young wife. With a dying economy he articulates his mistake and asks forgiveness for it: "'God forgive Solomon for sins great and small. God forgive Solomon for carrying away too young girl for wife and keeping her away from her poeple and from all the young people would clamor for her back.'" The old man dies, but not before he has relinquished to Livvie his watch, his most cherished possession and the last symbol of the order of their existence. It is her grasp of the watch, her inheritance from Solomon, which causes Livvie to resist, if only momentarily, the eager embrace of Cash. But the ordered tick of the watch is replaced by the lyric of a bird; embracing, Livvie and Cash leave Solomon's house together, as the sun shines through the bottles on the trees.

But the rebirth is not one of unmixed joys. I have tried to show Livvie's real, if limited, joys with Solomon, her reverence for him, and her devotion to the order of his life. Livvie's grief in this final scene is genuine. It is interesting at this point to separate the judgements of Eudora Welty from those of Livvie. Though Livvie might know about the pyramids, for example, it is the author and not the central character who recognizes so strongly the meaninglessness of the work of the slaves and of Solomon. We realize too that Livvie doesn't fully understand why she has rejected life with the old farmer on the very day of his death and chosen to go with the young field hand. Miss Welty gives her subtle judgement too of Cash: we see that not only in his name but also in his luminous baby-pink shirt, as lurid as the pulsing color of Livvie's newly painted lips.

If these are the author's and not Livvie's judgements, it is perhaps accurate to say that nature wins effortlessly in Livvie. But the judgements of author and character are so finely woven that we cannot finally separate them. Livvie gains a life of freedom from the boundaries of Solomon's respectability, but there is clearly a corresponding loss. The careful balance of gain and loss, communicated through and accurate and careful choice of physical detail, makes this story of rebirth successful. And physical detail itself functions importantly to render the allegory of youth and age fresh and interesting once more.

AUSSAGEN ÜBER DIE KÜRZE

Paul Goetsch

1. Der Umfang als Problem der Ästhetik und Literaturwissenschaft

Nicolai Hartmann, *Ästhetik* (Berlin, 1953), 16. Kapitel

„Jeder Stoff möglicher Darstellung, sei er sinnlich oder mit der Phantasie erfaßt, bringt eine unübersehbare Mannigfaltigkeit mit sich; und je konkreter er erfaßt wird, um so reicher wird sie. Diese Mannigfaltigkeit kann nicht vollzählig in das Werk aufgenommen werden, sie würde es sprengen, unübersichtlich machen, ihm die anschaulich klare Einheit rauben und so selbst die Formung zu einem Ganzen unmöglich machen.

Dem ist nur auf eine Weise abzuhelfen: durch eine Auslese dessen, was für das Kunstwerk wesentlich ist — das heißt dessen, was für das Erscheinen der weiteren Innenschichten wesentlich ist. Dieses künstlerische Phänomen ist wohl bekannt. Man hat es als das ‚Weglassen' bezeichnet und meint damit ein Weglassen von Detail. Das ist merkwürdig genug, weil ja die Stärke des Kunstwerkes gerade darin liegt, daß es das Detail enthält und nicht anders als durch das Detail spricht. Man erinnere sich: im Gegensatz zum Begriff und zu vielem Schrifttum des Gedankens, wo das Detail außerhalb liegt.

Das ist es nun, was in der Tat die Künste tun: sie beschränken sich — stets unter sehr bestimmtem Gesichtspunkte — auf die große Linie, und zwar auf diejenige, auf die es ankommt. Der Bildhauer ahmt nicht jede kleine Unregelmäßigkeit nach, obgleich sie sehr wohl zur Lebendigkeit beitragen kann." „Ein Extrem dieser Art finden wir in der Zeichentechnik vieler großer Radierer: es genügen da manchmal wenige Striche, um eine ganze Figur mit ihrer Bewegung erscheinen zu lassen, oder selbst um ein Stück Landschaft mit durchaus charakteristischen Zügen zu zeigen (Rembrandts Radierungen).

Das Ergänzen im wahrnehmenden Erfassen ist dabei natürlich ganz wesentlich. Ohne ein solches wäre das Weglassen bloß etwas Negatives, ein modus deficiens. Es erweist sich aber als das Gegenteil: als der Anreiz zum Hinzufügen, zum Vervollständigen. Dabei ist nur dieses von Belang (225), daß der Künstler mit seinen Andeutungen die Führung behält. Sonst würde das synthetische Vorstellen sich im Hinzufügen verlieren, sich selbständig machen und dann nicht mehr das Werk des Künstlers sehen, sondern etwas ganz Anderes.

Stärker noch macht sich das Weglassen in der Dichtkunst geltend. Wie ist es überhaupt möglich, ein ganzes Stück Menschenschicksal in wenige Szenen zu bringen? Es besteht doch in einem fortlaufenden Geschehen von Augenblick zu Augenblick, Monate und Jahre hindurch. Ein Schauspiel aber, und in etwas weiteren Grenzen auch ein Roman, drängt dieses Geschehen auf eine schmale Reihe von Szenen zusammen — auf eine so schmale, wie sie im Leben wohl niemals vorkommt, weder der Gedrängtheit noch der inhaltlichen Zusammengehörigkeit nach.

Die beiden letzteren Gesichtspunkte sind hierbei wichtig: das Leben zieht die Ereignisse — die ihrem Sinn nach eng zusammengehören — breit auseinander; und dadurch verliert der Mensch (der Zuschauer im Leben) den Sinnzusammenhang aus den Augen, in dem sie stehen. Der Dichter dagegen räumt alles fort, was diesem Zusammenhang nicht wesentlich ist und seiner Erfassung entgegenstehen könnte.

Dadurch verdichtet er den Gang der Ereignisse, läßt seine Einheit plastisch hervortreten, kurz, er ‚formt' ihn erst dadurch heraus.

Auch hier ist die ‚Formung zur Einheit' im wesentlichen eine Funktion des Weglassens und der Auslese: das eben ist die kompositorische Kunst des Dichters, daß er in bestimmter Weise ausliest; er liest so aus, daß ein möglichst großer und reicher Ereigniszusammenhang in einem möglichst sparsamen Umkreis von Szenen zur Erscheinung kommt."

„Man darf sich nur dieses innere ‚Begrenzen der Mannigfaltigkeit', das ‚Weglassen' usw. nicht so negativ vorstellen, wie die Begriffe es sagen. Alles Begrenzen, wenn es vom Wesen der Sache ausgeht, ist ja zugleich Determination, positive Bestimmung. Das gilt ontologisch allgemein. Hier hat es noch einen besonderen Sinn. Das Positive liegt in der Ergänzung durch die Vorstellung im anschauenden Bewußtsein; man kann auch sagen, im Erscheinen dessen, was nicht direkt sinnlich gegeben ist" (226).

Friedrich Sengle, „Der Umfang als ein Problem der Dichtungswissenschaft", in: R. Alewyn, H.-E. Haas, C. Heselhaus, Hrsg., *Gestaltprobleme der Dichtung* (Bonn, 1957), 299—306.

„Wenn bisher die quantitativen Verhältnisse in der Literatur wenig beachtet wurden, so wohl vor allem deshalb, weil die Betonung des Qualitativen zu den Gemeinplätzen unserer Kunstauffassung gehört. Es scheint ausgemacht zu sein, daß das kleinste künstlerische Gebilde dem größten an Bedeutung (und Wert) ebenbürtig sein kann. So betont z. B. Robert Petsch in seinen einleitenden Bemerkungen über die ‚Kurzformen' der Erzählkunst gerade den ganzheitlichen Hintergrund, der in solchen Gebilden gegenwärtig sei: ‚Es gibt also besondere Formen der Erzählkunst — und sie knüpfen an sehr alte und bedeutende Vorformen an — die ein bedeutendes Geschehnis aus seiner zeitlichen Verflochtenheit herauslösen, ja seine eigene Entfaltung in der Zeit übersehen, um dafür alles Wesentliche in einen kernhaften Teilvorgang zusammenzudrängen. Diese epischen Kurzformen stellen also keine herausgerissenen Einzelheiten, sondern jeweils ein Ganzes dar, das nur in einem Teilvorgange seine Aufgipfelung erfährt. So kann das Leben eines Menschen Wert und Bedeutung erhalten durch eine heldische Tat; sie *war* sein Leben, soweit es für die Menschheit ‚in Betracht kommt' und der Erinnerung würdig ist. In diesem Sinne faßt die Dichtung einzelne Begebenheiten auf und kann ihnen gerade durch die Verdichtung besondere sinnbildliche Bedeutung abgewinnen.' [*Wesen und Formen der Erzählkunst* (Halle/Saale, 1934), S. 227] Die Beispiele, die Petsch gibt, stammen bezeichnenderweise alle aus dem Bereich der neueren ‚symbolischen' Dichtung. Aber selbst innerhalb dieser Grenzen läßt sich fragen, ob der Verzicht auf eine ‚Entfaltung in der Zeit' nicht wichtiger ist, als er hier erscheint, und ob nicht auch die symbolische Verkürzung bis zu einem gewissen Grade zu einer Literatur der ‚herausgerissenen Einzelheiten' führen kann, die sich von einer ganzheitlicheren Dichtweise unterscheidet. Wenn neuerdings oft beklagt wird, daß man unter den deutschen Romanciers des 19. Jahrhunderts keinen Balzac, Dickens oder Tolstoj und kaum einen Gotthelf findet, so ist damit die Grenze des qualitativen Dichtungsbegriffs andeutungsweise bezeichnet. Offenbar kommt es doch darauf an, daß die Zeit, der Raum, die ‚Welt' auch in einem (299) quantitativen Sinn in die Dichtung eintreten und gestaltet werden; offenbar schafft die *Quantität erst die Voraussetzung für bestimmte qualitative Möglichkeiten der Dichtung.* Da man heute mit Recht betont, daß die echte Form eine unlösliche Einheit mit dem Inhaltlichen bildet, wird man auch der Umfangsfrage als einem besonders ‚naiven' dichtungswissenschaftlichen Aspekt größere Bedeutung zumessen müssen" (300).

„Die Frage nach dem Umfang scheint primitiv zu sein, und sie ist es auch. In den Größenverhältnissen der Kunstwerke spiegeln sich ihre weltanschaulichen, stofflichen, gesellschaftlichen Bedingungen oft ganz unmißverständlich und, was von besonderer Bedeutung ist, unwillkürlich. Vom Wachstum und vom Schwund des Umfangs kann man manches ablesen, was sonst nicht so klar ‚auf der Hand liegt'. Allerdings gibt es daneben, wie immer im Bereich des Primitiven, Interpretationsschwierigkeiten, welche die Deutung des bewußteren Kunstschaffens nicht kennt. ‚Form' in dem herkömmlichen Sinne ist der Umfang nicht" (305).

2. Bestimmungen des Umfangs der Short Story

Alfred Behrmann, *So schreibt man Kurzgeschichten* (München, 1959).

„Was ist eine Kurzgeschichte?

Wie der Name schon sagt, versteht man darunter eine kurze Geschichte:

Mindestlänge:	1 Schreibmaschinenseite
	= 30 Zeilen
	= 300 Wörter
	= 1800 Anschläge
guter Durchschnitt:	3—5 Schreibmaschinenseiten
	= 90—150 Zeilen
	= 900—1500 Wörter
	= 5 400 — 9 000 Anschläge
Höchstlänge:	10 Schreibmaschinenseiten
	= 300 Zeilen
	= 3 000 Wörter
	= 18 000 Anschläge.

Die kürzeste Kurzgeschichte ist der Witz. Er besteht nur aus wenigen Zeilen.

Anschließend kommt die Anekdote. Sie ist etwas länger als der Witz und befaßt sich mit geschichtlichen Vorfällen und bekannten Persönlichkeiten. Beispielsweise kennen Sie alle die Anekdote vom ‚alten Fritz' und dem Bahnwärter ...

Alles, was über die 10 Seiten oder 3000 Wörter hinausgeht, sind keine Kurzgeschichten mehr. Diese Erzeugnisse nennt man Erzählungen oder Novellen oder Romane" (6).

Klaus Doderer, „Die angelsächsische *short story* und die deutsche Kurzgeschichte", *Die Neueren Sprachen,* II (1953), 417—424.

„So finden wir die wichtigsten Werke über die *short story* auch in Amerika, wobei allerdings zu berücksichtigen ist, daß ein großer Prozentsatz der Lehrbücher sich mit praktischen Hinweisen zum Schreiben von *short stories* beschäftigt, da *the writing of short stories is an industry and not an art* [Fred B. Millett, *Contemporary American Authors* (New York, 1944), 85]. Abgesehen von diesen primitiven Anweisungen arbeitet die amerikanische Literaturanalyse im allgemeinen etwas anders als die deutsche Gattungswissenschaft. Der angelsächsische, empirisch denkende Sinn neigt weniger dazu, innere Kriterien als typusbestimmend herauszustellen und erkennt äußere Merkmale, wie die zählbare Menge der Wörter, als Gattungskennzeichen an: *A short story usually contains from 1 000 to 20 000 words, a novelette from 20 000 to 40 000, and a novel from 40 000 words upward* [*Encyclopedia Americana*, 1946, Vol. 20, p. 477]. Damit aber stehen wir vor der Aufgabe, festzustellen, was die Angelsachsen als Strukturkennzeichen der *short story* ansehen. Die Auffassungen in der angelsächsischen Literaturwissenschaft sind keineswegs einheitlich" (420).

Edgar Mertner, „Zur Theorie der Short Story in England und Amerika", *Anglia*, N. F. LIII (1941), 188—205.

„Diese Lehrbücher der Short Story verdienen nur in einem Punkte eine nähere Betrachtung, nämlich im Hinblick auf ihre Vorschriften bezüglich der Länge der Kurzgeschichte. Wenn uns die genaue Festlegung einer Höchstzahl von Wörtern als allzu mechanisch erscheint, so dürfen wir doch nicht übersehen, daß die Angabe der Länge nach Zahl der Wörter in den Vereinigten Staaten und in England überhaupt üblich ist ... Selbst ein Künstler wie Galsworthy schreckt daher nicht davor zurück, die Wörterzahl — allerdings innerhalb eines weiten Spielraums (6 000 bis 30 000) — als mitbestimmenden Formfaktor der Short Story anzugeben. So sehr sich auch das ästhetische Gewissen dagegen sträubt, die Länge einer Erzählung zum Kriterium ihres Novellencharakters zu machen, das damit eng zusammenhängende Problem der Zeit des Erzählens oder der Lektüre ist als formbildender — wenn auch nicht ausschlaggebender — Faktor nicht ohne weiteres von der Hand zu weisen, wenigstens nicht bei den literarischen Kurzgattungen. Man denke etwa an das Interludium, auch an das Heldenlied und die Ballade, in denen eine gewisse Kürze durch rein äußere Umstände bedingt wird. Die Fahrt des modernen Geschäftsmannes zum Geschäft ist ein zeitgenössisches Gegenstück zu den Situationen, in denen die älteren Kunstgattungen zu Gehör kamen" (193).

Max Krell, „Kondensierte Lektüre: Gedanken über die Kurzgeschichte", *Neue literarische Welt*, IV (1953), Nr. 10, S. 2.

[O'Connor] „identifiziert die Kurzgeschichte einfach mit der Kurzen Geschichte, verleitet vielleicht durch die englische Bezeichnung ‚short story', die eine Differenzierung beider Werte nicht kennt. Die Unterschiede sind indessen beträchtlich. Sehr viele kurze Geschichten sind keine Kurzgeschichten, und manche Kurzgeschichten sind nicht unbedingt kurz." „O'Connor begeht mit seinem Definitionsversuch denselben Fehler, den er mit berechtigter Ironie einem Franzosen vorwirft, dessen Satz ‚ein Roman ist eine Prosadichtung von bestimmter Länge' er zitiert. Als gäbe es Meterbestimmungen in der Literatur. Jacobsens ‚Frau Marie Grubbe' ist mit 200 Seiten genauso sehr Roman wie Dostojewskijs ‚Idiot' mit 2 000. Wir wissen schließlich, daß eine Kunstgattung von innen her, nicht vom Umfang bestimmt wird. So ist auch Kurzgeschichte nicht einfach jede Geschichte, die sich auf den Raum von wenigen Seiten zusammendrängt."

James E. Miller, Jr., Bernice Slote, „Notes on the Short Story", in: *The Dimensions of the Short Story: A Critical Anthology* (N.Y. / Toronto, 1965), 509—516.

"If, as modern readers with wide-ranging curiosity and catholic taste, we do not want to exclude from our interest large numbers of excellent short stories, we must seek a definition that is not restrictive and closed but comprehensive and open. In searching for such a definition, we must not be too upset by a certain amount of vagueness and a few loose ends. Better these in all their barefoot congeniality than a narrow view that frowns and scolds us into shoes that pinch.

Perhaps the most marked traits of short stories are *brevity*, *density*, (509) and *unity*. The first of these traits points to scope (or magnitude), the second to technique (or means), and the third to subject (or effect). Together these terms should help us to see without making us squint or limiting the range of our vision.

Brevity. At first glance, this trait seems to take care of the matter. But a bit of reflection brings up all sorts of sticky questions: How short is short? How long must a story be before it becomes a novelette? How long before it is a full novel? How short may it be without becoming a mere anecdote? There are, of course, no final answers to these questions. E. M. Forster once defined the novel as any fictitious prose work over 50,000 words. We might then consider fictitious prose works of under 50,000 words as either short stories or novelettes (sometimes called novellas). And a convenient dividing line between these two forms is 15,000 words, though we hasten to admit that this is an arbitrary figure and does not much matter anyway. But brevity *does* matter. Just *how* it matters, psychologically, is difficult to say. The impact on us of a work we can read at one sitting differs radically (as Poe has pointed out) from the impact of a work we read at intervals over a long period of time. It is in exploiting this difference that the short-story writer gives special attention to his technique and his subject" (510).

Mary Rohrberger, *Hawthorne and the Modern Short Story* (The Hague / Paris, 1966).

"How brief is brief? There is is much difference in length between a three page story and a thirty page story as between a thirty page story and a three hundred page story. Obviously 'brief' is a relative term, applying more to the limits of the author's conception than to any actual page length" (140).

Kurt Kusenberg, „Über die Kurzgeschichte", *Merkur*, XIX (1965), 830 bis 838.

„Bei der Kurzgeschichte liegen die Dinge nicht anders [als bei der Novelle]. Sie ist etwas, das sich jeder Festlegung entzieht. Es ist unmöglich, zu sagen, wie sie sein *soll*; viel leichter gelingt es, zu sagen, was sie alles sein *kann* ..." (831). „Man kann die literarische Miniatur, die sich Kurzgeschichte nennt, auch anders umreißen, als es eben geschehen ist — weniger handwerklich, mehr auf ihr Wesen hin. Dies knappe Gebilde sollte in der Substanz größer sein als im Format: so wie manche Häuser, die innen geräumiger wirken, als man es von außen vermutet. Eine solche Wirkung kann nur zustande kommen, wenn die Kurzgeschichte als ein kleiner Teil für das große Ganze steht, wenn sie, mit anderen Worten, transparent und damit welthaltig ist. Dies führt dann dazu, daß sie einem in der Erinnerung länger vorkommt, als sie es faktisch ist. Substanz hat eine Kurzgeschichte, wenn (832) sie über einen potentiellen Reichtum verfügt, der im Leser den Wunsch weckt, der Autor hätte ruhig ausführlicher sein können" (833).

H. E. Bates, *The Modern Short Story* (Boston, 1949).

"The basis of almost every argument or conclusion I can make is the axiom that the short story can be anything the author decides it shall be; it can be anything from the death of a horse to a young girl's first love affair, from the static sketch without plot to the swiftly moving machine of bold action and climax, from the prose poem, painted rather than written, to the piece of straight reportage in which style, colour, and elaboration have no place, from the piece which catches like a cobweb the light subtle iridescence of emotions that can never be really captured or measured to the solid tale in which all emotion, all action, all reaction is measured, fixed, puttied, glazed, and finished, like a well-built house, with three coats of shining and enduring paint. In that infinite flexibility, indeed, lies the reason why the short story has never been adequately defined" (15 f.).

Norman Friedman, „What Makes a Short Story Short?", *Modern Fiction Studies,* IV (1958/9), 103—117.

" ... a story may be short because its action is intrinsically small; or because its action, being large, is reduced in length by means of the devices of selection, scale, and / or point of view. No one can tell in advance that, if a story is short, it is short because it has a certain number of words, or because it has more unity, or because it focuses upon culmination rather than development. All we can do, upon recognizing its shortness, is to ask how and why, keeping balanced simultaneously in our minds the alternative ways of answering these questions and their possible combinations. And then we may win increased understanding and hence appreciation of the specific artistic qualities of this curious and splendid but vastly underrated art" (117).

3. Aussagen über Wert und Unwert der Kürze und der Short Story

„In der Kürze liegt die Würze."

William Shakespeare, *Hamlet,* II, ii, 90—92.

> Therefore, since brevity is the soul of wit,
> And tediousness the limbs and outward flourishes,
> I will be brief.

Ernst Robert Curtius, „Kürze als Stilideal", *Europäische Literatur und lateinisches Mittelalter,* 4. Aufl. (Bern/München, 1963), 479— 485.

„Der Archipoeta sagt über Pavia ... :

> Digna foret laudibus et topographia,
> Nisi quod nunc utimur brevitatis via.

Was steht hinter dieser Kürzeformel? Das führt in die Anfänge der griechischen Rhetorik zurück. Schon Isokrates forderte für die *narratio* in der Gerichtsrede die

Kürze ... Sie wurde zu den *virtutes narrationis* ... gerechnet ... Kürze in der *narratio* empfahl die im Mittelalter so beliebte Herennius-Rhetorik ... Cicero ... und Quintilian ... hatten — im Zusammenhang mit den andern *virtutes narrationis* — von der *brevitas* gehandelt. Horazens *brevis esse laboro* (*Ars poetica* 25) prägte das Streben nach Kürze als einen Vorzug ein. An späterer Stelle (*Ars* 335) hieß es nochmals energisch:

> Quidquid praecipies, esto brevis.

Von der Satirendichtung hatte er gesagt (*Sat.* I 10, 9 ff.):

> Est brevitate opus, ut currat sententia neu se
> Impediat verbis lassas onerantibus auris" (479).

„Die ausgedehnte und zum Teil unangemessene Verwendung der *brevitas*-Formel im Mittelalter hat verschiedene Gründe. Der ursprüngliche Sinn der *brevitas*-Empfehlungen ging früh verloren, ebenso wie der ursprüngliche Begriff der *narratio.* Die Knappheit in der Darlegung eines vom Gericht zu beurteilenden Tatbestandes wurde sinnwidrig erweitert zu einer *virtus dicendi* überhaupt. Der Begriff der *narratio* andererseits war auf das Gesamtgebiet der Literatur übertragen worden, auch auf die Dichtung, damit auch auf das Epos. Wenn nun die Kürze ein ‚Vorzug' war und wenn anderseits Homer und Virgil als Musterautoren alle rhetorischen ‚Vorzüge' aufweisen mußten, so entstand die heikle Frage, ob die Darstellungsweise der beiden Klassiker nicht oft langatmig sei. Diese Frage muß die Stiltheoretiker schon im 1. Jahrhundert der Kaiserzeit beschäftigt haben. Man darf das aus folgenden Sätzen des jüngeren Plinius ... schließen: *primum ego officium scriptoris existimo, ut titulum suum legat atque identidem interroget se, quid coeperit scribere, sciatque, si materiae immoratur, non esse longum, longissimum si aliquid arcessit atque attrahit* (folgen Beispiele aus Homer, Virgil, Arat). Diese Lösung des Dilemmas hat zwar eine gewisse Eleganz, lief aber schließlich doch darauf hinaus, die Begriffe zu verwirren. Homer konnte den Schild Achills ausführlich schildern, ohne dabei der Länge zu verfallen, weil diese Schilderung zum Stoff seines Werkes gehörte. Die kürzeste Abschweifung aber war tadelnswerte Länge. Man konnte also ‚lang' und ‚kurz' zugleich sein. Mit dieser Verlegenheitsauskunft mußte der Versuch enden, die *brevitas* auf das Epos zu übertragen" (481).

Washington Irving an Henry Brevoort (11. 12. 1824), zit. P. M. Irving, *The Life and Letters of Washington Irving* (N. Y., 1862), II, ixf.

"It is comparatively easy to swell a story to any size when you have once the scheme and the characters in your mind; the mere interest of the story, too, carries the reader on through pages and pages of careless writing ... ; but in these shorter writings, every page must have its merit. The author must be continually piquant; woe to him if he makes an awkward sentence or writes a stupid page; the critics are sure to pounce upon it. Yet if he succeed, the very variety and piquancy of his writings — nay, their very brevity, make them frequently recurred to, and when the mere interest of the story is exhausted, he begins to get credit for his touches of pathos or humor; his points of wit or turns of language. I give these as some of the reasons that have induced me to keep on thus far in the way I had opened for myself."

Edgar Allan Poe, „The Philosophy of Composition", *Tales, Poems, Essays* (Lo. / Glasgow, 1952), 503—513.

"The initial consideration was that of extent. If any literary work is too long to be read at one sitting, we must be content to dispense with the immensely important effect derivable from unity of impression — for, if two sittings be required, the affairs of the world interfere, and everything like totality is at once destroyed. But since, *ceteris paribus,* no poet can afford to dispense with *anything* that may advance his design, it but remains to be seen whether there is, in extent, any advantage to counterbalance the loss of unity which attends it. Here I say no, at once. What we term a long poem is, in fact, merely a succession of brief ones — that is to say, of brief poetical effects. It is needless to demonstrate that a poem is such, only inasmuch as it intensely excites, by elevating, the soul; and all intense excitements are, through a psychal necessity, brief. For this reason, at least one half of the *Paradise Lost* is essentially prose — a succession of poetical excitements interspersed, *inevitably,* with corresponding depressions — the whole being deprived, through the extremeness of its length, of the vastly important artistic element, totality, or unity, of effect.

It appears evident, then, that there is a distinct limit, as regards length, to all works of literary art — the limit of a single sitting — and that, although in certain classes of prose composition, such as *Robinson Crusoe* (demanding no unity), this limit may be advantageously overpassed, it can never be properly be overpassed in a poem. Within this limit, the extent of a poem may be made to bear mathematical relation to its merit — in other words, to the excitement or elevation — again, in other words, to the degree of the true poetical effect which it is capable of inducing; for it is clear that the brevity must be in direct ratio to the intensity of the intended effect: — this, with one proviso — that a certain degree of duration is absolutely requisite for the production of any effect at all" (505).

Ders., „Nathaniel Hawthorne", ebda., 513—525.

"Were I called upon . . . to designate that class of composition which, next to such a poem as I have suggested, should best fulfil the demands of high genius — should offer it the most advantageous field of exertion — I should unhesitatingly speak of the prose tale as Mr. Hawthorne has here exemplified it. I allude to the short prose narrative, requiring from a half-hour to one or two hours in its perusal. The ordinary novel is objectionable, from its length, for reasons already stated in substance. As it cannot be read at one sitting, it deprives itself, of course, of the immense force derivable from *totality.*" "In the brief tale . . . the author is enabled to carry out the fulness of his intention, be it what it may. During the hour of perusal the soul of the reader is at the writer's control" (520).

James T. Farrell, „Preface" [10. 8. 1937], *The Short Stories of James T. Farrell* (Garden City, N. Y., 1945).

"To anyone concerned with the evaluation and appreciation of literature, it is not crucial whether a particular work be a novel, a condensed novel, a novelette, a story, a tale, a sketch, an anecdote, an incident, a dramatic dialogue or whatever other term be applied. What does matter is whether a specific piece of writing provides the reader with an *experience,* whether it increases his or her understanding, intensifies his or her consciousness, provides the reader with pleasure and refreshment. All of the definitions with which I am familiar are arbitrary. And when we refer them to our actual experience in reading, we readily perceive how arbitrary they are. For instance, some of the experts tell us that the short story creates a *single* or a *unified* impression. What is the meaning here of single? Of unified? When we look at a work of art, we learn that there are not just *single* impressions to be gathered from it."

„[An Interview with] Frank O'Connor" [zuerst *Paris Review* (1957)], zit. Eugene Current-Garcia, W. R. Patrick, Hrsg., *What is the Short Story? Case Studies in the Development of a Literary Form* (Chicago, 1961), 134 f.

" ... my own experience with the novel is that it was always too difficult for me to do. At least to do a novel like *Pride and Prejudice* requires something more than to be a failed B. A. or a failed poet or a failed short-story writer, or a failed anything else. Creating in the novel a sense of continuing life is the thing. We don't have that problem in the short story, where you merely suggest continuing life."

T. O. Beachcroft, *The English Short Story,* Writers and Their Works, 168 und 169 (Lo., 1964).

"Though it [the short story] can rise to memorable heights, it is related to commonplace habits of conversation. Conversely, though it belongs to prose and not to poetry, we must remember that Greek critics counted 'imitation', which is more or less what we call fiction, as a true part of poetry. The poetry, then, is in the short event itself. It is a form especially suited to certain simple yet deeply felt experiences, a unity of happenings that though small in scale may be important in their significance" (12).

Ray B. West, Jr., „The Modern Short Story and the Highest Forms of Art", *English Journal,* XLVI (Dez. 1957), 531—539.

"We should not go so far as to say that the short story today has succeeded where the 'psychological' novel has not ..., but the short story does have one advantage that the novels do not — its brevity, which allows it to concentrate upon its subject without wearying its readers. By focussing on a single event, it supplies no such wide vistas as the traditional novel, but by its inner penetration it opens vistas of the mind as dazzling as any panorama in a novel by Tolstoi" (535).

"Even if we admit that the story, like the drawings of the cave man, is a limited form, we can also point out that there are certain things that a short story can do better than a novel or a play. It can cast a brief but strong light upon experience, and it can oftentimes render that moment with a depth of perception impossible in any other genre except, perhaps, poetry; and in our day it often appears more relevant to the experience when written in prose than in the more decorative language of verse. The story is, in our time, the equivalent of the microscope in science. No one would claim that the microscope can do everything, but within its range, it can do much that no other instrument can" (539).

Franz H. Link, „'Tale', 'Sketch', 'Essay' und 'Short Story'", *Die Neueren Sprachen*, VI (1957), 345—352.

„Die Grenzstellung der Kurzgeschichte zwischen *tale* und *sketch* kennzeichnet sie als eine der einfachsten, aber auch gleichzeitig schwierigsten Formen der Erzählkunst, wenn sie versucht, mit einem Minimum an dichterischen Darstellungsmöglichkeiten ein Maximum dichterischer Wirkung zu erreichen" (352).

Richard P. Blackmur, Hrsg., *The Art of the Novel: Critical Prefaces By Henry James* (N. Y. / Lo., 1937).

"A marked example of the possible scope, at once, and the possible neatness of the *nouvelle*, it ["The Coxon Fund"] takes its place for me in a series of which the main merit and sign is the effort to do the complicated thing with a strong brevity and lucidity — to arrive, on behalf of the multiplicity, at a certain science of control. Infinitely attractive ... the question of how to exert this control in accepted conditions and how yet to sacrifice no real value; problem ever dearest to any economic soul desirous to keep renewing, and with a frugal splendour, its ideal of economy" (231).

"The merit of the thing ["Europe"] is in the feat, once more, of the transfusion; the receptacle (of form) being so exiguous, the brevity imposed so great. I undertook the brevity, so often undertaken (239) on a like scale before, and again arrived at it by the innumerable repeated chemical reductions and condensations that tend to make of the very short story, as I risk again noting, one of the costliest, even if, like the hard, shining sonnet, one of the most indestructible, forms of composition in general use. I accepted the rigour of its having, all sternly, in this case, to treat so many of its most appealing values as waste; and I now seek my comfort perforce in the mere exhibited result, the union of whatever fulness with whatever clearness" (240).

"Any real art of representation is, I make out, a controlled and guarded acceptance, in fact a perfect economic mastery, of that conflict: the general sense of the expansive, the explosive principle in one's material thoroughly noted, adroitly allowed to flush and colour and animate the disputed value, but with its other appetites and treacheries, its characteristic space-hunger and space-cunning, kept down. The fair flower of this artful compromise is to my sense the secret of 'foreshortening' ... " (278).

J. Middleton Murry, Hrsg., *Journal of Katherine Mansfield* (Lo., 1927).

"January 17 [1922]. Tchehov made a mistake in thinking that if he had had more time he would have written more fully, described the rain, and the midwife and the doctor having tea. The truth is one can get only *so much* into a story; there is always a sacrifice. One has to leave out what one knows and longs to use. Why? I haven't any idea, but there it is. It's always a kind of race to get in as much as one can before it *disappears*.

But time is not really in it. Yet wait. I do not understand even now. I am pursued by time myself. The only occasion when I ever felt at leisure was while writing *The Daughters of the Late Colonel*. And at the end I was so terribly unhappy that I wrote as fast as possible for fear of dying before the story was sent" (218).

Cleanth Brooks, J. T. Purser, R. P. Warren, *An Approach to Literature*, 3. Aufl. (N. Y., 1952).

"... [the short story] has all the qualities which fiction as fiction has, ... the special qualities which it, as opposed to the novel or novelette, possesses or lacks are to be understood as contingent upon the fact of the brevity of the form" (30).

EINE KLEINE QUELLENSAMMLUNG AMERIKANISCHER THEORIEN DER KURZGESCHICHTE

Alfred Weber

Die folgende, chronologisch angeordnete Textauswahl bietet eine Reihe theoretischer und allgemein historischer Äußerungen zur „Short Story", die sich bei acht amerikanischen Kurzgeschichten-Autoren finden ließen. Sie beschränkt sich, bis auf eine Ausnahme, auf die erste Hälfte des 20. Jahrhunderts und auf aufschlußreiche und repräsentative Texte von Frank Norris, William Dean Howells, Henry James, Sherwood Anderson, Edith Wharton, James T. Farrell, Katherine Anne Porter und William Carlos Williams.

Es sind Quellen, die in der von Eugene Current-García und Walton R. Patrick herausgegebenen Sammlung *What is the short story?* (Chicago etc., 1961), pp. 1—147, nicht abgedruckt und auch zum großen Teil nicht erwähnt sind. Sie bieten eine Ergänzung dieser ersten und bisher einzigen Dokumentation zur anglo-amerikanischen Theoriegeschichte der Short Story, auf die hier verwiesen werden soll. Sie dokumentieren im übrigen, daß eine einigermaßen umfassende Quellensammlung dieser Art, als Grundlage für weitere literaturtheoretische und -historische Forschungen, noch aussteht. Sie wurde, in Zusammenarbeit mit Walter F. Greiner, inzwischen in Angriff genommen, ihre Fertigstellung wird aber noch einige Zeit benötigen.

In der folgenden Textauswahl blieben alle englischen Autoren und alle Kritiker und Theoretiker, die nicht selbst als Kurzgeschichtenautoren hervortraten, unberücksichtigt. Wegen des begrenzten Raumes werden hier nur Textauszüge und gekürzte Essays geboten, sämtliche Auslassungen sind jedoch durch Pünktchen kenntlich gemacht.

1. Frank Norris

„The Modern Short Story", *Wave*, XV (26. 12. 1896), 3. Abgedruckt in: Donald Pizer, Hrsg., *The Literary Criticism of Frank Norris* (Austin, Texas, 1964), 48—50.

Originally the short story was but a miniature novel, having all the features of a novel — introduction, plot, complication, development of character and the like — every characteristic in fact but that of length. Balzac introduced this type — the type of the long short story, and it still survives in the present day in the form of the serial of two numbers that appears from time to time in *Harper's* or *Century*, or more especially in the "Novelette" of *Lippincott's*. Among the best examples of this type are Stevenson's "Dr. Jekyll and Mr. Hyde," Amélie Rives' "Quick or the

Dead," and Mr. Hope's "Indiscretion of the Duchess." These stories may be read at a single sitting. They are hardly more than condensed novels. The introduction is entirely dispensed with, the action is generally simple, the movement rapid, the range very limited. But the writer, however, still retains the succession of incidents and episodes of the larger forms of fiction, and by means of these evolves a considerable amount of complication. But ever since the introduction of the short story as a form of fiction the tendency has been towards brevity. The short story has been getting shorter and shorter, not so much, I am confident, because of limited time on the part of the reading public as because of limited space on the part of the magazines. ...

It has become shorter and shorter from year to year, until from being a shorter form of novel of incidents and episodes, it has been reduced in some cases to the relation of a single incident by itself, concise, pungent, direct as a blow. There have been successful stories written upon an incident so brief that the whole matter can be summed up in a single sentence. ...

It is true, however, that a really good short story is one of the rarest things an editor meets with. But the difficulty lies not so much in the actual writing, in the condensing and suggesting, etc., as it does in the invention or selection — call it what you like — of the original idea, the motive. Consider the nature of the thing required. The author must devise or discover a single scene, a bit, an episode so full of meaning, so dramatic, so tremendously significant that it suggests to the mind of the reader an entire volume of explanatory matter. The reader must not only read between the lines, but between the very words. And all this must be accomplished within the compass of, at the very most, thirty-five hundred words. I say at the very most. Some of Mr. Kipling's strongest effects have been attained by means of two thousand.

The writing of the short story, whether it be the "long" short story or the "short" short story, has developed in many authors a certain amount of trick work that it is very amusing to note. ... One of the most fetching "tricks" of the short story writer is his handling of the very last paragraph or sentence of his story. By its very position the last sentence of a tale gathers the enormous emphasis it may possess. ... This is trickery of course, but it is very clever trickery, since it discloses the whole purport of the story in a single instant, and the reader receives the accumulated effect of the preceding pages with the suddenness and force of a mild electric shock. ...

What is to be the future of the short story it would be difficult to say. It cannot continue indefinitely to shorten in length. There must inevitably come a time when it will reach its limit, a limit of brevity which if overpassed would bring it into the province of the anecdote.

2. William Dean Howells

„Some Anomalies of the Short Story", *North American Rev.*, CLXXIII (Sept. 1901), 422—432, nachgedruckt in: *Literature and Life: Studies* (N. Y./ Lo., 1902, 1911), 113—122.

I am obliged to ask myself whether our literary development can be recognized seperately from that of the whole English-speaking world. I think it can, though, as I am always saying American literature is merely a condition of English literature. In some sense every European literature is a condition of some other European literature, yet the impulse in each eventuates, if it does not originate indigenously. A younger literature will choose, by a sort of natural selection, some things for assimilation from an elder literature, for no more apparent reason than it will reject other things, and it will transform them in the process so that it will give them the effect of indigeneity. The short story among the Italians, who called it the novella, and supplied us with the name devoted solely among us to fiction of epical magnitude, refined indefinitely upon the Greek romance, if it derived from that; it retrenched itself in scope, and enlarged itself in the variety of its types. But still these remained types, and they remained types with the French imitators of the Italian novella. It was not till the Spaniards borrowed the form of the novella and transplanted it to their racier soil that it began to bear character, and to fruit in the richness of their picaresque fiction. When the English borrowed it they adapted it, in the metrical tales of Chaucer, to the genius of their nation, which was then both poetical and humorous. Here it was full of character, too, and more and more personality began to enlarge the bounds of the conventional types and to imbue fresh ones. But in so far as the novella was studied in the Italian sources, the French, Spanish, and English literatures were conditions of Italian literature as distinctly, though, of course, not so thoroughly, as American literature is a condition of English literature. Each borrower gave a national cast to the thing borrowed, and that is what has happened with us, in the full measure that our nationality has differenced itself from the English.

Whatever truth there is in all this, and I will confess that a good deal of it seems to me hardy conjecture, rather favors my position that we are in some such period of our literary development as those other peoples when the short story flourished among them. Or, if I restrict our claim, I may safely claim that they abundantly had the novella when they had not the novel at all, and we now abundantly have the novella, while we have the novel only subordinately and of at least no such quantitative importance as the English, French, Spanish, Norwegians, Russians, and some others of our esteemed contemporaries, not to name the Italians. . . .

The abeyance, not to say the desuetude, that the novella fell into for several centuries is very curious, and fully as remarkable as the modern rise of the short story. It began to prevail in the dramatic form, for a play is a short story put on the stage; it may have satisfied in that form the early love of it, and it has continued to please in that form; but in its original shape it quite vanished, unless we consider the little studies and sketches and allegories of the *Spectator* and *Tatler* and *Idler* and *Rambler* and their imitations on the Continent as guises of the novella. The germ of the modern short story may have survived in these, or in the metrical form of the novella which appeared in Chaucer and never wholly disappeared. With Crabbe the novella became as distinctly the short story as it has become in the hands of Miss Wilkins. But it was not till our time that its great merit as a form was felt, for until our time so great work was never done with it. I remind myself of Boccaccio, and of the *Arabian Nights,* without the wish to hedge from my bold stand. They are all elemental; compared with some finer modern work which deepens inward immeasurably, they are all of their superficial limits. They amuse, but they do not hold, the mind and stamp it with large and profound impressions.

An Occidental cannot judge the literary quality of the Eastern tales; but I will own my suspicion that the perfection of the Italian work is philological rather than artistic, while the web woven by Mr. James or Miss Jewett, by Kielland or Björnson, by Maupassant, by Palacio Valdés, by Giovanni Verga, by Tourguénief, in one of those little frames seems to me of an exquisite color and texture and of an entire literary preciousness, not only as regards the diction, but as regards those more intangible graces of form, those virtues of truth and reality, and those lasting significances which distinguish the masterpiece.

The novella has in fact been carried so far in the short story that it might be asked whether it had not left the novel behind, as to perfection of form; though one might not like to affirm this. Yet there have been but few modern fictions of the novel's dimensions which have the beauty of form many a novella embodies. Is this because it is easier to give form in the small than in the large, or only because it is easier to hide formlessness? It is easier to give form in the novella than in the novel, because the design of less scope can be more definite, and because the persons and facts are fewer, and each can be more carefully treated. But, on the other hand, the slightest error in execution shows more in the small than in the large, and a fault of conception is more evident. The novella must be clearly imagined, above all things, for there is no room in it for those felicities of characterization or comment by which the artist of faltering design saves himself in the novel.

The question as to where the short story distinguishes itself from the anecdote is of the same nature at that which concerns the bound set between it and the novel. In both cases the difference of the novella is in the motive, or the origination. The anecdote is too palpably simple and single to be regarded as a novella, though there is now and then a novella like *The Father,* by Björnson, which is of the actual brevity of the anecdote, but which, when released in the reader's consciousness, expands to dramatic dimensions impossible to the anecdote. ... The anecdote offers an illustration of character, or records a moment of action; the novella embodies a drama and develops a type.

It is not quite so clear as to when and where a piece of fiction ceases to be a novella and becomes a novel. The frontiers are so vague that one is obliged to recognize a middle species, or rather a middle magnitude, which paradoxically, but necessarily enough, we call the novelette. First we have the short story, or novella, then we have the long story, or novel, and between these we have the novelette, which is in name a smaller [piece] than the short story, though it is in point of fact two or three times longer than a short story.... [In] the novelette are possibilities for fiction as yet scarcely divined.

The novelette can have almost as perfect [a] form as the novella. In fact, the novel has form in the measure that it approaches the novelette; and some of the most symmetrical modern novels are scarcely more than novelettes, like Tourguénief's *Dmitri Rudine,* or his *Smoke,* or *Spring Floods. The Vicar of Wakefield,* the father of the modern novel, is scarcely more than a novelette ...

I should like to say as my last word for it here that I believe there are many novels which, if stripped of their padding, would turn out to have been all along merely novelettes in disguise.

It does not follow, however, that there are many novelles which, if they were duly padded, would be found novelettes. In that dim, subjective region where the aesthetic origins present themselves almost with the authority of inspirations there is nothing clearer than the difference between the short-story motive and the long-story motive. One, if one is in that line of work, feels instinctively just the size and carrying power of the given motive. Or, if the reader prefers a different figure, the mind which the seed has been dropped into from Somewhere is mystically aware whether the seed is going to grow up a bush or is going to grow up a tree, if left to itself. Of course, the mind to which the seed is intrusted may play it false, and wilfully dwarf the growth, or force it to unnatural dimensions; but the critical observer will easily detect the fact of such treasons. Almost in the first germinal impulse the inventive mind forefeels the ultimate difference and recognizes the essential simplicity or complexity of the motive. There will be a prophetic subdivision into a variety of motives and a multiplication of characters and incidents and situations; or the original motive will be divined indivisible, and there will be a small group of people immediately interested and controlled by a single, or predominant, fact. . . .

The right novel is never a congeries of novelle, as might appear to the uninspired. If it indulges even in episodes, it loses in reality and vitality. It is one stock from which its various branches put out, and form it a living growth identical throughout. The right novella is never a novel cropped back from the size of a tree to a bush, or the branch of a tree stuck into the ground and made to serve for a bush. It is another species, destined by the agencies at work in the realm of unconsciousness to be brought into being of its own kind, and not of another.

This was always its case, but in the process of time the short story, while keeping the natural limits of the primal novella (if ever there was one), has shown almost limitless possibilities within them. It has shown itself capable of imparting the effect of every sort of intention, whether of humor or pathos, of tragedy or comedy or broad farce or delicate irony, of character or action. The thing that first made itself known as a little tale, usually salacious, dealing with conventionalized types and conventionalized incidents, has proved itself possibly the most flexible of all the literary forms in its adaptation to the needs of the mind that wishes to utter itself, inventively or constructively, upon some fresh occasion, or wishes briefly to criticise or represent some phase or fact of life. . . .

We become of a perfect intimacy and a devoted friendship with the men and women in the short stories, but not apparently of a lasting acquaintance. It is a single meeting we have with them, and though we instantly love or hate them dearly, recurrence and repetition seem necessary to that familiar knowledge in which we hold the personages in a novel.

It is here that the novella, so much more perfect in form, shows its irremediable inferiority to the novel, and somehow to the play, to the very farce, which it may quantitatively excel. We can all recall by name many characters out of comedies and farces; but how many characters out of short stories can we recall? Most persons of the drama give themselves away by name for types, mere figments of allegory, . . . but perhaps, also, the dramatic form has greater facilities for repetition, and so can stamp its persons more indelibly on the imagination than the narrative form in the same small space. The narrative must give to description what the drama trusts to representation; but this cannot account for the superior permanency of the dramatic types in so great measure as we might at first imagine, for they remain as much in mind from reading as from seeing the plays. It is possible that as the novella becomes more conscious, its persons will become more memorable . . .

The defect of the novella which we have been acknowledging seems an essential limitation; but perhaps it is not insuperable; and we may yet have short stories which shall supply the delighted imagination with creations of as much immortality as we can reasonably demand. The structural change would not be greater than the moral or material change which has been wrought in it since it began as a yarn, gross and palpable, which the narrator spun out of the coarsest and often the filthiest stuff, to snare the thick fancy or amuse the lewd leisure of listeners willing as children to have the same persons and the same things over and over again. Now it has not only varied the persons and things, but it has refined and verified them in the direction of the natural and the supernatural, until it is above all other literary forms the vehicle of reality and spirituality....

It serves equally the ideal and the real; that which it is loath to serve is the unreal, so that among the short stories which have recently made reputations for their authors very few are of that peculiar cast which we have no name for but romanticistic.

3. Henry James

a) „Preface to 'The Aspern Papers'", New York Edition of *The Novels and Tales of Henry James*, 1907—1917, abgedruckt in: R. P. Blackmur, Hrsg., *The Art of the Novel: Critical Prefaces By Henry James* (N. Y. / Lo., 1934), 178.

Great for me from far back had been the interest of the whole "question of the short story," roundabout which our age has, for lamentable reasons, heard so vain a babble; but I foresee occasions yet to come when it will abundantly waylay me.

b) „Preface to 'The Reverberator'", in: Blackmur, a. a. O., 181.

The anecdote consists, ever, of something that has oddly happened to some one, and the first of its duties is to point directly to the person whom it so distinguishes. He may be you or I or any one else, but a condition of our interest — perhaps the principal one — is that the anecdote shall know him, and shall accordingly speak of him, as its subject.

c) „Preface to 'The Lesson of the Master'", in: Blackmur, a. a. O., 219—220, 231.

I was invited, and all urgently, to contribute to the first number [of "The Yellow Book"], and was regaled with the golden truth that my composition might absolutely assume, might shamelessly parade in, its own organic form. ...

For any idea I might wish to express I might have space, in other words, elegantly to express it — an offered licence that, on the spot, opened up the millennium to the "short story". One had so often known this product to struggle, in one's hands, under the rude prescription of brevity at any cost, with the opposition so offered to its really becoming a story, that my friend's emphasised indifference to the arbitrary limit of length struck me, I remember, as the fruit of the finest artistic intelligence. We had been at one — that we already knew — on the truth that the forms of wrought things, in this order, *were*, all exquisitely and effectively, the things. ... Among forms, moreover, we had had, on the dimensional ground — for length and breadth — our ideal, the beautiful and blest *nouvelle;* the generous, the enlightened hour for which appeared thus at last to shine. It was under the star of the *nouvelle* that, in other languages, a hundred interesting and charming results, such studies on the minor scale as the best of Turgenieff's, of Balzac's, of Maupassant's, of Bourget's, and just lately, in our own tongue, of Kipling's, had been, all economically, arrived at — thanks to their authors', as "contributors," having been able to count, right and left, on a wise and liberal support. It had taken the blank misery of our Anglo-Saxon sense of such matters to organise, as might be said, the general indifference to this fine type of composition. In that dull view a "short story" was a "short story", and that was the end of it. Shades and differences, varieties and styles, the value above all of the idea happily *developed,* languished, to extinction, under the hard-and-fast rule of the "from six to eight thousand words" — when, for one's benefit, the rigour was a little relaxed. For myself, I delighted in the shapely *nouvelle* — as, for that matter, I had from time to time and here and there been almost encouraged to show. . . .

A marked example of the possible scope, at once, and the possible neatness of the *nouvelle,* it [i. e. "The Coxon Fund"] takes its place for me in a series of which the main merit and sign is the effort to do the complicated thing with a strong brevity and lucidity — to arrive, on behalf of the multiplicity, at a certain science of control. Infinitely attractive — though I risk here again doubtless an effect of reiteration — the question of how to exert this control in accepted conditions and how yet to sacrifice no real value; problem ever dearest to any economic soul desirous to keep renewing, and with a frugal splendour, its ideal of economy.

d) „Preface to 'The Author of Beltraffio'", in: Blackmur, a. a. O., 232—235, 239 f.

What I had lately and most particularly to say of "The Coxon Fund" is no less true of "The Middle Years," first published in *Scribner's Magazine* (1893) — that recollection mainly and most promptly associates with it the number of times I had to do it over to make sure of it. To get it right was to squeeze my subject into the five or six thousand words I had been invited to make it consist of — it consists, in fact, should the curious care to know, of some 5550 — and I scarce perhaps recall another case, with the exception I shall presently name, in which my struggle to keep compression rich, if not better still, to keep accretions compressed, betrayed for me such community with the anxious effort of some warden of the insane engaged at a critical moment in making fast a victim's straitjacket. The form of "The Middle Years" is not that of the *nouvelle,* but that of the concise anecdote; whereas the subject treated would perhaps seem one comparatively demanding "developments" — if indeed, amid these mysteries, distinctions were so absolute. (There is of course neither close nor fixed measure of the reach of a development, which in some connexions seems almost superfluous and then in others to represent the whole sense of the matter; and we should doubtless speak more thoroughly by book had we some secret for exactly tracing deflexions and returns.) However this may be, it was as an anecdote, an anecdote only, that I was determined my little situation here should figure; to which end my effort was of course to follow it as much as possible from its outer edge in, rather than from its centre outward. That fond formula, I had alas already discovered, may set as many traps in the garden as its opposite may set in the wood; so that after boilings and reboilings of the contents of my small cauldron, after added pounds of salutary sugar, as numerous as those prescribed in the choicest recipe for the thickest jam, I well remember finding the whole process and act (which, to the exclusion of everything else, dragged itself out for a month) one of the most expensive of its sort in which I had ever engaged.

But I recall, by good luck, no less vividly how much finer a sweetness than any mere spooned-out saccharine dwelt in the fascination of the questions involved.

Treating a theme that "gave" much in a form that, at the best, would give little, might indeed represent a peck of troubles; yet who, none the less, beforehand, was to pronounce with authority such and such an idea anecdotic and such and such another developmental? ... One had only to be reminded that for the effect of quick roundness the small smooth situation, though as intense as one will, is prudently indicated, and that for a fine complicated entangled air nothing will serve that doesn't naturally swell and bristle — one had only, I say, to be so warned off or warned on, to see forthwith no beauty for the simple thing that shouldn't, and even to perversity, enrich it, and none for the other, the comparatively intricate, that shouldn't press it out as a mosaic. After which fashion the careful craftsman would have prepared himself the special inviting treat of scarce being able to say, at his highest infatuation, before any series, which might be the light thing weighted and which the dense thing clarified....

["Greville Fane"] is exactly an illustrative case: the subject, in this little composition, is "developmental" enough, while the form has to make the anecdotic concession; and yet who shall say that for the right effect of a small harmony the fusion has failed? We desire doubtless a more detailed notation of the behaviour of the son and daughter, and yet had I believed the right effect missed "Greville Fane" wouldn't have figured here.

Nothing, by the same stroke, could well have been condemned to struggle more for that harmony than "The Abasement of the Northmores" and "The Tree of Knowledge": the idea in these examples (1900) being developmental with a vengeance and the need of an apparent ease and a generel congruity having to enforce none the less — as on behalf of some victim of the income-tax who would minimise his "return" — an almost heroic dissimulation of capital. These things, especially the former, are novels intensely compressed, and with that character in them yet keeping at bay, under stress of their failing else to be good short stories, any air of mutilation. They had had to be good short stories in order to earn, however precariously, their possible wage and "appear" — so certain was it that there would be no appearance, and consequently no wage, for them as frank and brave *nouvelles*. They could but conceal the fact that they *were* "nouvelles"; they could but masquerade as little anecdotes. I include them here by reason of the successful, that achieved and consummate — as it strikes me — duplicity: which, however, I may add, was in the event to avail them little — since they were to find nowhere, the unfortunates, hospitality and the reward of their effort. It is to "The Tree of Knowledge" I referred just above, I may further mention, as the production that had cost me, for keeping it "down," even a greater number of full revolutions of the merciless screw than "The Middle Years." ...

The merit of ["Europe", i. e. another short story] is in the feat, once more, of the transfusion; the receptacle (of form) being so exiguous, the brevity imposed so great. I undertook the brevity, so often undertaken on a like scale before, and again arrived at it by the innumerable repeated chemical reductions and condensations that tend to make of the very short story, as I risk again noting, one of the costliest, even if, like the hard, shining sonnet, one of the most indestructible, forms of composition in general use. I accepted the rigour of its having, all sternly, in this case, to treat so many of its most appealing values as waste; and I now seek my comfort perforce in the mere exhibited result, the union of whatever fulness with whatever clearness.

e) „Preface to 'Daisy Miller'", in: Blackmur, a. a. O., 268, 277 f.

["Daisy Miller" is] essentially and pre-eminently a *nouvelle*; a signal example in fact of that type, foredoomed at the best, in more cases than not, to editorial disfavour. ...

There was always the difficulty — I have in the course of these so numerous preliminary observations repeatedly referred to it, but the point is so interesting that it can scarce be made too often — that the simplest truth about a human entity, a situation, a relation, an aspect of life, however small, on behalf of which the claim to charmed attention is made, strains ever, under one's hand, more intensely, *most* intensely, to justify that claim; strains ever, as it were, toward the uttermost end or aim of one's meaning or of its own numerous connexions; struggles at each step, and in defiance of one's raised admonitory finger, fully and completely to express itself. Any real art of representation is, I make out, a controlled and guarded acceptance, in fact a perfect economic mastery, of that conflict: the general sense of the expansive, the explosive principle in one's material thoroughly noted, adroitly allowed to flush and colour and animate the disputed value, but with its other appetites and treacheries, its characteristic space-hunger and space-cunning, kept down. The fair flower of this artful compromise is to my sense the secret of "foreshortening" ...

f) „Preface to 'The Golden Bowl'", in: Blackmur, a. a. O., 327 f.

I have already betrayed, as an accepted habit, and even to extravagance commented on, my preference for dealing with my subject-matter, for "seeing my story," through the opportunity and the sensibility of some more or less detached, some not strictly involved, though thoroughly interested and intelligent, witness or reporter, some person who contributes to the case mainly a certain amount of criticism and interpretation of it. Again and again, on review, the shorter things in especial that I have gathered into this Series have ranged themselves not as my own impersonal account of the affair in hand, but as my account of somebody's impression of it — the terms of this person's access to it and estimate of it contributing thus by some fine little law to intensification of interest. The somebody is often, among my shorter tales I recognise, but an unnamed, unintroduced and (save by right of intrinsic wit) unwarranted participant, the impersonal author's concrete deputy or delegate, a convenient substitute or apologist for the creative power otherwise so veiled and disembodied. My instinct appears repeatedly to have been that to arrive at the facts retailed and the figures introduced by the given help of some other conscious and confessed agent is essentially to find the whole business — that is, as I say, its effective interest — enriched *by the way*. I have in other words constantly inclined to the idea of the particular attaching case *plus* some near individual view of it; that nearness quite having thus to become an imagined observer's, a projected, charmed painter's or poet's — however avowed the "minor" quality in the latter — close and sensitive contact with it.

4. Sherwood Anderson

a) *The Modern Writer* (San Francisco, 1925), 22—24, 39 f.

Life, you see, is a complex delicate thing. Anything may happen in life. We all know that. People hardly ever do as we think they should. There are no plot stories in life. All the clever tricks by which effects are to be got on the printed page are in reality a selling out of ourselves. ... If it is your desire to be that kind of a writer, to grow rich and be successful by writing and if you have a natural talent that can be made to serve your purpose, stay just as far away as possible from any real thinking or feeling about actual men and women. Stay in the pasteboard world. Believe in your heroic cowboys and lumberjacks. Go to the movies all you can. Read the magazines. Go to the short story schools and learn the bag of tricks. Spend your time thinking up plots for stories and never by any chance let the plots grow naturally out of the lives and the hopes, joys and the sufferings of the people you are writing about. That is the road to success ...

Consider for a moment the materials of the prose writer, the teller of tales. His materials are human lives. To him these figures of his fancy, these people who live in his fancy should be as real as living people. He should be no more ready to sell them out than he would sell out his men friends or the woman he loves. To take the lives of these people and bend or twist them to suit the needs of some cleverly thought out plot to give your readers a false emotion is as mean and ignoble as to sell out living men or women. For the writer there is no escape, as there is no real escape for any craftsman. If you handle your materials in a cheap way you become cheap. The need of making a living may serve as an excuse but it will not save you as a craftsman. Nothing really will save you if you go cheap with tools and materials. Do cheap work and you are yourself cheap. That is the truth.

b) „The Story Teller", erschienen als Vorwort zu *A Triumph of the Egg: A Book of Impressions from American Life in Tales and Poems* (N. Y., 1921), o. S. Dieses Gedicht wurde später noch in drei weiteren Publikationen Andersons abgedruckt.

THE STORY TELLER

Tales are people who sit on the doorstep of the house of my mind.
It is cold outside and they sit waiting.
I look out at a window.

The tales have cold hands,
Their hands are freezing.

A short thickly-built tale arises and threshes his arms about.
His nose is red and he has two gold teeth.

There is an old female tale sitting hunched up in a cloak.

Many tales come to sit for a few moments on the doorstep and then go away.
It is too cold for them outside.
The street before the door of the house of my mind is filled with tales.
They murmur and cry out, they are dying of cold and hunger.

I am a helpless man — my hands tremble.
I should be sitting on a bench like a tailor.
I should be weaving warm cloth out of the threads of thought.
The tales should be clothed.
They are freezing on the doorstep of the house of my mind.

I am a helpless man — my hands tremble.
I feel in the darkness but cannot find the doorknob.

I look out at a window.
Many tales are dying in the street before the house of my mind.

5. Edith Wharton

„Telling a Short Story", *The Writing of Fiction* (N. Y./Lo., 1925), 33—58.

Like the modern novel, the modern short story seems to have originated — or at least received its present stamp — in France. English writers, in this line, were slower in attaining the point to which the French and Russians first carried the art. . . .

Though the critic no longer feels that need of classifying and sub-classifying the *genres* which so preoccupied the contemporaries of Wordsworth, there are, in all the arts, certain local products that seem to necessitate a parenthesis. . . .

One of the chief obligations, in a short story, is to give the reader an immediate sense of security. Every phrase should be a sign-post, and never (unless intentionally) a misleading one: the reader must feel that he can trust to their guidance. His confidence once gained, he may be lured on to the most incredible adventures — as the Arabian Nights are there to show. . . . The moment the reader loses faith in the author's sureness of foot the chasm of improbability gapes. . . .

It is sometimes said that a "good subject" for a short story should always be capable of being expanded into a novel. The principle may be defendable in special cases; but it is certainly a misleading one on which to build any general theory. Every "subject" (in the novelist's sense of the term) must necessarily contain within itself its own dimensions; and one of the fiction-writer's essential gifts is that of discerning whether the subject which presents itself to him, asking for incarnation, is suited to the proportions of a short story or of a novel. If it appears to be adapted to both the chances are that it is inadequate to either.

It would be as great a mistake, however, to try to base a hard-and-fast theory on the denial of the rule as on its assertion. Instances of short stories made out of subjects that could have been expanded into a novel, and that are yet typical short stories and not mere stunted novels, will occur to every one. General rules in art are useful chiefly as a lamp in a mine, or a hand-rail down a black stairway; they are necessary for the sake of the guidance they give, but it is a mistake, once they are formulated, to be too much in awe of them.

There are at least two reasons why a subject should find expression in novel-form rather than as a tale; but neither is based on the number of what may be conveniently called incidents, or external happenings, which the narrative contains. There are novels of action which might be condensed into short stories without the loss of their distinguishing qualities. The marks of the subject requiring a longer development are, first, the gradual unfolding of the inner life of its characters, and secondly the need of producing in the reader's mind the sense of the lapse of time. Outward events of the most varied and exciting nature may without loss of probability be crowded into a few hours, but moral dramas usually have their roots deep in the soul, their rise far back in time; and the suddenest-seeming clash in which they culminate should be led up to step by step if it is to explain and justify itself. There are cases, indeed, when the short story may make use of the moral drama at its culmination. If the incident dealt with be one which a single retrospective flash sufficiently lights up, it is qualified for use as a short story; but if the subject be so complex, and its successive phases so interesting, as to justify elaboration, the lapse of time must necessarily be suggested, and the novel-form becomes appropriate.

The effect of compactness and instantaneity sought in the short story is attained mainly by the observance of two "unities" — the old traditional one of time, and that other, more modern and complex, which requires that any rapidly enacted episode shall be seen through only one pair of eyes. It is fairly obvious that nothing is more retarding than the marking of a time-interval long enough to suggest modification in the personages of the tale or in their circumstances. The use of such an interval inevitably turns the short story into a long tale unduly compressed, the bald scenario of a novel. . . . [A] third, and intermediate, form of tale — the *long* short-story — is available for any subject too spreading for conciseness yet too slight in texture to be stretched into a novel. . . .

It remains to try to see what constitutes (in any permanent sense) the underlying norm of the "good short story." A curious distinction between the successful tale and the successful novel at once presents itself. It is safe to say (since the surest way of measuring achievement in art is by survival) that the test of the novel is that its people should be *alive*. No subject in itself, however fruitful, appears to be able to keep a novel alive; only the characters in it can. Of the short story the same cannot be said. Some of the greatest short stories owe their vitality entirely to the dramatic rendering of a situation. Undoubtedly the characters engaged must be a little more than puppets; but apparently, also, they may be a little less than individual human beings. In this respect the short story, rather than the novel, might be called the direct descendant of the old epic or ballad — of those earlier forms of fiction in all of which action was the chief affair, and the characters, if they did not remain mere puppets, seldom or never became more than types — such as the people, for instance, in Molière. The reason of the difference is obvious. Type, general character, may be set forth in a few strokes, but the progression, the unfolding of personality, of which the reader instinctively feels the need if the actors in the tale are to retain their individuality for him through a succession of changing circumstances — this slow but continuous growth requires space, and therefore belongs by definition to a larger, a symphonic plan.

The chief technical difference between the short story and the novel may therefore be summed up by saying that situation is the main concern of the short story, character of the novel; and it follows that the effect produced by the short story depends almost entirely on its form, or presentation. Even more — yes, and much more — than in the construction of the novel, the impression of vividness, of *presentness,* in the affair narrated, has to be sought, and made sure of beforehand, by that careful artifice which is the real carelessness of art. The short-story writer must not only know from what angle to present his anecdote if it is to give out all its fires, but must understand just *why* that particular angle and no other is the right one. . . .

[The] short-story writer's first concern, once he has mastered his subject, is to study what musicians call the "attack." The rule that the first page of a novel ought to contain the germ of the whole is even more applicable to the short story, because in the latter case the trajectory is so short that flash and sound nearly coincide. . . .

The arrest of attention by a vivid opening should be something more than a trick. It should mean that the narrator has so brooded on this subject that it has become his indeed, so made over and synthesized within him that, as a great draughtsman gives the essentials of a face or landscape in a half-a-dozen strokes, the narrator can "situate" his tale in an opening passage which shall be a clue to all the detail eliminated.

The clue given, the writer has only to follow. But his grasp must be firm; he must never for an instant forget what he wants to tell, or why it seemed worth telling. And this intensity of hold on his subject presupposes, before the telling of even a short story, a good deal of thinking over. Just because the limits of the form selected prevent his producing the semblance of reality by elaborating his characters, is the short-story writer the more bound to make real the adventure in itself....

The precious instinct of selection is distilled by that long patience which, if it be not genius, must be one of genius's chief reliances in communicating itself. On this point repetition and insistence are excusable: the shorter the story, the more stripped of detail and "cleared for action," the more it depends for its effect not only on the choice of what is kept when the superfluous has been jettisoned, but on the order in which these essentials are set forth....

It has been often, and inaccurately, said that the mind of a creative artist is a mirror, and the work of art the reflection of life in it. The mirror, indeed, is the artist's mind, with all his experiences reflected in it; but the work of art, from the smallest to the greatest, should be something projected, not reflected, something on which his mirrored experiences, at the right conjunction of the stars, are to be turned for its full illumination.

6. James T. Farrell

„Preface", *The Short Stories of James T. Farrell* (Garden City, N. Y., 1945), XIII—XXV (Das Vorwort trägt das Datum des 10. 8. 1937).

In our time, perhaps, more nonsense has been written about the short story than about any other literary form. Commentators long ago popularized the conceit that the short story is the typical American literary form. There was a time when short stories of a certain plot pattern were in great demand and, for that matter, we are not yet out of that period. The short story has been conceived by persons with "literary" aspirations as a means of making a good living...

The short story, then — that so-called typical American literary form — became a business. And just as there are schools to teach accounting, stenography, salesmanship, hotel-keeping, and the like, so are there institutions teaching short-story writing. ... A whole series of guides to short-story writing, handbooks on the short story, treatises on narrative technique with special emphasis on the short story, household hints in the production and marketing of the short story, tips, suggestions, charts, outlines, diagrams, maps, and prospectuses have flooded the market....

In many instances, these books were written in order to keep flourishing the notion that the art and / or the technique of short-story writing could be learned, and that once it was mastered, it could be the means of a profitable and relatively easy livelihood. N. Bryllion Fagin's book, *Short Story-Writing, An Art or a Trade?* (a sincere and clever protest against such tactics), points out clearly that the ease of mastering the short-story technique (so-called) was stressed because of such reasons....

Upon examination, most of the short-story handbooks reveal that they are largely expansions and extensions of what the late Brander Matthews wrote some years ago in his *The Philosophy of the Short-story*. And it must be added that he wrote next to nothing of real literary worth, insight, or suggestiveness....

To repeat, most of the latter-day books on short-story writing are largely derivative from Matthews. They follow his definitions and demarcations of the story in terms of form. But that is only a prelude, a breaking of ground for the real stuff — the charts, the formulae, the outlines, the plot diagrams, the analyses of methods of obtaining effects, the breaking up of narrative technique into its assumedly component parts, the presentation of an entire cabalistic ritual of writing. For example, there is one Stewart Beach, former Lecturer on Short-Story Writing at New York University. In his book, *Short-Story Technique*, he outlines a method that is particularly important for the neophyte It is "the X-ray method." It "demands unity of focus" and "it is an ingeniously simple scheme which depends for its success upon the author's borrowing one leaf from the book of the theater and another from the clinical notes of the doctor. Instead of *telling* (italics in original) a story about a group of characters or about something which happened to some one, the author places one character under the X-ray and allows his readers to see his thoughts as well as his actions." ...

Then there is Professor E. A. Cross, whose *A Book of the Short Story* is full of a cabalistic lore all its own. ... His most notable contribution to this esoteric science, however, is to be found in his diagrams of plots. He is the man who has *demonstrated* the plot diagrams of stories. Thus, *The Piece of String* has a "stair-step" plot, and many of O. Henry's plots, when diagrammed, are of the "rocket" design.

It is to be noticed in all these views that something called *form* is stressed. In other words, it can be said that the positive value here is that of *structure*. The philosophy of the short story, as outlined, is one in which structure is given positive value. ... We discover here the weakness in all approaches to literature that are purely formal. Form becomes a philosophy, a value. In the traditional American short story, this is precisely what has happened. A writer whose sole gift is technical facility will rise to the top. ... When form and structure become predominant values in literature, the material from life on which literature draws is falsified. Inevitably, there is a loss of concern with content. Content is altered — but not to gain that more concentrated effect and meaning which literature strives to achieve. It is changed, pieced together, in order to make it fit into an arbitrary structure. Life is falsified. A literature of hollow and straw men is produced. ...

The history of the revolt against the traditional short story ... is part of the general revolt in American literature that has resulted in the realism to be found in the works of our leading fiction writers of this era. ... Besides overturning popular myths, the revolt in American writing threw overboard the plot conception of the short story and the happy ending, the traditional patterns of the English Victorian novel. It introduced new phases and new emphases of experience into our fiction. ...

Most of the writing in this so-called revolt is usually described as realism, or as realism and naturalism. Naturalism in literature can be described as an attempt to embody scientific method in so-called creative writing. One of the foremost exponents of naturalism was Zola, who based his naturalism on an earlier view of materialism, a view that juxtaposed matter and spirit, environment and character. Theodore Dreiser has exemplified a similar naturalism in this country. This revolt, particularly in its earlier stages, involved the attempt to treat character as the product of environment. ...

The revolt in American literature, and the revolt of the short-story writer, which was part of the more general revolt, have been, to a certain degree, victorious. We have beheld the introduction of profound changes in the form, so-called, and in the content, so-called, in the American short story. There is now the basis for a tradition in our short story which runs counter to that of the O. Henry and Bret Harte story, and, more generally, to that of the plot story....

We come now to the question: "What is a short story?" There are definitions piled on top of other definitions, and I shall cite some. Professor Beach, the apostle of "the X-ray method" of writing short stories, has this definition: "The short story, in so far as its scope is concerned, is the simplest form of fiction. Unlike the novel, it lacks space to unfold a complex situation." ... Professor Cross, he who invented the "stair-step" and the "rocket" plot diagrams, says: "Like the novel, the short story is a piece of fiction producing a unified effect. Unlike the novel, the single effect is usually an *impression* (italics in original — J.T.F.), instead of a deliberate marshaling together of a large number of diverse elements into a unity. ... The short story is a cross section of life.... but of a single life or at most of the thread of life where it crosses and becomes entangled with one or two other subordinated threads — a section through the knot." Professor Cross also quotes Clayton Hamilton, another adept at this recondite wisdom ... Edith Mirrielees, in *Significant Contemporary Stories* ... states: "In the first fraction of the twentieth century, a short story is a fiction in prose of a somewhat limited magnitude — that and no more." In her *Writing the Short Story* she has this definition: "*A short story is a brief prose narrative, primarily imaginative, which, by means of the adhesion of every part to one central purpose, renders a coherent and interpretative account of some phase of action, character, or mood.*" (Italics in original — J.T.F.) Blanche Colton Williams ... has her definition: "The short-story is a prose narrative artistically presenting character in a struggle or complication which has a definite outcome. If the action occurs in a brief time and a closely circumscribed place, the story approaches the extreme or ultimate form." Which of these definitions is best suited to the stories of Chekhov? — in my opinion the greatest short-story writer who ever lived. Or which one is most applicable to the stories in Joyce's *Dubliners*? To [Sherwood Anderson's] *Winesburg Ohio*? Amen. And again — *amen!*

To anyone concerned with the evaluation and appreciation of literature, it is not crucial whether a particular work be a novel, a condensed novel, a novelette, a story, a tale, a sketch, an anecdote, an incident, a dramatic dialogue or whatever other term be applied. What does matter is whether a specific piece of writing provides the reader with an *experience*, whether it increases his or her understanding, intensifies his or her consciousness, provides the reader with pleasure and refreshment. All of the definitions with which I am familiar are arbitrary. And when we refer them to our actual experience in reading, we readily perceive how arbitrary they are. For instance, some of the experts tell us that the short story creates a *single* or a *unified* impression. What is the meaning here of single? Of unified? When we look at a work of art, we learn that there are not just *single* impressions to be gathered from it. ...

Fiction ... is a great sea of human experience, and part of that sea is the novel, part of it other forms. Into it is poured a complexity of human experience. The manner of presenting this experience is determined by many factors. There are, for instance, many impressions that do not, in terms of the writer's purposes, talents, values, way of seeing and feeling life, etc., merit being translated into more than a short piece of fiction, a story, anecdote, tale, incident, sketch, or whatever else it may be called. Form and content are functions of each other mutually interdependent, mutually related. They cannot be separated. If we approach shorter works of fiction with definitions and peer through these definitions as lenses, we shall turn literature into a parlor game of recognition. New writers will come along and smash our definitions — and we shall have to add new ones.

7. Katherine Anne Porter

„No Plot, My Dear, No Story", *The Days Before* (N. Y., 1952), 134—136 (zuerst erschienen 1942).

[A] short story [needs] *first* a *theme,* and then a point of view, a certain knowledge of human nature and strong feeling about it, and style — that is to say, his own special way of telling a thing that makes it precisely his own and no one else's. ... The greater the theme and the better the style, the better the story, you might say.

You might say, and it would be nice to think you would. Especially if you are an author and write short stories. Now listen carefully: except in emergencies, when you are trying to manufacture a quick trick and make some easy money, you don't really need a plot. If you have one, all well and good, if you know what it means and what to do with it. ...

First, have faith in your theme; then get so well acquainted with your characters that they live and grow in your imagination exactly as if you saw them in the flesh; and finally, tell their story with all the truth and tenderness and severity you are capable of; and if you have any character of your own, you will have a style of your own; it grows, as your ideas grow, and as your knowledge of your craft increases.

8. William Carlos Williams

„A Beginning on the Short Story (Notes)", *Selected Essays of William Carlos Williams* (N. Y., 1954), 295—310 (Der Essay trägt das Datum des 15. 12. 1949 und wurde zuerst veröffentlicht als Nr. XVII der *Outcast chapbooks* [N. Y., 1950].).

The principal feature re the short story is that it is short — and so must pack in what it has to say (unless it be snipped off a large piece of writing as a sort of prose for quality of writing which might be justifiable).

It seems to me to be a good medium for nailing down a single conviction. Emotionally.

There's "Melanctha" (and there are the Poe stories), a means of writing, practice sheet for the novel one might *discover,* in it. But a novel is many related things, a short story one. ...

It isn't a snippet from the newspaper. It isn't realism. It is, as in all forms of art, taking the materials of every day (or otherwise) and using them to raise the consciousness of our lives to higher aesthetic and moral levels by the use of the art.

As in the poem it must be stressed, that the short story uses the same materials as newsprint, the same dregs — the same in fact as Shakespeare and Greek tragedy: the elevation of spirit that occurs when a consciousness of form, art in short, is imposed upon materials debased by dispirited and crassly cynical handling. What the newspaper uses on the lowest (sentimental) level, the short story had best elevate to the level of other interests.

This should make apparent that a mere "thrilling" account of an occurrence from daily life, a transcription of a fact, is not of itself and for that reason a short story. You get the fact, it interests you for whatever reason; of that fact you *make*, using words, a story. A thing. A piece of writing, as in the case of De Maup't, "A Piece of String."

In plainest words, it isn't the mere interest of the event that makes the short story, it is the way it raises the newspaper level to distinction that counts. ...

The finest short stories are those that raise, in short, one particular man or woman, from that Gehenna, the newspapers, where at last all men are equal, to the distinction of being an individual. To be responsive not to the ordinances of the herd (Russia-like) but to the extraordinary responsibility of being a person. ...

[The] real writing, the real short story will be written privately, in secret, despairingly — for the individual. For it will be the individual.

Thus and for that purpose, the great writer will use his materials formally, in his own style, the words, the choice and the mode of his words — like Boccaccio, Stein and Faulkner. ...

In other words, to write a short story of parts one must know what he is writing *about*, see it, smell it — be compelled by it — and be writing what ordinarily one doesn't want to hear. Is that extraordinary?

We forget the meaning of art. Art means the skillful lie — what doesn't exist — as Aristotle pointed out.

To be an artist, one must deceive, make up a story. One must get the punch in, the shocking punch so skillfully that no one will suspect it. The art covers that. The shock is necessary. Necessary to make them stop, look, listen — in other words, read and say, 1) how awful, and 2) how fascinating. What a wonderful writer!

The artist always has his tongue in his cheek.

It must be so artful with the truth that above and beyond anything else its beauty of style or accurate statement will negate all its petty and thoroughly excusable lies. For its lies, never of statement, originate from its affection.

It must be written so well that that in itself becomes its truth while the deformity informs it.

I say a man must know what he is writing *about* but the short story, as a form, must be demanded. ...

I cannot tell you how to write a short story, I can only tell you how you must write it.

It is not to place adjectives, it is to learn to employ the verbs in imitation of nature — so that the pieces move naturally — and watch, often breathlessly, what they *do*.

That is the enlargement of nature which we call art. The *additions* to nature which we call art.

You do not *copy* nature, you make something which is an *imitation* of nature — read your Aristotle again.

That is the *work* of the imagination, as the late Virginia Woolf pointed out. You have to work, you have to imagine the character, which is for your mind to *be* the creator.

Arrived at that condition, the imagination inflamed, the excitement of it is that you no longer copy but *make* a natural object. (Something comparable to nature: an other nature.) You yourself become the instrument of nature — the helpless instrument.

You must tell the truth. You can't lie because the moment you attempt to fall off you destroy yourself.

It *is* nature. I don't think you know in a short story what's coming out. That is the excitement of it.

Take "Death in Venice", take "Boule de Suif", take "Melanctha". They are creations. Natural objects. Not copying. But by housing a spirit, as nature houses juice in an apple, they live. . . .

There are no beginnings and ends in nature — except birth and death — which are meaningless to us. Religion imitates nature with the imagination — a once moving fable — which we have to know is a lie before we can believe it.

There is only, we might say, flux in nature.

But there is also an apple, a flower and a man.

The artist adds, "There is also a work of art." Now how absurd it is to dwell upon cherries so real that the birds peck at them (I knew a man who had a whole canvas full of cherries in a heap which to him was art). How absurd it is to make a statue so copied that it is mistaken for a woman: The story of Pygmalion and Galatea is merely a best seller — a very second-rate fable for jokesters.

The secret lies elsewhere — in the *marble* of it. If it is merely mistaken for a woman it is senseless: a copy.

But as an *imitation* of nature (not a mere woman's body) it becomes something a woman never was, something a woman at her best may imitate — a work of art. A work of man to lay beside nature and enlarge it. Engrandize it. Make a Caesar greater than Caesar or, if not that at least a Caesar, an undying Caesar whose other works have crumbled — a *completion* of his greatness. It is what the imagination *adds* to the woman that makes the statue great. . . .

To take a lump of fat and transform it by imitating nature — goes beyond copy — to transform a cockroach, the same — into a work of illuminating penetration — gives us a glimpse of the process.

Braque would take his pictures out of doors and place them *beside* nature to see if his imitations had *worked.*

So you see how it opens up sculpture, painting and writing. In the Greek tragedies the imitation of the gods.

The short story is no different.

(I didn't say not to copy, not, for instance, accurately to observe conversation. But I did say that *that* is not the short story. It *might* be, but only when there is something else as well.) A view, a room with a view, something heard through a knothole — a secret.

Now what are some of the advantages of the short story as an art form — bearing what I have said, in mind.

It should be a brush stroke — as compared with a picture.

One chief advantage as against a novel — which is its nearest cousin — is that you do not have to bear in mind the complex structural paraphernalia of a novel in writing a short story and so may dwell on the manner, the writing. On the process itself. A single stroke, uncomplicated but complete. Not like a chapter or paragraph.

Thus, bearing a possible novel in mind, if you will, you can play with the words as materials. You can try various modes of writing — more freely.

Try all sorts of effects. The short story is a wonderful medium for prose experimentation. You may, economically, try devices — varied devices — for making the word count toward a particular effect. I'd say write a story — as Joyce did. . . .

Crawl into the man's head and how get inside a woman's head, being a man? That is the *work* of the imagination (of which V. Woolf speaks). This is where the *imitation* of nature takes place. There is no copying here. . . .

With the short story as with any sort of creation, I am trying to say, the imagination (that is the mind in a fluid state or a melted state) has to be given play.

Now, we know by knowledge of the physiology of the brain that it acts only when it has been supplied oxygen in abundance. So it glows and sweats when it is active — as with anything else.

What is the origin of that heat? Something has stirred us, some perception linked with emotion. We are angry, we are committed to something in our lives, as with the poem. It doesn't matter what it has been — anything. We heat up. This incentive is usually secret, it is guided by our fears perhaps. But we are heated and (if we can get quiet enough, as in jail, or running away — finally) we melt and the imagination is set to flow into its new mold.

What shall the short story be written about. Obviously not, if it is serious, the mere sentimental characters. How write about a poor Wop, a Polish gal in her kitchen, a foreign peasant who is barely articulate.

What then? Something that interests the writer seriously, as a writer (not necessarily a man for in that case the interest would be moral and perhaps best NOT as a short story). It is the way his interests, as a writer, impinge upon the material — graphically told.

The result is life, not morals. It is THE LIFE which comes alive in the telling. It is the life under specified conditions — so that it is relived in the reading — as it strikes off flashes from the material. The material is the metal against which a flint makes sparks.

Anything, thus anything can be used without fear of sentimentality. The THING we are writing, directing all our wit, our intelligence to discovering and setting down — is revealed as it hits against anything at all. That's the modern understanding — and I guess it is pretty hard to realize. Whatever that may be for each man who writes. What good are you? Prove it. Or what do you see, young as you are? Do you think a prostitute is "bad" because she's a prostitute. And yet how shall you show her "good" except by speaking of her in the conditions of her prostitution. By using that material, graphically, specifically you must learn to tell all you want to tell — whatever YOU want to say. That is the art.

MATERIALIEN ZUM ANFANG DER SHORT STORY

Paul Goetsch

A. Aussagen über den Anfang der Short Story

Edgar Allan Poe, „The Philosophy of Composition", *Tales, Poems, Essays* (Lo./Glasgow, 1952), 503—513.

"Nothing is more clear than that every plot, worth the name, must be elaborated to its *dénouement* before anything be attempted with the pen. It is only with the *dénouement* constantly in view that we can give a plot its indispensable air of consequence, or causation, by making the incidents, and especially the tone at all points, tend to the development of the intention" (503). "Here then the poem may be said to have its beginning — at the end, where all works of art should begin . . . " (509).

Ders., „Nathaniel Hawthorne", ebda., 513—525.

"A skilful literary artist has constructed a tale. If wise, he has not fashioned his thoughts to accommodate his incidents; but having conceived, with deliberate care, a certain unique or single *effect* to be wrought out, he then invents such incidents — he then combines such events as may best aid him in establishing this preconceived effect. If his very initial sentence tend not to the outbringing of this effect, then he has failed in his first step. In the whole composition there should be no word written, of which the tendency, direct or indirect, is not to the one pre-established design" (521).

Edith Wharton, „Telling a Short Story", *The Writing of Fiction* (N. Y. / Lo., 1925), 33—58.

". . . the short-story writer's first concern, once he has mastered his subject, is to study what musicians call the 'attack'. The rule that the first page of a novel ought to contain the germ of the whole is even more applicable to the short story, because in the latter case the trajectory is so short that flash and sound nearly coincide."

"The arrest of attention by a vivid opening should be something more than a trick. It should mean that the narrator has so brooded on this subject that it has become his indeed, so made over and synthesized within him that, as a great draughtsman gives the essentials of a face or landscape in a half-a-dozen strokes, the narrator can 'situate' his tale in an opening passage which shall be a clue to all the detail eliminated.

The clue given, the writer has only to follow."

Kurt Kusenberg, „Über die Kurzgeschichte", *Merkur,* XIX (1965), 830 bis 838.

„Ist eine Geschichte kurz, kann es ihr nur nutzen, wenn schon der erste Satz kräftig in die Handlung hineingeht. Ein gutes Beispiel dafür ist Kafkas ‚Ein Landarzt' . . . " „Kühner noch ist, bei Johann Peter Hebel, ein Anfangssatz, der den tragischen Aus-

gang vorwegnimmt. Er eröffnet die kurze Erzählung mit dem langen Titel ,Wie eine greuliche Geschichte durch einen gemeinen Metzgerhund ist an das Tageslicht gebracht worden' und lautet:
,Zwei Metzger gehen miteinander aufs Gäu, kommen in ein Dorf, einer links an der Schwanen vorbei, einer rechts, sagen: ,In der Schwanen kommen wir nachher wieder zusammen.' Sind nimmer zusammen gekommen.'

Solch eine Vorwegnahme wird man heute vielleicht als altmodisch bezeichnen — ähnlich wie den Satz: ,Doch es sollte anders kommen.' Ein erzählerisches Mittel darf jedoch nur für veraltet gelten, wenn es zum Klischee herabgesunken ist und man das vorweggenommene Ereignis ohne Überraschung auf sich zukommen sieht. Das aber ist bei Hebel nicht der Fall. Seine sprachliche Kraft kann sich den Vorgriff leisten, ohne daß die Spannung aufgehoben wird" (833).

Wolfdietrich Schnurre, „Kritik und Waffe: Zur Problematik der Kurzgeschichte", *Deutsche Rundschau,* LXXXVII (1961), 61—66.

„Sie [die Kurzgeschichte] ist, grob gesprochen, ein Stück herausgerissenes Leben. Anfang und Ende sind ihr gleichgültig; was sie zu sagen hat, sagt sie mit jeder Zeile" (61).

Helmut Motekat, „Gedanken zur Kurzgeschichte", *Der Deutschunterricht,* IX (1957), i, 20—35.

„Nach der bekannten Definition Goethes ist der Gegenstand der Gestaltung der Novelle eine ,unerhörte sich ereignete Begebenheit'. Zu ihr, als zum Höhepunkt, führt alle geschilderte Entwicklung auf geradestem Wege hin. Alle so oder so gearteten unausweichlichen Konsequenzen der ,sich ereigneten Begebenheit' sind ohne Umschweife oder Verzögerung unmittelbar dargestellt. Legt man diese Auffassung der Novelle zugrunde, so gestaltet die Kurzgeschichte im Unterschied zu ihr gewissermaßen nur die ,sich ereignete Begebenheit' ohne Hinführung, ohne Schlußfolgerungen und ohne irgendwie geartetes erklärendes oder ausschmückendes Beiwerk. Die Erzählung blendet sich ein in das lebendige, gelebte und erlebte Leben im Augenblick der ,sich ereigneten Begebenheit' und blendet sich aus, sobald das Geschehen als solches zum Abschluß gelangt ist. Das verlangt äußerste Konzentration auf das Geschehen selbst: seine Durchleuchtung unter dem geeignetsten Aspekt, rascheste Einführung in die Geschehenssituation, schnellste Erreichung des Höhepunktes und der äußersten Spannung. Vom ersten bis zum letzten Wort ist die Optik des Erzählers, die durch die sprachkünstlerische Gestaltung ja zur Optik des Lesers wird, sorgfältig und genau eingestellt" (27).

Klaus Doderer, „Die Kurzgeschichte als literarische Form", *Wirkendes Wort,* VIII (1957/8), 90—100.

„Meistens beginnt eine Kurzgeschichte ohne Einleitung. Der Leser wird ohne Übergang mitten in ein schon begonnenes Geschehen eingeschaltet. Erinnert sei an die ,scheinbar belanglosen Eröffnungen' in den Kurzgeschichten Wolfgang Borcherts. Man springt gewissermaßen während der Fahrt auf. ,Zum Beispiel Thomasschlacke, sagte der aus Soest, der rote Müller, und wollte dem Studenten sein Beispiel auf der flachen Hand vor Augen halten . . . ', so beginnt Wilhelm Schäfers Kurzgeschichte

‚Im letzten D-Zug-Wagen'. Und in Frank Wedekinds ‚Die Liebe auf den ersten Blick' kommen wir erst allmählich dahinter, wer sich hier unterhält ... " „Die Novelle braucht einen Anlauf, eine Exposition, von der ab der Knoten langsam geschürzt wird. Die Kurzgeschichte deckt höchstens Schritt um Schritt einen Zustand auf. Sie will ein Stück Wirklichkeit freilegen. Da jeder Augenblick zur Wirklichkeitsmitte werden kann, kann auch die Kurzgeschichte jeden Augenblick aufgreifen und in seiner Offenheit nach vorwärts und rückwärts darstellen. So ist die Einleitung überflüssig" (93),

B. Einige Typen der Short-Story-Eröffnung

Obwohl der Short-Story-Autor grundsätzlich über die gleichen Möglichkeiten der Eröffnung verfügt wie der Verfasser von Romanen, zeigt sich, daß er in der Praxis bestimmte Typen des Anfangs bevorzugt. Die folgenden Beispiele sollen auf solche konventionellen Eröffnungen hinweisen. Bewußt nicht berücksichtigt wurden jene beliebten Typen des Anfangs, die eine Rahmensituation erstellen, in ein laufendes Geschehen einblenden oder mit einem allgemeinen Kommentar, einer atmosphärischen Schilderung oder der Figurenvorstellung einsetzen.

1. Die Ankündigung eines unerhörten Ereignisses durch einen erregten oder ratlosen Erzähler

Edgar Allan Poe, „William Wilson" [in: *The Complete Tales and Poems*, Modern Library (N. Y., n. d.)].

> What say of it? what say of conscience grim,
> That spectre in my path?
>
> Chamberlayne's *Pharronida*

Let me call myself, for the present, William Wilson. The fair page now lying before me need not be sullied with my real appellation. This has been already too much an object for the scorn — for the horror — for the detestation of my race. To the uttermost regions of the globe have not the indignant winds bruited its unparalleled infamy? Oh, outcast of all outcasts most abandoned! — to the earth art thou not forever dead? to its honours, to its flowers, to its golden aspirations? — and a cloud, dense, dismal, and limitless, does it not hang eternally between thy hopes and heaven?

Edgar Allan Poe, „The Facts in the Case of M. Valdemar" [ebda.].

Of course I shall not pretend to consider it any matter for wonder, that the extraordinary case of M. Valdemar has excited discussion. It would have been a miracle had it not — especially under the circumstances. Through the desire of all parties concerned, to keep the affair from the public, at least for the present, or until we had farther opportunities for investigation — through our endeavours to effect this — a garbled or exaggerated account made its way into society, and became the source of many unpleasant misrepresentations, and, very naturally, of a great deal of disbelief.

It is now rendered necessary that I give the *facts* — as far as I comprehend them myself.

Edgar Allan Poe, „The Tell-Tale Heart" [ebda.].

True! — nervous — very, very dreadfully nervous I had been and am; but why *will* you say that I am mad? The disease had sharpened my senses — not destroyed — not dulled them. Above all was the sense of hearing acute. I heard all things in the heaven and in the earth. I heard many things in hell. How, then, am I mad? Hearken! and observe how healthily — how calmly I can tell you the whole story.

Edgar Allan Poe, „The Black Cat" [ebda.].

For the most wild, yet most homely narrative which I am about to pen, I neither expect nor solicit belief. Mad indeed would I be to expect it, in a case where my very senses reject their own evidence. Yet, mad am I not — and very surely do I not dream. But to-morrow I die, and to-day I would unburden my soul. My immediate purpose is to place before the world, plainly, succinctly, and without comment, a series of mere household events. In their consequences, these events have terrified — have tortured — have destroyed me. Yet I will not attempt to expound them. To me, they have presented little but horror — to many they will seem less terrible than *baroques*. Hereafter, perhaps, some intellect may be found which will reduce my phantasm to the commonplace — some intellect more calm, more logical, and far less excitable than my own, which will perceive, in the circumstances I detail with awe, nothing more than an ordinary succession of very natural causes and effects.

Herman Melville, „Bartleby the Scrivener" [in: C.-U. Dürr, R. Kopetzki, Hrsg., *Seven Anglo-American Short Stories* (Frankfurt, 1967)].

I am a rather elderly man. The nature of my avocations, for the last thirty years, has brought me into more than ordinary contact with what would seem an interesting and somewhat singular set of men, of whom, as yet, nothing, that I know of, has ever been written — I mean, the law-copyists, or scriveners. I have known very many of them, professionally and privately, and, if I pleased, could relate divers histories, at which good-natured gentlemen might smile, and sentimental souls might weep. But I waive the biographies of all other scriveners for a few passages in the life of Bartleby, who was a scrivener, the strangest I ever saw, or heard of. While, of other law-copyists, I might write the complete life, of Bartleby nothing of that sort can be done. I believe that no materials exist, for a full and satisfactory biography of this man. It is an irreparable loss to literature. Bartleby was one of those beings of whom nothing is ascertainable, except from the original sources, and, in his case, those are very small. What my own astonished eyes saw of Bartleby, *that* is all I know of him, except, indeed, one vague report, which will appear in the sequel.

E. M. Forster, „The Story of a Panic“ [auch in: J. E. Miller, B. Slote, Hrsg., *The Dimensions of the Short Story* (N. Y. / Toronto, 1965)].

Eustace‘s career — if career it can be called — certainly dates from that afternoon in the chestnut woods above Ravello. I confess at once that I am a plain, simple man, with no pretensions to literary style. Still, I do flatter myself that I can tell a story without exaggerating, and I have therefore decided to give an unbiassed account of the extraordinary events of eight years ago.

W. Somerset Maugham, „The Kite“ [in: D. Hudson, Hrsg., *Modern English Short Stories, Second Series,* World‘s Classics (Lo., 1963)].

I know this is an odd story. I don‘t understand it myself and if I set it down in black and white it is only with a faint hope that when I have written it I may get a clearer view of it, or rather with the hope that some reader, better acquainted with the complications of human nature than I am, may offer me an explanation that will make it comprehensible to me. Of course the first thing that occurs to me is that there is something Freudian about it. Now, I have read a good deal of Freud, and some books by his followers, and intending to write this story I have recently flipped through again the volume published by the Modern Library which contains his basic writings. It was something of a task, for he is a dull and verbose writer, and the acrimony with which he claims to have originated such and such a theory shows a vanity and a jealousy of others working in the same field which somewhat ill become the man of science. I believe, however, that he was a kindly and benign old party. As we know, there is often a great difference between the man and the writer. This writer may be bitter, harsh and brutal, while the man may be so meek and mild that he wouldn‘t say boo to a goose. But that is neither here nor there. I found nothing in my re-reading of Freud‘s works that cast any light on the subject I had in mind. I can only relate the facts and leave it at that.

Eric Linklater, „Sealskin Trousers“ [in: Hudson, a. a. O.].

I am not mad. It is necessary to realize that, to accept it as a fact about which there can be no dispute. I have been seriously ill for some weeks, but that was the result of shock. A double or conjoint shock: for as well as the obvious concussion of a brutal event, there was the more dreadful necessity of recognizing the material evidence of a happening so monstrously implausible that even my friends here, who in general are quite extraordinarily kind and understanding, will not believe in the occurrence, though they cannot deny it or otherwise explain — I mean explain away — the clear and simple testimony of what was left.

2. Die Schilderung einer außergewöhnlichen Situation, die mit dem unerhörten Ereignis identisch ist oder auf dieses vorbereitet.

Heinrich von Kleist, „Die Marquise von O . . . “ [in: *Sämtliche* Werke (München, 1952)].

In M . . . , einer bedeutenden Stadt im oberen Italien, ließ die verwitwete Marquise von O. . . , eine Dame von vortrefflichem Ruf und Mutter von mehreren wohlerzogenen Kindern, durch die Zeitungen bekanntmachen: daß sie, ohne ihr Wissen, in andere Umstände gekommen sei, daß der Vater zu dem Kinde, das sie gebären würde, sich melden solle und daß sie, aus Familienrücksichten, entschlossen wäre, ihn zu heiraten.

Heinrich von Kleist, „Das Erdbeben in Chili" [ebda.].

In St. Jago, der Hauptstadt des Königreichs Chili, stand gerade in dem Augenblicke der großen Erderschütterung vom Jahre 1647, bei welcher viele tausend Menschen ihren Untergang fanden, ein junger, auf ein Verbrechen angeklagter Spanier, namens Jeromino Rugera, an einem Pfeiler des Gefängnisses, in welches man ihn eingesperrt hatte, und wollte sich erhenken.

Ambrose Bierce, „An Occurrence at Owl Creek Bridge" [in: Dürr, Kopetzki, a. a. O.]

A man stood upon a railroad bridge in northern Alabama, looking down into the swift water twenty feet below. The man's hands were behind his back, the wrists bound with a cord. A rope closely encircled his neck. It was attached to a stout cross-timber above his head and the slack fell to the level of his knees. Some loose boards laid upon the sleepers supporting the metals of the railway supplied a footing for him and his executioners — two private soldiers of the Federal army, directed by a sergeant who in civil life may have been a deputy sheriff.

D. H. Lawrence, „The Blind Man" [in: C. Isherwood, Hrsg., *Great English Short Stories,* Laurel Edition (N. Y., 1963)].

Isabel Pervin was listening for two sounds — for the sound of wheels on the drive outside and for the noise of her husband's footsteps in the hall. Her dearest and oldest friend, a man who seemed almost indispensable to her living, would drive up in the rainy dusk of the closing November day. The trap had gone to fetch him from the station. And her husband, who had been blinded in Flanders, and who had a disfiguring mark on his brow, would be coming in from the outhouses.

Robert Graves, „The Shout" [in: Isherwood, a. a. O.].

When we arrived with our bags at the asylum cricket ground, the chief medical officer, whom I had met at the house where I was staying, came up to shake hands. I told him that I was only scoring for the Lampton team today (I had broken a finger the week before, keeping wicket on a bumpy pitch). He said: "Oh, then you'll have an interesting companion."

"The other scoresman?" I asked.

"Crossley is the most intelligent man in the asylum", answered the doctor, "a wide reader, a first-class chessplayer, and so on. He seems to have travelled all over the world. He's been sent here for delusions. His most serious delusion is that he's a murderer, and his story is that he killed two men and a women at Sydney, Australia. The other delusion, which is more humorous, is that his soul is split in pieces — whatever that means. He edits our monthly magazine, he stage manages our Christmas theatricals, and he gave a most original conjuring performance the other day. You'll like him."

James Thurber, „The Catbird Seat" [in: W. and M. Stegner, Hrsg., *Great American Short Stories*, Laurel Edition (N. Y., 1957)].

Mr. Martin bought the pack of Camels on Monday night in the most crowded cigar store on Broadway. It was theatre time and seven or eight men were buying cigarettes. The clerk didn't even glance at Mr. Martin, who put the pack in his overcoat pocket and went out. If any of the staff at F & S had seen him buy the cigarettes, they would have been astonished, for it was generally known that Mr. Martin did not smoke, and never had. No one saw him.

It was just a week to the day since Mr. Martin had decided to rub out Mrs. Ulgine Barrows.

William Faulkner, „Dry September" [in: D. Grant, Hrsg., *American Short Stories*, World's Classics (Lo., 1968)].

Through the bloody September twilight, aftermath of sixty-two rainless days, it had gone like a fire in dry grass — the rumour, the story, whatever it was. Something about Miss Minnie Cooper and a Negro. Attacked, insulted, frightened: none of them, gathered in the barber shop on that Saturday evening where the ceiling fan stirred, without freshening it, the vitiated air, sending back upon them, in recurrent surges of stale pomade and lotion, their own stale breath and odours, knew exactly what had happened.

V. S. Pritchett, „The Voice" [in: Hudson, a. a. O.].

A message came up from the rescue party who straightened up and leaned on their spades in the rubble. The policeman said to the crowd: 'Everyone keep quiet for five minutes. No talking, please. They're trying to hear where he is.'

William Sansom, „The Vertical Ladder" [in: Hudson, a. a. O.].

As he felt the first watery eggs of sweat moistening the palms of his hands, as with every rung higher his body seemed to weigh more heavily, this young man Flegg regretted in sudden desperation, but still in vain, the irresponsible events that had thrust him up into his present precarious climb. Here he was, isolated on a vertical iron ladder flat to the side of a gasometer and bound now to climb higher and higher until he should reach the vertiginous skyward summit.

3. Die Einführung des Leitmotivs

Evelyn Waugh, „On Guard" [in: Hudson, a. a. O.].

Millicent Blade had a notable head of naturally fair hair; she had a docile and affectionate disposition, and an expression of face which changed with lightning rapidity from amiability to laughter and from laughter to respectful interest. But the feature which, more than any other, endeared her to sentimental Anglo-Saxon manhood was her *nose*.

John Moore, „Local Boy Makes Good“ [in: Hudson, a. a. O.].

Sitting on the fo‘c‘s‘le-head, by the last light of the sun sinking behind Lundy, Amos finished her; and knew, in that moment of consummation, that she was his *masterpiece.* He had put ships into bottles before, and his *Cutty Sark,* which he had sold in the Red Lion for forty shillings, had taken him four years; he‘d drunk her price in as many hours. But this *Talavera* had been the preoccupation of his thoughts and hands ever since 1939 when he first saw her picture in the Public Library.

Rosamond Lehmann, „A Dream of Winter“ [in: Hudson, a. a. O.].

In the middle of the great frost she was in bed with influenza, and that was the time the bee man came from the next village to take the *swarm* that had been for years buried in the wall of her country house; deep under the leads roofing the flat platform of the balcony outside her bedroom window.

Katherine Anne Porter, „The Rope“ [in: James B. Hall, Hrsg., *The Realm of Fiction: 61 Short Stories* (N. Y., 1965)].

On the third day after they moved to the country he came walking back from the village carrying a basket of groceries and a twenty-four-yard coil of *rope.* She came out to meet him, wiping her hands on her green smock. Her hair was tumbled, her nose was scarlet with sunburn; he told her that already she looked like a born country woman. His gray flannel shirt stuck to him, his heavy shoes were dusty. She assured him he looked like a rural character in a play.

Had he brought the coffee? She had been waiting all day long for coffee. They had forgot it when they ordered at the store the first day.

Gosh, no, he hadn‘t. Lord, now he‘d have to go back. Yes, he would if it killed him. He thought, though, he had everything else. She reminded him it was only because he didn‘t drink coffee himself. If he did he would remember it quick enough. Suppose they ran out of cigarettes? Then she saw the rope? What was that for?

Bernard Malamud, „The Jewbird“ [in Hall, a. a. O.].

The window was open so the skinny *bird* flew in. Flappity-flap with its frazzled black wings. That‘s how it goes. It‘s open, you‘re in. Closed, you‘re out and that‘s your fate. The bird wearily flapped through the open kitchen window by Harry Cohen‘s top-floor apartment on First Avenue near the lower East River. On a rod on the wall hung an escaped canary cage, its door wide open, but this black-type longbeaked bird — its ruffled head and small dull eyes, crossed a little, making it look like a dissipated crow — landed if not smack on Cohen‘s thick lamb chop, at least on the table, close by.

James B. Hall, „Us He Devours“ [in: Hall, a. a. O.].

The goat coughed in the tree outside her window. Oh she had waited so long to see the hoofs firm upon the lowest branches, the flanks slender, stretched upward among the catalpa leaves, the head half concealed, the backward curving horns erect, glistening in the moist light of the moon.

4. Die Einführung des Hauptthemas der Erzählung

Hamlin Garland, „The Return of a Private" [in: Grant, a. a. O.].

The nearer the train drew toward La Crosse, the soberer the little group of 'vets' became. On the long way from New Orleans they had beguiled tedium with jokes and friendly chaff; or with planning with elaborate detail what they were going to do now, after the war. A long journey, slowly, irregularly, yet persistently pushing northward. When they entered on Wisconsin territory they gave a cheer, and another when they reached Madison, but after that they sank into a dumb expectancy. Comrades dropped off at one or two points beyond, until there were only four or five left who were bound for La Crosse County. [Thema der Heimkehr aus dem Krieg]

Stacy Aumonier, „Juxtapositions" [in: Phyllis M. Jones, Hrsg., *Modern English Short Stories, First Series,* World's Classics (Lo., 1961)].

'Where we are all mixed up,' said my friend, Samuel Squidge, vigorously scraping down the 'portrait of the artist, by himself', with a palette-knife, 'is in our juxtapositions. It's all nonsense, I tell you. People talk about a bad colour. There's no such thing as a bad colour. Every colour is beautiful in its right juxtaposition. . .' [Thema der Relativität der Betrachtungsweisen]

T. O. Beachcroft, „She Was Living with His People" [in: Jones, a. a. O.].

From the very first Emerald had never taken to her mother-in-law. And certainly she was an odd little woman; so cold and distant. Em liked people who gave you a bit of a welcome, and made you feel at home, as if they were pleased to see you. [Thema: das Verhältnis von Schwiegermutter und -tochter]

D. H. Lawrence, „Two Blue Birds" [in: Miller, Slote, a. a. O.].

There was a woman who loved her husband, but she could not live with him. The husband, on his side, was sincerely attached to his wife, yet he could not live with her. They were both under forty, both handsome and both attractive. They had the most sincere regard for one another, and felt, in some odd way, eternally married to one another. They knew one another more intimately than they knew anybody else, they felt more known to one another than to any other person.

Yet they could not live together. [Thema: das Verhältnis von Mann und Frau]

Conrad Aiken, „Silent Snow, Secret Snow" [in: Stegner, a. a. O.].

Just why it should have happened, or why it should have happened just when it did, he could not, of course, possibly have said; nor perhaps could it even have occurred to him to ask. The thing was above all a secret, something to be preciously concealed from Mother and Father; and to that very fact it owed an enormous part of its deliciousness. It was like a peculiarly beautiful trinket to be carried unmentioned in one's trouser-pocket — a rare stamp, an old coin, a few tiny gold links found trodden out of shape on the path in the park, a pebble of carnelian, a sea shell distinguishable from all others by an unusual spot or stripe — and, as if it were any one of these, he carried around with him everywhere a warm and persistent and increasingly beautiful sense of possession. [Thema: Entdeckung der Welt der Gefühle und der Empfindungen durch einen Heranwachsenden]

5. Der Entwurf der für die ganze Erzählung maßgeblichen Gesamtsituation

Stephen Crane, „The Open Boat" [in: Grant, a. a. O.].

None of them knew the colour of the sky. Their eyes glanced level, and were fastened upon the waves that swept toward them. These waves were of the hue of slate, save for the tops, which were of foaming white, and all of the men knew the colours of the sea. The horizon narrowed and widened, and dipped and rose, and at all times its edge was jagged with waves that seemed thrust up in points like rocks.

Many a man ought to have a bathtub larger than the boat which here rode upon the sea. These waves were most wrongfully and barbarously abrupt and tall, and each froth-top was a problem in small-boat navigation.

Katherine Mansfield, „A Dill Pickle" [in: Miller, Slote, a. a. O.].

And then, after six years, she saw him again. He was seated at one of those little bamboo tables decorated with a Japanese vase of paper daffodils. There was a tall plate of fruit in front of him, and very carefully, in a way she recognized immediately as his "special" way, he was peeling an orange.

He must have felt that shock of recognition in her for he looked up and met her eyes. Incredible! He didn't know her! She smiled; he frowned. She came towards him. He closed his eyes an instant, but opening them his face lit up as though he had struck a match in a dark room. He laid down the orange and pushed back his chair, and she took her little warm hand out of her muff and gave it to him.

Ernest Hemingway, „Old Man at the Bridge" [in: *The Short Stories of Ernest Hemingway*, The Modern Library (N. Y., n. d.)].

An old man with steel rimmed spectacles and very dusty clothes sat by the side of the road. There was a pontoon bridge across the river and carts, trucks, and men, women and children were crossing it. The mule-drawn carts staggered up the steep bank from the bridge with soldiers helping push against the spokes of the wheels. The trucks ground up and away heading out of it all and the peasants plodded along in the ankle deep dust. But the old man sat there without moving. He was too tired to go any farther.

Ernest Hemingway, „Cat in the Rain" [ebda.].

There were only two Americans stopping at the hotel. They did not know any of the people they passed on the stairs on their way to and from their room. Their room was on the second floor facing the sea. It also faced the public garden and the war monument. There were big palms and green benches in the public garden. In the good weather there was always an artist with his easel. Artists liked the way the palms grew and the bright colors of the hotels facing the gardens and the sea.

Italians came from a long way off to look up at the war monument. It was made of bronze and glistened in the rain. It was raining. The rain dripped from the palm trees. Water stood in pools on the gravel paths. The sea broke in a long line in the rain and slipped back down the beach to come up and break again in a long line in the rain. The motor cars were gone from the square by the war monument. Across the square in the doorway of the café a waiter stood looking out at the empty square.

The American wife stood at the window looking out. Outside right under their window a cat was crouched under one of the dripping green tables. The cat was trying to make herself so compact that she would not be dripped on.

6. Der Entwurf einer Ausgangssituation, die sich im weiteren Verlauf der Short Story als trügerisch oder illusorisch herausstellt.

H. H. Munro [Saki], „The Music on the Hill" [in: Jones, a. a. O.].

Sylvia Seltoun ate her breakfast in the morning-room at Yessney with a pleasant sense of ultimate victory, such as a fervent Ironside might have permitted himself on the morrow of Worcester fight. She was scarcely pugnacious by temperament, but belonged to that more succesful class of fighters who are pugnacious by circumstance. Fate had willed that her life should be occupied with a series of small struggles, usually with the odds slightly against her, and usually she had just managed to come through winning. And now she felt that she had brought her hardest and certainly her most important struggle to a successful issue. To have married Mortimer Seltoun, 'Dead Mortimer' as his more intimate enemies called him, in the teeth of the cold hostility of his family, and in spite of his unaffected indifference to women, was indeed an achievement . . .

Henry James, „The Tree of Knowledge" [in: R. P. Warren, A. Erskine, Hrsg., *Short Story Masterpieces,* Laurel Editions (N. Y., 1954)].

It was one of the secret opinions, such as we all have, of Peter Brench that his main success in life would have consisted in his never having committed himself about the work, as it was called, of his friend Morgan Mallow. This was a subject, on which it was, to the best of his belief, impossible with veracity to quote him, and it was nowhere on record that he had, in the connexion, either lied or spoken the truth. Such a triumph had its honour even for a man of other triumphs — a man who had reached fifty, who had escaped marriage, who had lived within his means, who had been in love with Mrs. Mallow for years without breathing it, and who, last but not least, had judged himself once for all.

Edith Wharton, „Roman Fever" [in: Grant, a. a. O.].

From the table at which they had been lunching two American ladies of ripe but well-cared-for middle age moved across the lofty terrace of the Roman restaurant and, leaning on its parapet, looked first at each other, and then down on the outspread glories of the Palatine and the Forum, with the same expression of vague but benevolent approval.

James T. Farrell, „The Benefits of American Life“ [in: Hall, a. a. O.].

Takiss Tillios was a strong shepherd boy whose home land was located just at the hollow valley of two mountains in Arcadia, Greece, in the central section of the Peloponnesus. He grew up on goat's milk and on pitch black bread whose cinders were not separated so as to produce more bread per pound. His hard-working mother sold a piece of land, which produced enough wheat to pull the family through the whole year, in order to pay his steerage fare to America. For in America the streets were paved with gold; the buildings were taller than mountains; the women all dressed like princesses and the man had their pockets lined with money; every boy had a bicycle; and every man and woman owned an automobile. At the age of thirteen, Takiss, large for his age, arrived in a paradise known as Chicago.

ARBEITEN
ZUR SHORT STORY UND KURZGESCHICHTE
(1950 — 1968)

Eine ausgewählte Bibliograhie

Paul Goetsch

Diese Bibliographie verzeichnet Arbeiten zur Short Story und Kurzgeschichte im Zeitraum von 1950 bis 1968, bezieht aber einige ältere Werke ein, soweit diese nach wie vor unentbehrlich scheinen oder für die Entwicklung der Short-Story-Kritik typische Gesichtspunkte vortragen. Short-Story-Anthologien und Interpretationssammlungen wurden grundsätzlich nicht aufgenommen. Ausgeklammert wurden auch jene germanistischen Arbeiten, die sich nahezu ausschließlich mit der Novelle befassen (vgl. die Literaturübersicht in der unten angeführten Arbeit von Benno v. Wiese, ferner Karl Konrad Polheim, *Novellentheorie und Novellenforschung: Ein Forschungsbericht 1945-1964*, Referate aus der *DVLG* [Stuttgart, 1965]). Die Kürze oder Länge der Zusammenfassungen ist kein Indiz für den Wert der jeweiligen Abhandlungen; mein Bestreben war, die Hauptaussagen von Aufsätzen zusammenzustellen und jene von Monographien wenigstens anzudeuten.

1. Bibliographien

Cook, D. E., und M. I. Stevenson, *Short Story Index* (N Y., 1953, 1960).

Stallman, Robert W., „A Selected Bibliography of Criticism of Modern Fiction“, in: John W. Aldridge, Hrsg., *Critiques and Essays on Modern Fiction 1920—1951, Representing the Achievement of Modern American and British Critics* (N. Y., 1952), 553—610.

Thurston, J., und O. B. Emerson, C. Hartman, E. V. Wright, *Short Fiction Criticism: A Checklist of Interpretation since 1925 of Stories and Novelettes (American, British, Continental) 1800—1958* (Denver, 1960).

Walker, Warren S., *Twentieth-Century Short Story Explication: Interpretations, 1900—1966, of Short Fiction Since 1800*, 2. Aufl. (Hamden, Conn., 1967).

Dieser Band tritt an die Stelle früherer Bibliographien des Verf.

Laufende Bibliographien in *Modern Fiction Studies, PMLA, Studies in Short Fiction.*

2. Arbeiten zur Theorie

Backus, Joseph M., „'He Came into Her Line of Vision Wilking Backward': Nonconsequential Sequence-Signals in Short Story Openings", *Language Learning,* XV (1965), 67-83.

Nicht eingesehen.

Bader, A. L., "The Structure of the Modern Short Story", in: Shiv K. Kumar, Keith McKean, Hrsg., *Critical Approaches to Fiction* (N. Y., 1968), 67-75 (zuerst *College English,* VII [1945/6], 86-92).

Der Vorwurf der Formlosigkeit, der gegen die moderne Short Story erhoben wird, ist unberechtigt. Die Short Story der Gegenwart wendet sich zwar gegen den Mißbrauch und die Formelhaftigkeit des *traditional plot,* doch liegt auch ihrer *narrative structure* ein Konflikt zugrunde, der nach einer Lösung verlangt. Allerdings muß der Leser diesen Konflikt mitunter erschließen: „To suggest, to hint, to imply, but not to state directly or openly — this is a favored contemporary technique" (70). Als Beispiele werden William Marchs „A Haircut in Toulouse" und John O'Haras „Are We Leaving Tomorrow?" erwähnt und den traditionellen Erzählungen, Jack Londons „Love of Life" und Sarah Orne Jewetts „A White Heron", gegenübergestellt.

Bender, Hans, „Ortsbestimmung der Kurzgeschichte", *Akzente,* IX (1962), 205-225.

Dieser Essay orientiert sich, obgleich er die Entwicklung der internationalen Kurzgeschichte skizziert, vor allem an der zeitgenössischen Erzählkunst und bietet eine Reihe anregender apodiktischer Formulierungen an, um das Wesen der Kurzgeschichte zu bestimmen. Für Bender beginnt die Kurzgeschichte („Eine O'Henry-Geschichte ist die Kurzgeschichte schlechthin", 207) mit „der Skepsis am Wort, mit der Skepsis an der Schilderung der Realität" (205): „Der Autor ist sich seiner Grenzen bewußt: er weiß, was er noch darstellen kann und was nicht. Er rettet sich in die Beschränkung, in die Dinglichkeit, ins Detail, in die punktuelle Beschreibung, er arbeitet mit Aussparungen; auch das Schweigen redet" (213). Als „säkularisierte Kalendergeschichte unserer Zeit" (205) ist die Kurzgeschichte nur scheinbar anspruchslos; in Wahrheit ist für sie die fragende Haltung das erregende Moment, zumal auch der charakteristische Schlußschock nicht unbedingt Antworten gibt: „Der Schluß ist offen . . . " (206). In ihrer Offenheit soll die Kurzgeschichte „dem Leben gleichen, richtiger, einem Lebensabschnitt und möglichst dem eines nicht erhöhten, sondern eines mittelmäßigen Lebens" (206). Als Chamäleon der literarischen Gattung paßt sie sich ihrer Umgebung an, manche Romane sollten besser Kurzgeschichten genannt werden.

Brooks, Cleanth, und R. P. Warren, *Understanding Fiction,* 2. Aufl. (N.Y., 1959).

Diese wichtige Einführung in die Interpretation der Erzählkunst enthält viele Hinweise auf die Short Story. Die Verfasser gehen von der Voraussetzung aus: „There is no ideal form, or set of forms, for the short story, but there are certain principles to which one may become sensitive by studying stories. These principles involve the relationships existing among the elements of a story, the adjusting of means to ends, the organization of material to create an expressive unity" (646).

Doderer, Klaus, „Die angelsächsische *short story* und die deutsche Kurzgeschichte", *Die Neueren Sprachen,* II (1953), 417—424.

In der dtsch. Kurzgeschichte, einer eigenständigen Form, deren Wurzeln ins 19. Jhdt. zurückreichen, „gelangt jeweils ein entscheidender Lebensausschnitt zur Wiedergabe, der sich im Idealfall zu einem Schicksalsbruch verdichten kann. Gewöhnlich handelt es sich um eine differenzierte Zustandsschilderung, in der sich das Ereignis vollzieht" (417). Von der Kurzgeschichte unterscheidet sich die Novelle dadurch, daß sie „nicht nur den Schicksalsbruch, sondern die Auseinandersetzung mit dem in ihr aufgeworfenen Motiv viel intensiver verlangt und damit auch nicht den offenen Schluß, wie die Kurzgeschichte, sondern nur eine Lösung verträgt" (418). Während die Skizze die Stimmungshaftigkeit im Gegensatz zur Kurzgeschichte zum alleinigen Ziel erhebt, setzt sich die auf dem Gesetz des additiven Berichtens aufbauende Erzählung von der straffen Komposition der Kurzgeschichte ab. Die angelsächsische Short Story entspricht oft der Form der Novelle, doch wenn man die Novellen ausklammert, dann ergeben sich klare Konturen der Geschichte dieser Gattung sowohl in der deutschen als auch in der angelsächsischen Literatur. „Die Wiedergabe eines Schicksalsbruches oder eines die Lebenszusammenhänge plötzlich offenbarenden Lebensausschnittes setzt geistesgeschichtlich das Interesse am Schicksal des Menschen in seiner Vereinzelung voraus. Dabei wird die Verhaltensweise des Helden und nicht mehr die Tat als Faktum interessant" (422). Poe und E. T. A. Hoffmann stehen am Anfang der Entwicklung. — Vgl. ders., *Die Kurzgeschichte in Deutschland: Ihre Form und Entwicklung* (Wiesbaden, 1953).

Ders., „Die Kurzgeschichte als literarische Form", *Wirkendes Wort,* VIII (1957/8), 90-100.

Nach Hinweisen auf die nach wie vor herrschende Begriffsverwirrung bestimmt der Verf. die Kurzgeschichte als eine Form der Erzählkunst, die in der Regel kürzer ist als die Novelle des 19. Jahrhunderts, auf eine Einleitung verzichtet, linear verläuft, nicht auf Handlungsentwicklung, sondern auf Charakterisierung und die Erzeugung einer einheitlichen Atmosphäre Wert legt und einen offenen, oftmals unerwarteten Schluß aufweist. Bei der echten Kurzgeschichte fallen „der Höhepunkt, der Wendepunkt und der Schluß zusammen". „Die eigentliche Handlung ist . . . auf einem Moment am Schluß zusammengeschrumpft, oder aber sie fehlt, läßt sich nur noch aus der geschilderten Stimmung erwittern" (95). Urmotiv ist die „Wiedergabe eines schicksalhaftigen Momentes", denn die Absicht der Kurzgeschichte „liegt nicht im dramatischen Bericht einer ‚unerhörten Begebenheit', sondern in der Offenbarung und der psychologischen Durchleuchtung eines Stückes Lebenswirklichkeit" (96). Auf der 1. Stufe ihrer Entwicklung (im 19. Jhdt. Hoffmann, Hebel) sondert sie sich von der Novelle ab, um die Jahrhundertwende läuft sie mit dem Verfall der Novellenform parallel, eine dritte Stufe wird in den zwanziger Jahren unter dem Einfluß der amerikanischen Kurzgeschichte (einer Art der Short Story) erreicht.

Elliott, George P., „A Defense of Fiction“, *Hudson Review,* XVI (1963), 9-48 (auch als Einleitung zu *Types of Prose Fiction* [N. Y., 1964], einer von Elliott herausgegebenen Sammlung von Short Stories).

Diese von Northrop Fryes *Anatomy of Criticism* beeinflußte Studie wendet sich gegen Klassifizierungen wie *tale, short story, narrative, satire, novella of manners* usw., ferner gegen Behauptungen wie „A short story should ideally end in an epiphany. The true novel is realistic and coherent in all its parts“ (11). Statt dessen wird vorgeschlagen, jede Art der Erzählkunst als „narrative fantasy which generates an imaginative reality and incarnates an idea of moral reality“ (12) aufzufassen und vier Typen des Verhältnisses von Kunst und Wirklichkeit bzw. des Autor-Leser-Dialogs zu unterscheiden: „A narrative may look like an account of actual happenings (realistic fiction) or even be one (autobiography); yet it must be as wholly imagined as the tallest tale if it is to succeed. The fiction may propose ideas (anatomy and satire) or it may seem to be as empty of ideas as a dream (romance)“ (12).

Fenson, Harry, und Hildreth Kritzer, *Reading, Understanding, and Writing about Short Stories* (N. Y., 1966).

Nicht eingesehen.

FitzGerald, Gregory, „The Satiric Short Story: A Definition“, *Studies in Short Fiction,* V (1967/8), 349-354.

„The 'satiric short story' may be defined as a brief Menippean satire (an indirect prose type with characters, plot, conflict, etc.), that sustains throughout a reductive attack upon its object(s); that conveys to its intended reader an import different from its apparent, surface meaning; and that is permeated by satiric techniques“ (353). Vgl. ders., „Analysis of Selected Structural Techniques in the Contemporary Satiric Short Story“, *DA,* XXVIII (1968), 3108A-81A (Iowa).

Friedman, Norman, „What Makes a Short Story Short?“, *Modern Fiction Studies,* IV (1958/9), 103-117.

In diesem wichtigen Beitrag zur Theorie beschäftigt sich F. eingehend mit der Frage des Umfangs der Short Story, wobei er besondere Aufmerksamkeit der Handlung schenkt. Vgl. ausführlich Paul Goetsch, „Probleme und Methoden der Short-Story-Interpretation“, in diesem Band.

Gillespie, Gerald, „Novella, Nouvelle, Novella, Short Novel? — A Review of Terms“, *Neophilologus,* LI (1967), 117-127, 225-230.

Nach einem detaillierten Überblick über die Geschichte dieser Begriffe gelangt G. zu der Schlußfolgerung, daß es nützlich wäre, die englische Terminologie um den Begriff „novella“ zu ergänzen — „if only as a kind of 'wedge' separating definitively the spheres of the short story and novel“ (126). Mit Hilfe von Begriffen der deutschen Novellentheorie (unerhörtes Ereignis, Falke) interpretiert er kurz *The Old Man and the Sea, The Secret Sharer, The Bear* und andere Erzählwerke als Novellen, räumt aber ein: „. . . one ought not quibble over conceding that a *novella*-like order is one of many kinds of 'short story'“ (227).

Glicksberg, Charles I., *Writing the Short Story* (N. Y., 1953).

Nicht eingesehen.

Glorfeld, Louis E., und Robert Broadus, Tom E. Kakonis, *The Short Story: Ideas and Backgrounds* (Columbus, Ohio, 1967).

Anthologie mit *questions for further study.*

Gullason, Thomas H., „The Short Story: An Underrated Art", *Studies in Short Fiction,* II (1964/5), 13-31.

Die Short Story ist wesentlich älter als der Roman und in der Moderne ebenso *sophisticated.* Trotzdem wird sie vom Lesepublikum, von der Kritik und den Verlegern unterschätzt. Man wirft ihr Kürze und Abruptheit vor, Mangel an Zeit, „a 'sense of continuing life'" (Frank O'Connor) hervorzurufen (19), eine durch die Kürze oder kommerzielle Erwägungen bestimmte Formelhaftigkeit und fehlende Komplexität. Bei genauerer Lektüre zeigt sich jedoch, daß die besten Short Stories der Moderne infolge von Anspielungen, symbolischer Verdichtung und sprunghafter Erzählweise eine Art dichterischer Kurzschrift darstellen, in der jedes Wort zählt und eine neue Bedeutungsdimension eröffnen kann: „Luckily because it is read in parts, a novel's possible lack of logic and proportion and loss of momentum are not noticed for the piecemeal reading of the novel. Now because the short story is read in one sitting it is always on trial. Every second counts. Like poetry, if a word, a sentence, is misplaced, if there is a loss of proportion, or if the momentum is not right, if there are platitudes, anything superfluous, any faking — the jig is up" (31).

Hirschmann, Otto, *Die Kurzgeschichte: Eine gattungs-, form- und stilgeschichtliche Untersuchung* (Mschr. Diss. Wien, 1933).

Diese Arbeit aus der Nadler-Schule, die sich im Haupttteil mit Werken von Goethe, Kleist, Hebel, Paul Ernst, Wilhelm Schäfer und Hans Franck befaßt, trifft für die spätere deutsche Kurzgeschichtentheorie charakteristische Unterscheidungen. „Die Novelle führt ... die Entwicklung bis zum Aneinanderstoß zweier Gegensätze. Die Kurzgeschichte stellt das, worauf es ankommt, als Hauptstück auf und ... deutet die Entwicklung (eigentlich rückschreitend) nur an. ... Die Kurzgeschichte ist die in sich geschlossene Andeutung, Wegweiser an einer Straße oder dort, wo der Fluß plötzlich verschwindet oder unterirdisch weiterfließt" (65). „Infolge dieser Zielstrebigkeit ... wird die Beschränkung auf wenige, mitunter auf eine einzige Person zur zwangsläufigen Bedingung" (66). Ist die Novelle die zur künstlerischen Vollendung gesteigerte Anekdote (23), so ist die Kurzgeschichte eine weitgefaßte Anekdote, da sie das Bedeutende im Einfachen wiedergeben möchte (67), wenn sie sich auch äußerlich von der Anekdote dadurch abhebt, daß sie unhistorisch ist (66). Quellen der Kurzgeschichte sind die italienische Novelle und der deutsche Schwank. In Deutschland kommt sie ohne Wendepunkt und Pointierung aus, da die Pointe typisch für französische Geistreichelei ist (79).

Höllerer, Walter, „Die kurze Form der Prosa", *Akzente,* IX (1962), 226-245.

Die Kurzgeschichte, die zum Zweifel und zur Kritik erziehen soll, ist „ein Schauplatz all *der* Eigenarten geworden, die die traditionellen Prosagattungen nur am

Rande neu aufnehmen konnten, die sich ihnen aber in der neuesten Zeit mehr und mehr aufdrängten" (226). Ihre Entstehung ist daher nicht auf literatursoziologische Faktoren (‚keine Zeit zum Lesen') zurückzuführen, sondern darauf, daß der „Glaube an die Wahrheit solcher endgültiger zweifelloser Schlüsse, der den Novellen seit Boccaccio eigen war" (228), ebenso geschwunden ist wie die Überzeugung, Handlungen müßten durchschaubar sein (Falke) und sich so sauber und glatt wie in der traditionellen Novelle fügen. Zu den Tendenzen des modernen Romans, die die Entstehung der Kurzgeschichte begünstigt haben, zählen die Augenblicksfixierung, die entscheidende Bedeutung des Trivialen, der Glaube an die Mehrdeutigkeit der Geschehnisse, die Neigung, Objekte nicht mehr zu manipulieren, sondern mitspielen zu lassen, die Vorliebe für atmosphärisch genau gezeichnete Einzelabschnitte und für die Offenlegung des Erzählvorgangs, ferner der Zweifel, ob man einen Anfang oder ein Ende der Handlung annehmen darf. „Fast alle modernen Literaturbewegungen steuerten auf eine gewisse Verselbständigung von Elementen der Erzählkunst hin, die im klassischen System des Erzählens nur dienende Funktion hatten" (234). Parallel dem Einbruch des Kurzprosahaften in den Roman lief die Ausbildung von drei bezeichnenden Formen der Kurzgeschichte: 1. der Augenblicksgeschichte (Borcherts „Die Küchenuhr", Hemingways „Old Man at the Bridge"), 2. die Arabeskenkurzgeschichte, die stilistische Arabesken des Erzählens kennt, da sie die Aufmerksamkeit auf den Erzählvorgang lenkt, und 3. die Überdrehungs- und Überblendungsgeschichte, für die die abrupte Veränderung einer alltäglichen Situation charakteristisch ist (Bölls „Unberechenbare Gäste", Hemingways „The Snows of Kilimanjaro").

Holman, Harriet R., „A Measure for the Story of Initiation", *South Atlantic Bulletin,* XXIII (1968), iv, 24-26.

Nicht eingesehen.

Hüllen, Werner, „Roman und Kurzgeschichte in der englischen Literaturkritik", *Zeitgenössische englische Dichtung: Einführung in die englische Literaturbetrachtung mit Interpretationen,* Bd. II: *Prosa* (Frankfurt, 1966), 5-34.

Diese Einführung in die Interpretation der Erzählkunst charakterisiert kurz die Short Story, deren Geschichte im Grunde erst mit Katherine Mansfields Werken beginnen soll. Hervorgehoben werden ihr Realismus, ihre Konzentration auf ein Thema, eine Begebenheit, eine Stimmung, ihre Betonung der Klimax, ihre Abruptheit und Bildhaftigkeit, ihr aussparender, anspielungsreicher Stil, ihre Bevorzugung der personalen Erzählsituation.

„The International Symposium on the Short Story, Part One", *Kenyon Review,* XXX (1968), 443—490.

Autoren verschiedener Länder skizzieren die literarische Situation und gehen kurz auf zeitgenössische Entwicklungen der Short Story ein.

Kempton, Kenneth Payson, *The Short Story* (Cambridge, Mass., 1954, zuerst 1947).

Dieser Band, eines der besseren Handbücher für angehende Short-Story-Autoren, verzichtet auf die Darbietung von Rezepten, polemisiert gegen die einengenden Definitionen von Poe und Brander Matthews sowie gegen „the plot fetish" (231) und illustriert verschiedene Möglichkeiten der Darstellung an zahlreichen internationalen Short Stories.

Kilchenmann, Ruth J., *Die Kurzgeschichte: Formen und Entwicklung* (Stuttgart, 1967).

Obwohl K. den Gattungsbegriff Kurzgeschichte ebenso ablehnt wie eine normative Definition (20) gewinnt sie aus einer Anzahl von Arbeiten (Doderer, Bender, Höllerer), die zur „Anerkennung der Kurzgeschichte als eigenständiger Ausdrucksform" (11) beigetragen haben, die Terminologie und Ansatzpunkte für eine strukturelle Bestimmung der Kurzgeschichte und grenzt diese Form, wie in der Germanistik üblich, von anderen ab. Im Vergleich zur Kurzgeschichte legt die Anekdote Wert auf die örtliche und zeitliche Bestimmtheit, die plastische Charakterisierung und einen pointenhaften Schluß. „Während die Novelle eine lineare Handlung aufweist und auf einen Höhepunkt zu konstruiert ist, stellt die Kurzgeschichte meist ein Stück herausgerissenes Leben dar und teilt mit der ‚situazione' die flächige, statt in einer Richtung laufende Struktur, die netzhafte Verflechtung, statt der aufsteigenden und scharf abfallenden Kurve. ... Sukzessives, nach Objektivität strebendes Erzählen in der Novelle weicht Zustandsberichten, assoziativem Darstellen und fragmentarischen, lose verbundenen Erzählphasen" (17). Von der Erzählung, die formal lockerer ist als die Novelle und sich stärker auf die Darstellung einer Entwicklung konzentriert, hebt sich die Kurzgeschichte ab, weil sie einen Schicksalsbruch durch Handlungsteile beschreibt und eine Daseinsentscheidung herbeiführt, die aber kaum je in Form einer Krise erscheint. Short Stories können sich beträchtlich von der Kurzgeschichte unterscheiden, z. B. sind die Prosakurzformen Hemingways „oft weit entfernt" von der Kurzgeschichte (143). — Im Hauptteil gibt die Verf. einen oft ungewöhnlichen historischen Überblick, der europäische wie amerikanische Autoren einbezieht.

Klein, Johannes, „Kurzgeschichte", in: Werner Kohlschmidt, Wolfgang Mohr, Hrsg., *Reallexikon der deutschen Literaturgeschichte,* 2. Aufl. (Berlin, 1958), I, 912-915.

Mit der Kurzgeschichte „kommt ein fremdes Form-Element in die Geschichte unserer Erzählkunst, einmal, weil sie aus der Zeit der Stil-Auflösung erklärlich ist, sodann, weil sie nur noch teilweise abendländische Voraussetzungen haben dürfte" (912). Im Unterschied zur Novelle, die wenigstens bei ihrer Entstehung einen geselligen Hörerkreis voraussetzte, wendet sich die Kurzgeschichte nur an Leser, „die weniger geduldig sind als jene Hörer. Darum ist ihr der Lese-Zweck wichtiger als die Form". Ihre übersichtliche Gestaltung und der Zwang zur Abkürzung begünstigen die Bewußtheit und benachteiligen das Unbewußte, eines der wichtigsten Wurzeln der Kunst. „Wenn schon bei der Novelle gegenüber dem Roman die Entwicklung zurücktritt, so fehlt sie in der K. ganz. Wenn schon die Novelle in der späteren Entwicklung das Tragische bevorzugt, ... so übersteigert die K. gerne auf den Schrecken hin. Wenn die Novelle bereits durch das zentrale Geschehnis gekennzeichnet ist, so betont die K. dies wenigstens in einem Typ so scharf, daß es den Aufbau auch für ein ungeschultes Auge beherrscht. Umgekehrt tritt das Leitmotiv, das für die Novelle zwar charakteristisch, aber nicht unbedingt erforderlich ist, in der K. sehr zurück" (913). Nahe steht die Kurzgeschichte, die weniger entwicklungsfähig als die

Novelle ist, auch der Anekdote, deren Pointe (Verblüffung als Wirkung) dem Lebensbruch (Erschütterung) der Kurzgeschichte entspricht. Von der Skizze unterscheidet sich die Kurzgeschichte dadurch, daß sie durchkomponiert ist und über die Andeutungen und Entwürfe hinausgeht. Wegen der Bewußtheit, mit der die Kurzgeschichte geschaffen wird, fällt der lyrische Typ aus. Wichtig werden der epische und dramatische, der tragische Typ herrscht vor. Strukturell ist der Typ häufig, der sich auf ein auffälliges Ereignis konzentriert. Weniger üblich ist der alle entscheidende Szenen und Züge eines Lebens verbindende ‚Fünf-Minuten-Roman'. — Vgl. ders., *Geschichte der deutschen Novelle von Goethe bis zur Gegenwart*, 4. Aufl. (Wiesbaden, 1958), 16—25.

v. Kraft, Helga, *Die Kurzgeschichte als Gegebenheit und Idee* (Mschr. Diss. Münster, 1942).

Für die Verf. dieser zeitungswissenschaftlichen Diss. ist die Kurzgeschichte inhaltlich „stark an Gegenwartsfragen, an Aktuelles, an Kleinmenschliches und Alltägliches gebunden, das im Idealfall durch die symptomatische, das angeschnittene Thema physiognomisch erfassende Darstellungsart zu allgemein gültiger Bedeutung wird" (23). Formal fallen gegenständliche Darstellung, Betonung der Handlung, Vermeidung langer Exposition, Verzicht auf Stimmungsmalerei, Andeutungen, Häufigkeit der direkten Rede auf. Die Handlung entwickelt sich linear ('Schlaglichtdramatik', ‚Großaufnahme') und ist pointiert (Höhepunkt und Schlußpointe fallen zusammen, 33). Da die Kürze nicht das besondere Kennzeichen der Kurzgeschichte ist (35), unterscheidet sie sich vom Roman durch das Fehlen einer Entwicklung, die Konzentration auf ein Ereignis. Im Gegensatz zur Novelle verwandelt die Kurzgeschichte eine unwesentliche und alltägliche Begebenheit erst zu einer unerhörten; im Unterschied zum Feuilleton und zur Skizze lebt sie von Handlung und Pointe (42); von der Anekdote setzt sie sich dadurch ab, daß sie nicht vom Volk überliefert wird und kein Verhalten oder Geschehen wiedergibt, das für eine volkstümliche Persönlichkeit oder ein geschichtliches Ereignis typisch ist. Der Herkunft nach leitet sich die deutsche Kurzgeschichte von der amerikanischen und europäischen Short Story ab. „Edgar Allan Poes *theoretische* Ausführungen über die Technik der Short-story haben auch für die Kurzgeschichte Gültigkeit" (66). Abschließend geht K. auf den Werdegang der Kurzgeschichte und ihre Stellung im Feuilleton ein, bes. in dem der *Kölnischen Zeitung* (ab 1838). Der Anhang enthält verschiedene Zeitungskurzgeschichten und Hinweise auf entlegene ältere Literatur.

Krell, Max, „Kondensierte Lektüre: Gedanken über die Kurzgeschichte", *Neue literarische Welt*, IV (1953), x, 2.

K. setzt sich mit einem Aufsatz von Frank O'Connor in der *Neuen Zürcher Zeitung* auseinander und wendet sich gegen den Versuch, die Kurzgeschichte vom Umfang her zu bestimmen. Er selbst versteht die Kurzgeschichte als eine „Art Photographie, besser noch Kinematographie, in der sich ein Schicksal, eine Beobachtung, eine Begegnung sachlich und scharf abgegrenzt entwickeln können". Darin besteht zugleich ihre Schwäche: Der Autor bringt die von ihm aufgegriffenen „faits divers" in „die gehörige dramatische Ordnung, das heißt in eine möglichst umweglose, gradlinige, was dem Leser das denkende Miterleben spart". Als kondensierter Romanersatz der Gegenwart, als Lückenbüßer für die Leseträgen und Zeitarmen negiert die Kurzgeschichte alle dichterischen Werte. Eine Ausnahme sind Short Stories wie die von O'Henry und Katherine Mansfield, die sich aber bei näherer Prüfung als Erzählungen und Novellen herausstellen, die sich den Schulgesetzen der Kurzgeschichte nicht unterworfen haben und auch noch nicht unter dem Diktat der Bedarfskonjunktur geschrieben worden sind.

Kusenberg, Kurt, „Über die Kurzgeschichte", *Merkur*, XIX (1965), 830-838.

Die Kurzgeschichte oder *short short story* (3—15 Schreibmaschinenseiten) ist eine kaum zu greifende, äußerste Disziplin fordernde Kunstform, die weder auf bestimmte Stoffe noch auf Darstellungstechniken (Pointe, Realismus usw.) festzulegen ist. Die gute Kurzgeschichte „sollte in der Substanz größer sein als im Format: so wie manche Häuser, die innen geräumiger wirken, als man es von außen vermutet" (832). Im allerglücklichsten Fall enthält sie eine „Grundfigur", „einen Aufbau, der so zwingend und bildhaft ist, daß man ihn geometrisch darstellen könnte; der so exemplarisch ist, daß er immer wieder aufs neue erfunden wird, weil die durchaus nicht unbegrenzten Möglichkeiten des Erzählens auf ihn hinführen" (z. B.: Jemand schätzt seine Position falsch ein. Er hält sich für unangreifbar, ist aber, im Gegenteil, sehr verwundbar oder gar aufs äußerste gefährdet, 836).

Lang, Hans-Joachim, „Kunst und Wirklichkeit in der Short Story", *Pädagogische Provinz,* XIII (1959), 398-404.

L. interpretiert drei Short Stories mit *surprise endings* (Ambrose Bierces „A Horseman in the Sky", Rudyard Kiplings „The Gardener" und Nathaniel Hawthornes „The Wives of the Dead") als Beispiele für die Kunst und Künstlichkeit der Dichtart, die „auf weniger Raum relativ mehr Bedeutung hervorzaubern muß" als der Roman (399). Obwohl es nicht angebracht ist, einen Autor auf die sog. Wirklichkeit zu beschränken, könnte ein Vergleich selbst der besten Geschichten von Hawthorne und Poe mit denen Kiplings, Hemingways oder Mansfields zeigen, „wie große Fortschritte in der Behandlung des Dialogs und eines flexiblen, ‚natürlichen' (natürlich scheinenden!) und weniger ‚literarischen' Erzähltons in 100 Jahren gemacht worden sind" (403).

Link, Franz L., „'Tale', 'Sketch', 'Essay' und 'Short Story'", *Die Neueren Sprachen,* VI (1957), 345-352.

Die Arbeiten Doderers haben nach L. nur eine Art der auch als Short Story bezeichneten Kurzepik überhaupt definiert. Notwendig ist daher eine Abgrenzung der bes. im 19. Jhdt. üblichen Begriffe *tale, story, sketch* und *essay* von dem zuerst 1887 belegten Terminus Short Story. Dem *essay,* der persönliche Gedanken eines Autors enthält, steht der *sketch* gegenüber, die einfache Beschreibung eines von dem Verf. betrachteten Gegenstandes. *Sketch* und *simple tale* (nach Thrall-Hibbard) sind als *non-fiction* anzusehen und unterscheiden sich darin von der *tale* als *fiction.* „Wählen wir die *tale* als Ausgangspunkt, so gelangen wir zur *short story* durch die Reduzierung der Handlung auf ein nur noch die Situation bestimmendes passives Verhalten des Helden oder dessen ohnmächtiges Ausgeliefertsein in Umständen, die sein Schicksal bestimmen. Dieser die innere Form bestimmende Vorgang setzt ein neues Weltverständnis bzw. ein Verlorengehen eines Weltverständnisses voraus, wie es bei

Dickens noch nicht vorliegt, das sich aber in der amerikanischen Literatur bei Hawthorne in seiner Auseinandersetzung mit dem Vorsehungsglauben seiner puritanischen Vorfahren anbahnt und bei Poe zum ersten Mal radikal zum Durchbruch kommt. Zwischen *tale* und *short story* tut sich durch diese Entwicklung der Unterschied auf, wie ihn Johannes Klein zwischen Novelle und Kurzgeschichte beschreibt. ... Die Grenzstellung der Kurzgeschichte zwischen *tale* und *sketch* kennzeichnet sie als eine der einfachsten, aber auch gleichzeitig schwierigsten Formen der Erzählkunst" (351 f.) — mit vielen strukturellen und stofflichen Variationsmöglichkeiten, wenn auch gewöhnlich eine entscheidende Lebenssituation im Mittelpunkt steht.

Marcus, Mordecai, „What Is an Initiation Story?", in: Shiv K. Kumar, Keith McKean, Hrsg., *Critical Approaches to Fiction* (N. Y., 1968), 201-213 (zuerst in etwas anderer Form in *Journal of Aesthetics and Art Criticism*, XIV [1960/1], 221-228).

Nach der Überprüfung verschiedener Definitionen der Initiationserzählung und der ihnen zugrunde liegenden anthropologischen Thesen hält M. es für richtig, nicht unbedingt auf dem ritualistischen Charakter der Initiationsliteratur zu bestehen: „An initiation story may be said to show its young protagonist a significant change of knowledge about the world or himself, or a change of character, or of both, and this change must point or lead him towards an adult world. It may or may not contain some form of ritual, but it should give some evidence that the change is at least likely to have permanent effects." Drei Arten werden unterschieden, nämlich „tentative, uncompleted, and decisive initiations": „First, some initiations lead only to the threshold of maturity and understanding but do not definitely cross it. Such stories emphasize the shocking effect of experience, and their protagonists tend to be distinctly young [vgl. Hemingways „Indian Camp"]. Second, some initiations take their protagonists across a threshold of maturity and understanding but leave them enmeshed in a struggle for certainty. These initiations sometimes involve self-discovery [vgl. Andersons „I Want to Know Why", Lionel Trillings „The Other Margaret"]. Third, the most decisive initiations carry their protagonists firmly into maturity and understanding, or at least show them decisively embarked toward maturity. These initiations usually center on self-discovery [vgl. Conrads „The Secret Sharer", Faulkners „The Bear", Fitzgeralds „The Freshest Boy"]" (204 f.).

Mertner, Edgar, „Zur Theorie der Short Story in England und Amerika", *Anglia*, LXV (1941), 188-205.

M. beschreibt die formal-technischen Definitionen der Short Story im angelsächsischen Bereich, setzt sich kritisch mit ihnen sowie der Gefahr der Kommerzialisierung der Short Story (die in den U.S.A. stärker als in England gegeben sei) auseinander und beklagt, daß die Theorie und Praxis der dtsch. Novelle in der angelsächsischen Welt so gut wie unbekannt seien: „Eine besinnliche Note, eine Abkehr vom technisch-mechanistischen Formprinzip und Hinwendung zum wahrhaft Poetischen setzt die Erkenntnis von der ästhetischen Existenz der Novellenform voraus, die in der deutschen Theorie noch stärker hervortritt" (197). Überhaupt ist er der Ansicht, daß sich die echte angelsächsische Short Story „in ihren dauerhaftesten Erzeugnissen nur unter der literarischen Begriffsbestimmung der Novelle wesensgemäß" erfassen läßt (188).

Motekat, Helmut, „Gedanken zur Kurzgeschichte: Mit einer Interpretation der Kurzgeschichte ‚So ein Rummel' von Heinrich Böll", *Der Deutschunterricht,* IX (1957), i, 20-35.

Obwohl die dtsch. Kurzgeschichte von der amerikanischen Short Story angeregt wurde, hat sie sich von ihr gelöst, denn „das Lebensgefühl des modernen deutschen Menschen" ist „in der spezifischen Situation nach der Katastrophe noch um eine wesentliche Nuance verschieden von dem Lebensgefühl des modernen Menschen". Zugleich kommt in der dtsch. Kurzgeschichte „ein durch die geistige Tradition lebendiges deutsches Wesenselement zur Wirkung als unabweisliche Frage nach dem tieferen, dem eigentlichen Sinn eines erzählten Geschehens" (21), während die amerikanische Short Story meist in der „bloßen dichterischen Verwirklichung einer spezifischen Situation gegenwärtigen Lebens" ihr Genügen findet (35). Im Unterschied zur Novelle gestaltet die Kurzgeschichte „nur die ‚unerhörte sich ereignete Begebenheit', ohne Hinführung, ohne Schlußfolgerungen und ohne irgendwie geartetes erklärendes oder ausschmückendes Beiwerk. Die Erzählung blendet sich ein in das lebendige, gelebte und erlebte Leben im Augenblick der ‚sich ereigneten Begebenheit' und blendet sich aus, sobald das Geschehen als solches zum Abschluß gelangt ist" (27).

Munson, Gorham, „The Magic of the Short Story", *Connotation* (Fairley Dickinson Univ.), I (1962), i, 2-9.

Nicht eingesehen.

O'Faolain, Sean, *The Short Story* (N. Y., 1964, zuerst 1951).

Der Short-Story-Autor O. legt hier seine Ansichten über die Gattung dar und äußerst sich recht persönlich zu anderen Autoren, z. B. zu Daudet, Tschechow und Maupassant. Wiederholt wendet er sich dabei an junge Schriftsteller, konzentriert sich aber auf die unerlernbaren Aspekte der Erzählkunst, denn ein Zehntel ist Technik, der Rest Ausdruck der Persönlichkeit. Nach O. steht die Short Story wegen ihrer Kürze und Komprimiertheit, ihrem Andeutungsreichtum und ihrer Subtilität der Lyrik nahe (James' Erzählungen sind zu lang, um als Short Stories zu gelten.). Im Unterschied zum Romancier denkt der Short-Story-Verfasser in Wörtern und Sätzen, nicht in Abschnitten und Kapiteln. Deshalb ist er Meister des Episodischen und der Situation, die nicht unbedingt anekdotenhaft zu sein braucht.

Paulson, Ronald, Hrsg., *The Novelette Before 1900* (Englewood Cliffs, N. J., 1965).

In der Einleitung zu dieser Ausgabe von zehn Werken (darunter *Candide*, *Castle Rackrent*) versucht P., als Form zwischen Short Story und Roman die *novelette* zu bestimmen. Er stellt folgende Merkmale der *novelette* zusammen, die teils aus der Novellentheorie, teils aus der Short-Story-Kritik geläufig sind: 1. Ausschnitthaftigkeit, Konzentration auf eine Person, der etwas Merkwürdiges zugestoßen ist; 2. Verzicht auf die Darstellung einer Charakterentwicklung („one characteristic action"); 3. „unity of effect"; 4. „an artistry of presentation unique in the usually helter-skelter world of long prose fiction".

Peden, William, „Was ist eine Kurzgeschichte?“, *story*, V (April 1950), Heft 4.

Nicht eingesehen.

Piontek, Heinz, „Graphik in Prosa: Ansichten über die deutsche Kurzgeschichte“, *Merkur*, XIII (1959), 275-283.

Für P., der sich die Short Stories der *lost generation* zum Vorbild nimmt, sind Romane Fresken, Erzählungen Aquarellen, Kurzgeschichten der Graphik vergleichbar. Die Kurzgeschichte ist eine neue, zuerst in den U.S.A. ausgebildete Kleinform, die das Entscheidende nach innen verlegt, deshalb im Unterschied zur Anekdote ohne Pointe auskommt (bzw. diese über das ganze Werk verteilt) und keinen übergewichtigen Schluß besitzt. „Es versteht sich, daß der Erzähler diese im Verborgenen sich abspielenden Prozesse nicht reflektiv zur Geltung bringt. Seine Mittel sind Schilderung, Dialog. Da er die Denk- und Gefühlsbewegungen seiner Akteure nur höchst selten direkt aufzeichnet, muß man die Geschichten Wort für Wort lesen, mit einer geradezu findigen Aufmerksamkeit, denn die inneren Vorgänge geben sich zumeist bloß in schwachen Verfärbungen und Veränderungen der Oberfläche zu erkennen. Diese Oberfläche der Wirklichkeit wird vom Kurzgeschichtenautor allerdings mit besonderer Sorgfalt behandelt“ (279). Die Handlung der Kurzgeschichte verläuft linear, kennt keine Verschachtelungen und deutet einen Zeitpunkt aus: „Die Situation besitzt weder einen markanten Anfang noch ein dezidiertes Ende. Sie ist ein Zustand der Zeit“ (279). Die Situation ist entweder alltäglich oder ein atemnehmender Sonderfall. Die genannten Merkmale werden an Hemingways „Old Man at the Bridge“ und einigen dtsch. Kurzgeschichten erläutert.

Pongs, Hermann, „Die Anekdote als Kunstform zwischen Kalendergeschichte und Kurzgeschichte“, *Der Deutschunterricht*, IX (1957), i, 5-20.

Ausgehend von Jolles' ‚einfachen Formen', versucht P., drei Kurzformen voneinander abzusetzen. Die Anekdote gilt ihm als geschlossene Form, die sich auf den spannungsvollen Augenblick konzentriert, in dem sich ein Charakter enthüllt. Ihr polar zugeordnet ist die offene Form der Kalendergeschichte, die ihren Höhepunkt bei Hebel erlangt, der „in ehrfürchtiger Offenheit für das All-Geschehen die Alltagsschicksale des gemeinen Mannes auf die Zeichen“ hin deutet, „durch die sie in den übergreifenden Heilsplan eingeordnet sind“ (10). Als Zwischenform, „aus dem Grauen geboren“, erweist sich die Kurzgeschichte, „die in grellen Kurzbegegnungen zwischen Mensch und Schicksal plötzlich das veränderte Zeitalter begreift, als das Zeitalter der Masse, das nichts mehr glaubt, das aus jeder Gnade Gottes herausgefallen ist, dessen Gefühle geschrumpft sind“ (13). Die dtsch. Kurzgeschichte der Nachkriegszeit steht unter dem Einfluß der amerikanischen Short Story, doch „im Sinn von Geschichten deutscher Art, in denen die Schocks der *short stories* aufgefangen werden“ (18) — durch vererbtes Pflichtgefühl usw.

Reitz, Hellmuth, „Wie schreibt man Kurzgeschichten?“, *Welt und Wort* (1949), 364-365.

Ironische Wiedergabe der Rezepte von Elliot Blackistons *Short Story Writing For Profit.*

Rohrberger, Mary, *Hawthorne and the Modern Short Story: A Study in Genre*, Studies in General and Comparative Literature, II (The Hague/Paris, 1966).

R. schlägt vor, die übliche Unterscheidung zwischen *novel* und *romance* auf die Kurzprosa zu übertragen und die *simple narrative* von der *short story* abzusetzen. Für beide Formen der Kurzprosa gelten die freilich auch auf andere Arten der Literatur anwendbaren Merkmale „brevity, closely wrought texture, and unity of impression" (12). Während sich aber *simple narrative* und *novel* um eine realistische Lebensdeutung bemühen, haben *romance* und *short story* „the depth or complexity provided by a symbolic structure" gemeinsam: „The short story derives from the romantic tradition. The metaphysical view that there is more to the world than that which can be apprehended through the senses provides the rationale for the structure of the short story which is a vehicle for the author's probing of the nature of the real. As in the metaphysical view, reality lies beyond the ordinary world of appearances, so in the short story, meaning lies beneath the surface of the narrative. The framework of the narrative embodies symbols which function to question the world of appearances and to point to a reality beyond the facts of the extensional world" (141). Hawthorne hat als erster solche Short Stories verfaßt. Diese und seine Aussagen zur Erzählkunst werden im Hauptteil analysiert und dann mit den Theorien und Werken angloamerikanischer Schriftsteller verglichen. Repräsentativ für die postulierte Tradition erscheinen J. Conrads „An Outpost of Progress", Mansfields „The Fly", Lawrences „The Rocking-Horse Winner", Faulkners „Wash", Hemingways „In Another Country", Andersons „Death in the Woods" und Weltys „Petrified Man". Als *simple narratives* werden Maughams „The Colonel's Lady", Dorothy Parkers „The Sexes" sowie Erzählungen von Poe, Maupassant und Thurber besprochen. — Vgl. dies., „Hawthorne's Literary Theory and the Nature of His Short Stories", *Studies in Short Fiction,* III (1965/6), 23—30.

v. Scholz, Wilhelm, „Die Kunst der kurzen Erzählung", in: *Die Sendung der Dichter: Festschrift der Deutschen Hausbücherei* (Hamburg/Berlin, 1956), 65-75.

In einem auf eigenen Erfahrungen basierenden Essay kommt S. immer wieder auf die allgemeinen Gesetze des Erzählens zu sprechen, meint, daß der Künstler instinktiv wissen müsse, welcher Stoff sich für die kurze Erzählung eigne, und sieht die andeutende Schilderung und die ‚vorwärtsführende Ziellinie' als Wesen von Novelle und Kurzgeschichte an, einer strengen bzw. freien Form.

Schnurre, Wolfdietrich, „Kritik und Waffe: Zur Problematik der Kurzgeschichte", *Deutsche Rundschau,* LXXXVII (1961), 61-66.

Die wahren Gesetze der Kurzgeschichte „sind vergessen, ihre Möglichkeiten unausgenutzt geblieben, ihre Werte verschüttet unter schweren Erzählbrocken und feuilletonistischen Krimskrams. ... Von der Anekdote trennt sie deren pointierte Verdichtung; die Skizze unterscheidet sich durch ihre Weitmaschigkeit, die Erzählung durch ihren epischen Tiefgang von ihr. Sie ist, grob gesprochen, ein Stück herausgerissenes Leben. Anfang und Ende sind ihr gleichgültig; was sie zu sagen hat, sagt sie mit jeder Zeile. Sie bevorzugt die Einheit der Zeit; ihre Sprache ist einfach, aber niemals banal. Nie reden ihre Menschen auch in der Wirklichkeit so, aber immer hat man das Gefühl, sie *könnten* so reden. Ihre Stärke liegt im Weglassen, ihr Kunstgriff ist die Untertreibung". In den U.S.A , ihrem Ursprungsland, hat sie sich zu „einem der sensibelsten Seismographen der sozialen, politischen und allgemein menschlichen Verhältnisse herausgebildet. Ja, mehr noch, sie ist zur Anklägerin geworden, zur Verteidigerin der Menschenwürde, sogar zur Waffe. Und das, ohne ihre literarische Qualität einzubüßen; im Gegenteil, gerade die erschütterndsten, am unerbittlichsten den Einzelmenschen gegenüber dem Kollektiv verteidigenden sind auch die literarisch gelungensten" (61). In Deutschland hat die Kurzgeschichte unter amerikanischem Einfluß eine kurze Blütezeit nach 1945 erlebt; heute ist sie eine literarische Mutprobe für den engagierten Autor.

Ströter, Maximilian Maria, „Zum Begriff der Kurzgeschichte", *Der deutsche Schriftsteller,* I (1936), 34-36.

„. . . die Maßgeblichen und Anspruchsvollen verstehen unter ‚Kurzgeschichte' eine betont künstlerische, kurze Geschichte, deren Stofflichkeit möglichst dem unscheinbaren Leben entnommen ist und Bedeutsames durchscheinen läßt" (36). Der Begriff Kurzgeschichte kann nur Gefühlsbegriff sein.

Stroud, Theodore A., "A Critical Approach to the Short Story", *Journal of General Education,* IX (1956), 91-100.

S. wendet sich gegen die Ablehnung des *plot* und die Suche nach *themes* und vertritt die Ansicht, daß es die Aufgabe des Interpreten sei, zuerst das *pattern* einer Short Story zu bestimmen. Das dominierende Integrationsprinzip in der Short Story ist „a 'change' in one of the characters" (93). Zwei Hauptarten werden unterschieden und an Beispielen belegt: ein „change" in aktiven und in passiven Helden. Andere Verknüpfungsprinzipien („change in the reader"; „theme stories patterned in a certain way because of the author's desire to enrich our moral perceptiveness") tauchen seltener auf und sind mitunter künstlerisch bedenklich.

Summer, Hollis, Hrsg., *Discussions of the Short Story* (Boston, Mass., 1963).

Nicht eingesehen.

Tolkien, J. R. R., *Tree and Leaf* (Boston, 1965).

Nicht eingesehen.

Unseld, Siegfried, „An diesem Dienstag: Unvorgreifliche Gedanken über die Kurzgeschichte", *Akzente,* II (1955), 139-148.

Am Beispiel von Borcherts „An diesem Dienstag" entwickelt U. seine Vorstellungen über die Kurzgeschichte, die für ihn „ein Stiefkind der Literaturwissenschaft" (139) ist. Als Kriterien der Kurzgeschichte erscheinen 1. ihre Notwendigkeit (der Schreiber steht im „vitalen Zwang seiner auf ihn eindringenden Wirklichkeit"; die Geschichte will auf den Leser nicht, wie die Anekdote, durch eine zentrale Pointe wirken, sondern durch Folgerichtigkeit), 2. ihre Verallgemeinerung (anstelle der unerhörten Begebenheit das allgemeine Schicksal; keine Überhöhung und Entwicklung der Figuren), 3. ihre Leidenschaft für Verkürzung von Erzählstruktur (Drängen auf das Ende, kein Wendepunkt, lineare Entfaltung), 4. ihre „Kunst der Prosa-Atome" (145), 5. ihre Raumverengung und Zeitkomprimierung (punktierte Augenblicke), 6. ihre vollkommene Gegenwärtigkeit (Nähe zum Drama), 7. ihr offener Horizont (im Gegensatz zur Novelle offener Schluß). Alles in alllem ist die Kurzgeschichte ein „echter Ausdruck des Bewußtseins unserer Zeit" (147).

Welty, Eudora, „The Reading and Writing of Short Stories", *Atlantic Monthly*, CLXXXIII (1949), ii, 54-58, iii, 46-49.

W. schildert ihre Reaktionen auf kritische Analysen ihrer Werke, ihr Verhältnis zum Leser und unterscheidet *stories of plot* (Hemingways „Indian Camp"), *of situation* (S. Cranes „The Bridge Comes to Yellow Sky") und *stories of development of plot* (Mansfields „Miss Brill", Faulkners „The Bear"). Sie betont die Vielzahl der Möglichkeiten der Stoffbehandlung, fordert aber Sensibilität und Spontaneität und wendet sich gegen Regeln für die Kurzgeschichte.

West, Ray B., „The Modern Short Story and the Highest Forms of Art", *English Journal,* XLVI (Dez. 1957), 531-539.

W., der den Einfluß Poes und James' auf die moderne Short Story stark betont, fragt nach den Gründen für die Beliebtheit der Short Story. Er sieht diese Kunstform als vorläufiges Endprodukt einer literarischen Entwicklung an, die mit dem Fortschritt der Wissenschaften verglichen werden kann.

v. Wiese, Benno, *Novelle,* Realienbücher für Germanisten (Stuttgart, 1963), bes. 74-84.

W. geht in seinem Überblick über die Novelle knapp auf die Kurzgeschichte ein, weist auf die angloamerikanische Entwicklung, aber auch auf französische und russische Erzähler hin und skizziert die Mannigfaltigkeit ihrer formalen Möglichkeiten: „Da sie auf die überlieferte Tradition einer Gattung verzichten darf, vermag sie dem Künstler den weitesten subjektiven Spielraum zu geben" (81). Behutsam grenzt er sie als offene Form von anderen Formen ab. Die Kurzgeschichte ist eine pointierende Prosaerzählung, die oft kaum eine Handlung oder Entwicklung besitzt, mehr in Frage stellt, als daß sie Lösungen bereitstellt, mehr die Situation als den Charakter beleuchtet, meist keine rückwärtigen oder zukünftigen Bezüge kennt, alles in allem freier, d. h. aber auch weniger erlernbar als andere Formen der Dichtung ist. „Sie ist vielleicht die Gestaltungsform, in der das Diskontinuierliche, das Abgerissene und grenzenlos Gespaltene des modernen Lebensbewußtseins, aber auch der entschiedene Wille zur Wahrhaftigkeit besonders eindringlich in Erscheinung tritt" (81). — Mit Literaturhinweisen.

3. Arbeiten zur Geschichte

Bates, H. E., *The Modern Short Story: A Critical Survey* (Boston, Mass., 1961, zurerst 1941).

In einem nach wie vor wichtigen Essay, der deutlich die persönlichen Ansichten des Short-Story-Verfassers erkennen läßt, gibt B. einen Überblick über die Entwicklung der internationalen Short Story. Besonders hervorgehoben werden Poe, Gogol, Tschechow, Maupassant, Tolstoi, Wells, Kipling, Katherine Mansfield, A. E. Coppard, Lawrence und die Irish School. Für B. ist die Short Story (ca. 150 bis 15 000 Wörter) die flexibelste, wandlungsfähigste Form der Erzählkunst, freier in der Stoffwahl als der Roman und das Drama, in technischer Hinsicht „more terse and direct than ... the novel" (38). Ihre Hauptqualität ist „balance, which is the expression of the instinctive part of the writer's self": „A story must, so to speak, be weighed in the hands, to a fine and intuitive test. Its balance will collapse under a superfluous sentence, even a superfluous word" (220). Ihre Entstehung hängt mit der „evolution of the general reader" (23) zusammen, mit der wachsenden Bereitschaft, sich mit der Andeutung — anstelle der ausführlichen Beschreibung — zufriedenzugeben.

Beachcroft, T. O., *The Modest Art: A Survey of the Short Story in English* (Lo., 1968).

Unter Short Story versteht B. eine Prosaerzählung mit einem Umfang bis zu ca. 10 000 Wörtern. Als *modest art*, von der oft zuviel erwartet wird, beschäftigt sie sich mit den „joys and sorrows of ordinary life" (3) und blickt auf eine lange Tradition zurück, denn schon in altenglischer Zeit, dann bei Chaucer und den Elisabethanern zeigt sich realistischer Sinn bei der Beschreibung der wahrnehmbaren Welt. Im Laufe ihrer Entwicklung wendet sich die Short Story immer weniger an den Zuhörer, immer mehr an den „solitary meditative reader" (261), dem sie „a glimpse through" (260) gewährt — das Gefühl, durch die Darstellung eines „single emotional or dramatic effect" am Leben Anteil zu haben (260). Trotz des Untertitels geht B. nur am Rande auf die amerikanische Short Story ein. Unter den englischen Autoren werden Stevenson, Hardy, Kipling, Mansfield, Maugham, Lawrence, de la Mare und Powys hervorgehoben. Bei den zahlreichen Inhaltsskizzen macht sich Beachcrofts Auffassung bemerkbar, daß die Short Story „the small unobtrusive box" unter den „large, brilliantly coloured caskets" sei (263).

Ders., *The English Short Story*, Writers and Their Works, 168 und 169 (Lo., 1964).

In dieser Vorstudie zu seinem Buch vertritt B. erstmals die Ansicht, daß die Short Story „at its very best a modest art" sei (12).

Beck, Warren, „Art and Formula in the Short Story", *College English*, V (1943/4), 55-62.

Die literarische Short Story der zwanziger und dreißiger Jahre wendet sich nicht so sehr gegen den *plot* als solchen wie gegen die „wooden formulas" der populären Erzählung (59), die die Wirklichkeit verfälschen. An die Stelle der Formel und des Rezeptes tritt die künstlerische Vision, „the ardent perception of a humanely valued experience" (62): „It seems, therefore, that if one rejects formula fiction, consistently one must reject all formulas about the short story — all pseudo-classic definition of fixed separate literary forms and all dogma as to the duty or privilege of fiction ... Short stories are simply what different writers make them and what different readers accept, the broad spectrum of fiction being refracted from the infinite variety of persons and events" (60).

Boyce, Benjamin, „English Short Fiction in the Eigtheenth Century: A Preliminary View“, *Studies in Short Fiction,* V (1967/8), 95-112.

Nach Boyces Schätzung enthalten allein die Zeitschriften des 18. Jahrhunderts 15 000 bis 18 000 Werke, die als *short fiction* („any kind of imaginative writing about people that contains or implies action and that does not exceed in length 12,000 words“, 97) klassifiziert werden müssen. Angesichts der Materialfülle beschränkt sich der Verf. darauf, einige Typen der Erzählung („character sketch“, „satire“, „Oriental tale“, „allegory“, „tale of passion“, „Shandean fragment“, sozialkritische Erzählungen) zu skizzieren und charakteristische Techniken zusammenzustellen.

Brandt, Thomas O., „The Modern German 'Kurzgeschichte'“, *Monatshefte für den deutschen Unterricht, deutsche Sprache und Literatur,* XLIV (1952), 79-84.

B. behandelt u. a. Paul Ernst, Wilhelm Schäfer und Hans Franck und vergleicht die Novelle mit dem mehraktigen Stück, die Kurzgeschichte mit dem Einakter. Novelle und Kurzgeschichte sind eng miteinander verwandt, doch tendiert die Kurzgeschichte als „anecdotal Novelle“ dazu, sich auf „one particular point only, with a pars-pro-toto significance“ (83) zu konzentrieren, und floriert in jenen Gegenden, in denen das Vergnügen an mündlich überlieferten Erzählungen lebendig geblieben ist.

Brickel, Herschel, „What Happened to the Short Story“, *Atlantic Monthly,* CLXXXVIII (1951), 74-76.

B. begrüßt das hohe Niveau der zeitgenössischen amerikanischen Short Story, verweist auf den Einfluß, den Hawthorne auf heutige Autoren ausübt, und die Nähe der Short Story zur Lyrik und erwähnt einige literatursoziologische Faktoren.

Brückl, Otto, „Vordergründige Wirklichkeit und das ‚Eigentliche‘ in der zeitgenössischen Kurzgeschichte“, *Acta Germanica,* I (1966), 89-98.

B. interpretiert Werke von Ilse Aichinger, Wolfdietrich Schnurre und Herbert Eisenreich und gelangt zu dem Ergebnis, „daß das Mythische zwar eine Rolle in manchen Kurzgeschichten spielt, aber daß seine Funktionalität begrenzt ist, indem es die Fragwürdigkeit und nicht etwa eine neue Geborgenheit des Daseins hervorruft“: „Letzten Endes ist das karge Wort und nicht so sehr der Reichtum der Assoziationen das entscheidende Kriterium für das Verständnis der Dimension der Kurzgeschichte“ (98).

Dockrell-Grünberg, Susanne, *Studien zur Struktur moderner anglo-irischer Short Stories* (Diss. Tübingen, 1967).

Ausgehend von der Überzeugung, daß die Short Story „das Ergebnis einer starken Kompression funktionsreicher Bestandteile“ ist (8), beschäftigt sich D. mit Werken von George Moore, James Joyce, Michael McLaverty, Liam O'Flaherty, Mary Lavin, Frank O'Connor, Bryan MacMahon, Sean O'Faolain und stellt folgende wiederkehrende Strukturmerkmale fest: „Es erfolgt eine Beschränkung in der Quantität durch die Selektion eines wesentlichen Teils aus einem Ganzen; diese stellvertretenden Teile sind in ihre unterschiedlichen Bedeutungsmöglichkeiten gespalten; ihre verschiedenen Funktionen werden durch die Wiederholung der gleichen Funktion in verschiedenen Teilen oder durch die Betonung eines Gegensatzes zu anderen Funktionen hervorgehoben. Durch die ständige Wiederholung der gleichen Aussage . . . oder durch die Betonung von Extremen erfolgt eine Intensivierung. Die größten Möglichkeiten der Andeutung ergeben sich aus Raum-, Zeit- und Personenangaben, die gleichzeitig im konkreten wie übertragenen Sinn verwendet werden. Metaphern und scheinbare Ausschmückungen stehen meist nicht um ihrer selbst willen, sondern sie tragen wesentlich zur Intensivierung des Hauptanliegens bei. Durch das Sichtbarwerden mehrfacher Bedeutungen in einem Ausdruck und die Art der Zuordnung lassen sich mehrere Aussageschichten erkennen. Sie sind im Idealfall auf die Motivierung eines Hauptgedankens ausgerichtet. Das, was am stärksten motiviert wird, ist das Thema einer Short Story. Das Thema wird zur gleichen Zeit auf verschiedenen Ebenen verdeutlicht: durch Rhythmus, Handlung, Lokalkolorit, Atmosphäre und Charakterisierungen. Damit werden Gefühl und Verstand gleichzeitig angesprochen, d. h. lyrische wie epische Elemente wirken zusammen in einer konzentrierten, direkten und indirekten Aussageform“ (199). — Mit Hinweisen auf ältere Literatur zur Short Story.

Eschliman, Herbert Ray, „Chekhov in the English Short Story“, *Dissertations Abstracts,* XXI (1960), 889-890 (Minnesota).

Nicht eingesehen.

Galinsky, Hans, „Beharrende Strukturzüge im Wandel eines Jahrhunderts amerikanischer Kurzgeschichte (dargelegt an Poe und Hemingway)“, in: Paul Böckmann, Hrsg., *Stil- und Formprobleme in der Literatur* (Heidelberg, 1959), 442-447 (erweiterte Fassung mit dem Untertitel „dargelegt an E. A. Poes 'The Masque of the Red Death' und Ernest Hemingways 'The Killers'“, in: *Amerikanische Dichtung in der höheren Schule: Interpretationen amerikanischer Erzählkunst und Lyrik,* Die Neueren Sprachen, Beiheft 3 [Frankfurt, o. J. (1958)]).

G. vergleicht „The Masque of the Red Death“ und „The Killers“ und erkennt als gemeinsamen strukturbildenden Zug den tatsächlichen oder nahe bevorstehenden Augenblick „der einmaligen, tödlichen Konfrontierung von Mensch und übermenschlicher Macht“: „Dieser Vorgang bedingt den Aufbau des Geschehens. Er bestimmt die anderen Vorgänge, indem er ihnen teils die Funktion von Warnungen vor dem Erscheinen der Übermacht, teils die Funktion von menschlichen Reaktionen auf sie gibt“ (443). Der Verf. weist auf andere Erzählungen hin, die den gleichen Strukturzug variieren, und folgert, daß die Kürze der beiden im Mittelpunkt stehenden Werke „nicht Ursache, sondern Wirkung dieser beharrenden Strukturzüge ist“ (446).

Geismar, Maxwell, „The American Short Story Today“, *Studies on the Left,* IV (1964), ii, 21-27.

Nicht eingesehen.

Harris, Wendell V., „English Short Fiction in the 19th Century", *Studies in Short Fiction,* VI (1968/9), 1-93.

In diesem breit angelegten Überblick macht H. darauf aufmerksam, daß bis zu den achtziger Jahren die Mehrzahl der Erzählungen nicht den Ansprüchen genügt, die von Poe, später von Brander Matthews u. a. entwickelt wurden. "For the writer accustomed to the spacious dimensions of the Victorian novel, the attempt to recount a story in smaller compass was almost inevitably fatal" (2). Durch den Verzicht auf Konzentration und szenische Darbietung, infolge der Neigung zur Verallgemeinerung, Beschreibung und Kommentierung ist die typische Erzählung *(tale)* gekennzeichnet durch "a diffuseness that displays itself in economy and uncertainty of tone" (3). Ausnahmen, die die Regel bestätigen, waren meist Geistergeschichten, humoristisch-satirische Erzählungen und Legenden. Wie Hardys Werke beweisen, war es sogar noch in den achtziger und neunziger Jahren möglich, einen "unsophisticated approach" zur Short Story zu wählen (47), obwohl zu dieser Zeit bereits James, Stevenson und Kipling das „Golden Age" der Short Story (so Wells über die neunziger Jahre) eingeleitet hatten.

Hecht, Ilse, „Die englische Kurzgeschichte im 19. Jahrhundert", *Englische Kurzgeschichten von Scott bis Stevenson* (Leipzig, 1947).

Nicht eingesehen.

Heinnich, Erika, *Die englische Kurzgeschichte im 19. und 20. Jahrhundert* (Diss. Innsbruck, 1952).

Nicht eingesehen.

Kilchenmann, Ruth J., „Die amerikanische und die deutsche Kurzgeschichte: Beziehungen und Einflüsse", *Proceedings of the IVth Congress of the International Comparative Literature Association,* 2 Bde. (The Hague/Paris, 1966), II, 1105-1112.

Die Ursprünge der deutschen Kurzgeschichte (der Begriff ist enger als „Short Story") reichen bis ins 19. Jahrhundert zurück, vor allem bis zu E. Th. A. Hoffmann, dessen Einfluß auf Poe unbestimmt ist. Nach dem 1. Weltkrieg hat sich die Kurzgeschichte in Deutschland durchgesetzt, was nicht nur auf den amerikanischen Einfluß zurückzuführen ist. Dieser wurde erst nach dem 2. Weltkrieg wesentlich, wenn auch die Wirkung Hemingways oft überschätzt wird. Eher als für jede andere Dichtart gilt für die Kurzgeschichte die Formel „Form ist, als Inhalt" (1112).

Kopetzki, Robert, *Weltfreude und Todesnähe: Die Interpretation angloamerikanischer Short Stories in Theorie und Praxis unter besonderer Berücksichtigung der Ironie in der Erzählkunst.* Mit Interpretationsbeiträgen von Claus-Uwe Dürr, Schule und Forschung, X (Frankfurt, 1967).

Eine Anregung Galinskys aufgreifend, versucht K. an sieben Short Stories einige beharrende Strukturzüge nachzuweisen. Im theoretischen Teil, der vor einer normativen Bestimmung der Short Story warnt, gleichwohl aber die übersichtliche Konzentration auf wesentliche Augenblicke, die Nähe zum Drama, vor allem jedoch die innere Folgerichtigkeit betont (11), geht der Verf. bes. auf die Bedeutung der Zeitbehandlung, der Pointe und der Ironie ein. Ironisierung, Pointierung und Desillusionierung scheinen, wie die Interpretationen zeigen, für jene Short Stories charakteristisch zu sein, welche „das ambivalente Verhältnis des Menschen zu den beiden Phänomenen der Weltfreude und der Todesnähe“ spiegeln und so in ihrer Struktur „unserer heutigen Lebenserfahrung“ entgegenkommen (105). Behandelt werden Bierces „An Occurence at Owl Creek Bridge“, Hawthornes „Dr. Heidegger's Experiment“, Kate O'Flaherty Chopins „Désirée's Baby“, Mansfields „The Garden Party“, Lary Lavins „The Story of the Widow's Son“, Hemingways „In Another Country“ und Melvilles „Bartleby the Scrivener“.

Kostelanetz, Richard, „The Short Story in Search of Status“, *Twentieth Century*, LXXIV (1965), Nr. 1027, 65-69.

Die gute amerikanische Short Story ist seit jeher nicht der realistischen Reportage, sondern einer symbolisch-lyrischen Darstellungsweise verpflichtet, weil sie nicht typische, alltägliche, sondern extreme Erfahrungen gestaltet hat. Trotzdem unterscheidet K. zwischen der traditionellen Short Story, die immer noch auf lineare Handlungsführung und realistische Motivationen Wert legte, und der modernen Short Story, die nicht mehr den Schluß akzentuiert, sondern die Mitte. Die erste Phase der modernen Short Story (Hemingway, Faulkner, Porter) ist gekennzeichnet durch das Zurücktreten der äußeren Handlung, die Funktionalität der Details, die Technik der Andeutung, die häufig achronologische Anordnung, die unsentimentale Einstellung, die Wahl unheldischer, isolierter Personen, die Technik der Wiederholung, die Beliebtheit der Icherzählung, den antiklimaktischen Schluß. Die Short Story der vierziger Jahre (Trilling, Salinger, Schwartz) lehnt sich an die der zwanziger Jahre an, mildert aber einige iher Gestaltungstendenzen („a more successional plot“) und wendet sich Fragen der „moral ambiguity“ zu. Während die Schriftsteller der fünfziger Jahre (Malamud, McCullers) älteren Stilen folgen und sich gern mit dem Motiv des „moral failure“ befassen, lebt die Neigung zum Experiment in der Gegenwart erneut auf: „... technical elements are so greatly emphasised that 'the Story' can even become a non-narrative succession of fragmented impressions whose connecting strands fall into place when (and not until) the story is finished or reread“ (68).

Lang, Hans-Joachim, „Die Prosaerzählungen des *Atlantic Souvenir:* Zur Situation der Kurzgeschichte zwischen Irving und Poe“, *Jahrbuch für Amerikastudien,* X (1965), 78-105.

Die Untersuchung der Erzählungen im *Atlantic Souvenir* (1826-1832) betont den Abstand der Werke zu denen Irvings, Poes und Hawthornes, bestreitet die Ergiebigkeit eines gattungstheoretischen Ansatzes, charakterisiert die Erzählungen nach Schauplätzen, Motiven usw. und gelangt zu der Schlußfolgerung, daß in Produktion und Konsum eine breitere Basis geschaffen wurde, auf der die einheimische Short Story sich in der bekannten Weise entfalten konnte.

Langer, Felix, „Verschmähte Form: Warum keine Novellen“, *Neue literarische Welt* (25. 2. 1953), 4.

L. fordert eine Renaissance der Novelle, einer dem Sonett vergleichbaren strengen Form, und verwirft die Kurzgeschichte, die besonders in Amerika „in ziemlich typisierten Bahnen eine Begebenheit auf einen Knalleffekt ... zu“ beschreibt.

Lorbe, Ruth, „Die deutsche Kurzgeschichte der Jahrhundertmitte“, *Der Deutschunterricht,* IX (1957), 36-54.

Die Kurzgeschichte entstand im letzten Drittel des 19. Jahrhunderts. Voraussetzung für ihre Entwicklung ist nicht der Zeitmangel des Lesers, sondern die Einsicht, daß sich das irdische, menschliche Geschehen vor einem unermeßlichen Weltraumgeschehen abspielt. Damit erscheint der Augenblick in seinem ungeheuren Ausmaß: „... man erkennt das Nebeneinander verschiedenster, getrennter Ereignisse in *einem* Augenblick, während man früher diese Ereignisse linear, vor einem Anfang zu einem Ende hin, aus der Wirklichkeit herauszugliedern versuchte“ (37). Im Unterschied zur Erzählung und Anekdote ist die Kurzgeschichte über ihren Anfang und über ihr Ende hinaus offen. Sie kann sich auf einen Augenblick beschränken, verschiedene Augenblicke in einem mosaikartigen Zusammenhang verbinden („The Snows of Kilimanjaro“) oder unterschiedliche Wirklichkeitsaspekte in der Parabel vereinen. Die Interpretation muß in jedem Fall zeigen, welcher Art die Augenblicke sind. Belegt werden diese Thesen an Werken von Hans Bender, Heinrich Böll, Wolfgang Borchert, Marie-Luise Kaschnitz, Friedrich Dürrenmatt, Ilse Aichinger.

Lucas, Robert, „Die englische Short Story“, *story,* IV (1949), Heft 6.

Nicht eingesehen.

Martini, Fritz, „Begegnung mit der Story“, *story,* V (1950), Heft 5.

Nicht eingesehen.

Maugham, W. Somerset, „The Short Story“, *Points of View* (Lo., 1958), 142-188.

Sehr persönlich gehaltene Ausführungen über die Short Story und einige Autoren.

Mercier, Vivian, „The Irish Short Story and Oral Tradition“, in: R. B. Browne, u. a., Hrsg., *The Celtic Cross: Studies in Irish Culture and Literature* (Lafayette, Indiana, 1964), 98-116.

Nicht eingesehen.

O'Connor, Frank, *The Lonely Voice: A Study of the Short Story* (Lo., 1963).

O., selbst Verf. von Short Stories, charakterisiert eigenwillig die Werke von Turgenieff, Maupassant, Tschechow, Kipling, Joyce, Mansfield, Lawrence, Coppard, Hemingway, Isaac Babel sowie irischen und anderen Autoren. Für ihn beginnt die höchst private Kunst der Short Story, die sich an den einsamen und kritischen Leser wendet, mit Gogols *Mantel* bzw. als „national art form“ der Amerikaner mit *Winesburg, Ohio* (41). In thematischer und stofflicher Hinsicht sind für die Short Story „an intense awareness of human loneliness“, der Antiheld, „submerged population groups“ (18), das Fehlen einer ‚normalen‘ Gesellschaft typisch: „... the short story remains by its very nature remote from the community — romantic, individualistic, and intransigent“ (21). Obwohl diese Gesichtspunkte den Hauptunterschied zwischen

Roman und Short Story ausmachen, gibt es auch formale Unterschiede. Die Short Story verlangt mehr Kunstverstand, eine größere ‚Dramatisierung', eine geringere Neigung zur Verallgemeinerung der Aussage und zur Nachahmung des Lebens. Dabei ist die Short Story keine „miniature art", denn die Länge spielt keine Rolle. Wichtig ist allein, daß die Kunst der Short Story eine „pure art" ist, während der Roman mit „applied storytelling" gleichzusetzen ist: „... I am not trying to decry applied storytelling. Pure storytelling is more artistic, that is all, and in storytelling I am not sure how much art is preferable to nature" (27). Wandlungsfähig ist die Short Story deshalb, weil die Totalität des Lebens aus verschiedenen Perspektiven angedeutet werden kann. Als Typen dieser Dichtart pflegt O. bei der Analyse die *conte* („one quick scene, combining exposition and development") und die *nouvelle* („the exposition in the first few paragraphs and ... the development to take place in three scenes or five") zu unterscheiden (218).

Patrick, Walton R., „Poetic Style in the Contemporary Short Story", *College Composition and Communication,* XVIII (1967), 77-84.

Nicht eingesehen.

Pattee, Fred Lewis, *The Development of the American Short Story: An Historical Survey* (N. Y., 1966, zuerst 1923).

Dieses Werk verdient als Darstellung der Short Story von Irving bis O'Henry nach wie vor Beachtung, zumal es der These zu weiterer Verbreitung verhalf: "The short story has been the one literary form that Amerika has evolved and presented to the world" (375).

Peden, William, *The American Short Story: Front Line in the National Defense of Literature* (Boston, Mass., 1964).

P. gibt einen überaus gründlichen Überblick über die amerikanische Short Story von 1940 bis 1960. Das reiche Material wird nach stofflichen und gehaltlichen Gesichtspunkten gegliedert ('the Jane Austens of Metropolis and Suburbia'; 'the Sick' — 'the mentally or emotionally disturbed', 'the grotesque', 'the so-called American Gothic'; 'war'; 'social protest'; 'regionalism'; 'science fiction'). Die Arbeit ist gut dokumentiert und enthält viele Kurzinterpretationen mit wichtigen Beobachtungen zu *compression, economy, selectivity,* von denen die Wirkung der Short Story abhängen soll.

Pritchett, V. S., William Sansom und Francis King, „The Short Story", *London Magazine,* VI (Sept. 1966), 6-12.

Kurze persönliche Stellungnahmen zur Short Story und zur literarischen Situation.

Ross, Danforth, *The American Short Story,* University of Minnesota Pamphlets on American Writers, 14 (Minneapolis, 1961).

In diesem knappen historischen Überblick, der als erste Einführung geeignet ist, wird die Short Story als charakteristische Form der amerikanischen Literatur angesehen. „... it has established a strong and varied life. It has done so in every way imaginable — in presentation of the full range of American experience, in exploration of vital and universal themes, in experimentation with technique and style, in search for language. It has both kept pace with literary development in the rest of the world and maintained its own American character" (45).

Schlauch, Margaret, „English Short Fiction in the 15th and 16th Centuries", *Studies in Short Fiction,* III (1965/66), 393-434.

An eine gründliche Charakterisierung der verschiedenen Kurzformen der Erzählkunst im 15. und 16. Jahrhundert knüpft S. die Schlußfolgerung, daß die modernen Verfasser von Short Stories, ob bewußt oder unbewußt, in einer Tradition der Erzählkunst stehen. Sie weist in diesem Zusammenhang bes. auf den Detailrealismus, die Behandlung des Übernatürlichen, die Dialogkunst, die Verwendung der Umgangssprache und eines manierierten Stils hin: „Purpose and milieu have changed (whereby hangs a complicated tale of literary history), but the means employed are not so new as uninstructed contemporaries of ours may sometimes think" (434).

Schuhmann, Kuno, *Die erzählende Prosa Edgar Allan Poes: Ein Beitrag zu einer Gattungsgeschichte der "short story"* (Heidelberg, 1958), bes. 146ff.

S. macht u. a. darauf aufmerksam, daß sich von Poes Theorie her „der volle Kunstwerkcharakter seiner eigenen Erzählungen nicht erfassen" läßt (156), und betont, daß das Wesen der Gattung nicht formal-theoretisch, sondern historisch zu klären sei.

Strong, L. A. G., „The Art of the Short Story", *Essays by Divers Hands,* N. S. XXIII (1947), 37-51.

In diesem Vortrag zur Erinnerung an Frederick Wedmore skizziert S. die Entwicklung der britischen Short Story, die für ihn mit Wedmore, Morrison, Stevenson und Crackanthorpe beginnt und die dem Einfluß der Amerikaner und Russen Wesentliches verdankt. Wegen ihrer Nähe zur Lyrik, ihrer Komprimiertheit und wegen „its rhythmic advance to a climax" (37) ist die Short Story eine unerhört schwierige Kunstform, die sich nicht in Regeln fassen läßt, wenn man von den Kriterien der Kürze, dem „sense of completed experience" und der „rigid economy" absieht.

Taylor, J. Golden, „The Western Short Story", *South Dakota Review,* II (1964), i, 37-55.

Nicht eingesehen.

Waidson, H. M., „The German Short Story as a Literary Form", *Modern Languages,* XXXIX (1958/9), 121-127.

Gestützt auf Mertner, Doderer u. a. beschreibt W. vor allem die terminologischen Unterschiede zwischen Short Story und Kurzgeschichte und die Schwierigkeit, die Kurzgeschichte von der Novelle und Erzählung abzugrenzen.

West, Ray B., *The Short Story in America, 1900-1950* (Chicago, 1952).

Dieser historische Überblick geht von der These aus: „The history of the short story as a literary form is brief. It is the only form developed recently enough so that the American writer could participate in its development from the beginning" (1). W. versteht die Short Story als ernst zu nehmende künstlerische Form der Kurzprosa, als ein „organic whole" (20) im Sinne von Henry James, das sich stärker an die „materials of life" anlehnt als frühere Formen der Kurzprosa (17). (1. Kapitel, „The American Short Story at Mid-Century", auch in Shiv K. Kumar und Keith McKean, Hrsg., *Critical Approaches to Fiction* [N. Y., 1968], 25-42).

Wirzberger, K.-H., *Die Entwicklung der amerikanischen short story: Aufstieg und Formauflösung einer Literaturgattung* (Mschr. Diss. Berlin, 1951).

Nicht eingesehen.

Wright, Austin McGiffert, *The American Short Story in the Twenties* (Chicago, 1961).

Diese gründliche Untersuchung der Gehalte, Formen und Techniken der amerikanischen Short Story innerhalb eines begrenzten Zeitraums warnt indirekt nachdrücklich davor, zeittypische Merkmale als überzeitliche Kennzeichen der Short Story auszugeben und die Wandlungsfähigkeit dieser Dichtart zu unterschätzen. W. vergleicht die Werke von Anderson, Fitzgerald, Hemingway, Faulkner und K. A. Porter (1919-1931) mit den Short Stories von Bierce, James, Mary E. Wilkins Freeman, Garland, Wharton, S. Crane, Dreiser, Cather und Katherine Fullerton Gerould (1890-1919). Auf diese Weise gelingt es ihm, den „new look" bzw. die ‚Modernität' der Short Story der zwanziger Jahre genauer zu bestimmen: „Problems concerning a practical morality in a faulty but perfectible society are replaced by problems concerning an intuitive morality in an emotionally disintegrated society. Rational people governed by reasoned principles of conduct are replaced by people strongly influenced by compulsive motivations that they scarcely understand. An 'affirmative' attitude, reflected in the writers' selection of problems capable of solution (even if not always actually solved in time), is replaced by an attitude that leads writers to choose problems that resist solution. Romantic or idealistic forms (reflecting, of course, the early affirmative attitude) give way to forms of horror, pathos, and caustic comedy. The magnitude of action is reduced, and forms such as the revealing episode and the nearly static revelation are developed — forms designed to evoke the new effects in delicately balanced combinations. In the treatment of these patterns more economical methods of dramatization are worked out — methods distinctive for their much enlarged dependence on inference concerning the most crucial matters in the story" (367f.).

Zierott, Karlheinz, *Die Kurzgeschichte in Literatur und Presse* (Mschr. Diss. München, 1952).

Da Z. die Kurzgeschichte als Ergebnis von „ständigen Synthesen und internationalen Anregungen" (100) versteht, geht er auf orientalische Erzählungen, die kurze Geschichte in Europa und Amerika ein und begreift die dtsch. Kurzgeschichte u. a. als Nachfolgerin der Novelle. „Sie ist zum Sammelbegriff der modernen Kurzerzählung schlechthin geworden, ohne daß es möglich ist, sie als absolute formale Kategorie festzulegen" (100f.). Konstante Merkmale sind lediglich ihre Kürze, ihre Konzentration, der Zuschnitt der Handlung auf einen vorbedachten Höhe- und Wendepunkt, die Klarheit von Handlung und Ausdruck. Mit Bates versteht Z. die Kurzgeschichte als biegsamste aller Prosaformen.

4. Arbeiten zur Short Story im Unterricht

Ashley, Leonhard R. N., Stuart L. Astor, Hrsg., *British Short Stories: Classics and Criticism* (Englewood Cliffs, N. J., 1968).

Diese Anthologie bekannter und weniger bekannter englischer Short Stories enthält neben den Texten Äußerungen der Autoren, zeitgenössischer Rezensenten und moderner Interpreten, ferner biographische und bibliographische Angaben sowie eine allgemeine Einführung in die Short Story. Für Seminare gut geeignet.

Bonheim, Helmut, „The Short Story in the Secondary School", *Neusprachliche Mitteilungen,* XX (1967), 22-27.

B. weist auf die Bedeutung der Diktion, der Syntax, des Stils, der Atmosphäre, des *tone*, der Handlung der Figuren und der Themen bei der Analyse hin und illustriert seine Aussagen an geschickt gewählten amerikanischen Short Stories.

Current-Garcia, Eugene, und Walton R. Patrick, *What is the short story? Case Studies in the Development of a Literary Form* (Glenview, Illi, 1961).

Diese Anthologie ist deshalb als Grundlage für Seminare geeignet, weil sie neben einer ausgewählten Bibliographie und 30 angloamerikanischen und europäischen Short Stories an Hand von Auszügen einen Überblick über die theoretischen Äußerungen zur Short Story seit Washington Irving vermittelt.

Fachgruppe Deutsch-Geschichte im Bayerischen Philologenverband, Hrsg., *Interpretationen moderner Kurzgeschichten* (Frankfurt, 1959).

Der Band vereinigt Texte und Interpretationen versch. Kurzgeschichten. Die angloamerikanische Short Story wird repräsentiert durch Hemingways „Alter Mann an der Brücke", Josephine Johnsons „Johannes, Kapitel VI", Katherine Mansfields „Sonne und Mond", James Joyces „Eveline". Die Einleitung von Jakob Lehmann zu dieser für den Deutschunterricht bestimmten Ausgabe folgt der Terminologie von Doderer.

Hübner, Walter, „Die Kurzgeschichte", *Das englische Literaturwerk: Theorie und Praxis der Interpretation* (Heidelberg, 1963), 313-324.

H. übernimmt Poes Definition und illustriert an englischen und amerikanischen Werken, „wie bei aller Vielgestaltigkeit an Inhalt und Darbietungsform die gattungsmäßige Einheitlichkeit gewahrt wird" (315).

Kruppa, Hans-Günter, „Das Kind und der junge Mensch in der modernen amerikanischen Short Story“, *Die Neueren Sprachen,* XVI (1967), 611-614.

K. hält die Besprechung von Short Stories für gerechtfertigt, die sich mit der Erörterung von Erziehungsproblemen und mit der kritischen Analyse kindlichen Reagierens befassen. Er berichtet über eine Unterrichtsreihe zu folgenden Werken: John Steinbecks „The Gift“, „The Great Mountains“ und „The Leader of the People“, Hemingways „The Killers“, Maureen Dalys „Sixteen“, J. D. Salingers „Down at the Dinghy“.

Lang, Hans-Joachim, „Amerikanische Kurzgeschichten in deutschen Schulausgaben“, *Jahrbuch f. Amerikastudien,* VIII (1963), 92-97.

In einem Überblick über deutsche Schulausgaben hebt L. die Fülle und auch Qualität der meisten nachgedruckten Short Stories hervor und weist auf Mängel der Anmerkungsapparate und fehlendes textkritisches Vorgehen hin.

Lubbers, Klaus, „Amerikanische Kurzgeschichten, Romane, Gedichte und Dramen in deutschen Schulausgaben: Kritische Übersicht und Vorschläge“, *Die Neueren Sprachen,* XIV (1965), 180-190.

L. beschreibt die Schulausgaben, konstatiert die Beliebtheit der amerikanischen Short Story und macht anregende Ergänzungsvorschläge.

Peltzie, Bernard E., „Teaching Meaning Through Structure in the Short Story“, *English Journal,* LV (Sept. 1966), 703-709.

Am Beispiel von Sakis „The Open Window“ und Mansfields „The Fly“ führt P. in die Beschreibung des Aufbaus von Erzählungen ein.

Wolpers, Theodor, „Die amerikanische *short story* in der Schule: Gesichtspunkte und Vorschläge für eine repräsentative Auswahl“, *Die Neueren Sprachen,* V (1956), 286-304.

W. führt drei Gründe an, warum der Short Story auch für den Bereich der Schule besondere Bedeutung zukommt: ihren hohen künstlerischen Anspruch, ihre thematische Substanz und ihre geistes- wie kulturgeschichtliche Ergiebigkeit. Unter Berücksichtigung dieser Gesichtspunkte beschreibt er die Entwicklung der amerikanischen Short Story an Hand einer repräsentativen und für die Oberstufe der höheren Schule geeigneten Auswahl. Zahlreiche Kurzanalysen machen den Aufsatz zu einer anregenden Einführung in die Geschichte der amerikanischen Short Story.

Weitere Hinweise auf Arbeiten zur Short Story im Unterricht in den genannten Werken.

Schule + Forschung

Eine Schriftenreihe für Studium und Praxis — MD-Nr.

Strukturanalyse
und ihre Bedeutung für den modernen Englischunterricht
Von W. Mues. 54 S. — 4201

Bibliographie zur Didaktik der neueren Sprachen, besonders des Englischunterrichts
Deutsche Veröffentlichungen 1880 bis 1960 (mit einer Auswahl neuerer österreichischer, englischer und amerikanischer Veröffentlichungen)
Von H. Kreter. VIII, 180 S. — 4203

John Henry Newman — Charles Kingsley — Matthew Arnold
Bewahrung und Erneuerung im viktorianischen Zeitalter
Von H. Schrey. 80 S. — 4204

Stilkunde des Englischen
Handbuch für den Lehrer
Von K. Wittig. 258 S. — 4207

Die englandkundliche Bücherei
Von H. Fischer-Wollpert. 62 S. — 4208

Die „neue" Grammatik und ihre praktische Anwendung im Englischen
Forschungsbericht, Bemerkungen, Bibliographie
Von B. Carstensen. 2. Aufl., 66 S. — 4209

Weltfreude und Todesnähe
Die Interpretation anglo-amerikanischer Short Stories in Theorie und Praxis unter besonderer Berücksichtigung der Bedeutung der Ironie in der Erzählkunst
Von R. Kopetzki unter Mitarbeit von C.-U. Dürr. 119 S. — 4210

Transformationsgrammatik in der englischen Unterrichtspraxis
Von F. Roth. 160 S. — 4211

Zwei Klassiker der amerikanischen Kurzgeschichte
Interpretationen zu Edgar Allan Poe und Ernest Hemingway.
Von H. Galinsky und K. Lubbers, 84 S. — 4213

Studien und Materialien zur Short Story
Herausgegeben von P. Goetsch. 171 S. — 4215

Englisches Arbeitswörterbuch

The Learner's Standard Vocabulary
Herausgegeben von A. Haase.

Der aktive englische Wortschatz in Wertigkeitsstufen und Sachgruppen unter Berücksichtigung des amerikanischen Sprachgebrauchs, der Phonetik und der Wortbildungslehre.

273 Seiten, Plastikeinband (MD-Nr. 6630)

In diesem Arbeitswörterbuch ist der gesamte gebräuchliche englische Wortschatz — also über 96 % der in einem normalen Text vorkommenden Vokabeln — alphabetisch nach Wichtigkeit und praktischer Verwendung der einzelnen Wörter und Wendungen in sechs gekennzeichnete Wertigkeitsstufen eingeordnet, wobei eventuell unterschiedliche Bedeutungen beachtet sind. Das Arbeits- und Aufbauwörterbuch ermöglicht vom zweiten Unterrichtsjahr ab Aneignung und Beherrschung eines sorgfältig ausgewählten, praktisch nutzbaren Wortschatzes. Es ist daher für Lehrer und Schüler eine ausgezeichnete Hilfe. — Dem Band ist ein Verzeichnis nach Sachgruppen beigegeben, das den grundlegenden Wortschatz aus den wichtigsten Wissens- und Lebensgebieten in 35 Abschnitten übersichtlich zusammenfaßt.